中华经典诗文之美

徐中玉——主编

元散曲

谭帆 邵明珍——编著

上海人民出版社

出版说明

习近平总书记指出，中华文化积淀着中华民族最深沉的精神追求，代表着中华民族独特的精神标识；传承中华文化，要“以古人之规矩，开自己之生面”，重点做好创造性转化和创新性发展。为坚定文化自信，传承中华文脉，汲取古圣先贤的不朽智慧，激活民族文化的蓬勃生命力，上海人民出版社推出“中华经典诗文之美”系列丛书，以期通过出版工程的创造性转化，实现中华优秀传统文化的薪火相传、推陈出新。

丛书由著名学者、语文教育家徐中玉先生领衔主编，共13册，包括《诗经与楚辞》（陶型传编著），《先秦两汉散文》（刘永翔、吕咏梅编著），《汉魏六朝诗文赋》（程怡编著），《唐宋诗》（徐中玉编著），《唐宋词》（高建中编著），《唐宋散文》（侯毓信编著），《元散曲》（谭帆、邵明珍编著），《元明清诗文》（朱惠国编著），《近代诗文》（黄明、黄珅编著），《古代短篇小说》（陈大康编著），《笔记小品》（胡晓明、张炼红编著），《诗文评品》（陈引驰、韩可胜编著）和《神话与故事》（陈勤建、常峻、黄景春编著）。所选篇目兼顾经典性与人文性，注重时代性与现实性，综合思想性与艺术性，引导读者从原典入手，使其在立身处世、修身养性、伦理亲情、民生疾苦、治国安邦等世界观、人生观、价值观方面有所思考和获益。

丛书设置“作者介绍”、“注释”、“说明”、“集评”栏目。“作者介绍”简要介绍作者生平及其著述，并大致勾勒其人生轨迹。“注释”解析疑难，解释重难点字词及部分读音，同时择要阐明历史典故、地理沿革、职官制度等知识背景，力求精当、准确、规范、晓畅。“说明”点明写作背景，阐释文章主题，赏析文章审美特色。“集评”一栏列选历代名家评点，以帮助读者更好理解和鉴赏。

丛书选录篇目出处，或于末尾注明所依底本，或于前言中由编选者作统一说明。选文所依底本均为慎重比照各版本后择优确定。原文中的古今字、通假字予以保留，不作改动；异体字在转换为简体字时，则依照现行国家标准予以调整。

丛书所选篇目的编次依据，或以文体之别，或以题材之异，或依作者朝代生平之先后，或依成书先后。成书年代或作者生平有异议者，则暂取一说。

“凡作传世之文者，必先有可以传世之心。”中华文明生生不息至今，是一代又一代仁人志士艰苦拼搏的成果；中华文明未来的繁荣兴盛，需要全体中华儿女的担当。“中华经典诗文之美”系列丛书的出版，将引导读者在对跨越时空、超越国度、富有永恒魅力、具有当代价值的传世诗文的百读不厌、常读常新中，树立民族自信心与自豪感，培养起守护、传承与弘扬中华优秀传统文化的传世之心，在实现“两个一百年”奋斗目标和中华民族伟大复兴中国梦的道路上，凝聚起全民的文化力量，和这个时代一同前行。

上海人民出版社

2017 年 6 月

导　读

散曲，是崛起于金元之间的一种新体诗，与诗、词鼎足而三，共同构成了中国古典诗歌的三种基本类型。元人罗宗信云："世之称唐诗、宋词、大元乐府，诚哉！"(《中原音韵序》）其中所谓"大元乐府"即指元代散曲。可见在元代，散曲就成为一代文学之胜并奠定了与唐诗宋词分庭抗礼的艺术地位，在中国文学中产生了深远的影响。

作为一种文学体裁的总名，散曲就形式而言有小令、带过曲和套数之分。所谓小令，也称"叶儿"，取其短小之意，其形式大致如诗之一首，词之一阕，乃散曲中最小的独立单位。就音乐体式而言，小令还可分成独曲体和联章体（又称重头）两种。独曲体如马致远〔越调〕天净沙《秋思》；联章体则指同一曲调重复运用的组曲，如关汉卿〔中吕〕四块玉《闲适》四首，即以"闲适"为总题，连用〔四块玉〕曲调，反复抒写其闲放归隐之趣。带过曲是由两支或三支不同的曲调组合而成的组曲，在形式上介于小令与套数之间，如〔雁儿落过清江引〕为两曲组合，〔快活三过朝天子四换头〕为三曲组合，带过曲的组合也有一定之规，不得任意搭配。套数为散曲中最为复杂的结构体式，其形式是把同一宫调中的诸多曲子联缀起来，其联缀顺序则有相应之格，一般是以一、二支小令曲为首曲，末以〔煞〕或〔尾〕作收束，中间则为有一定组合规律的过曲，或长或短，少则三、四曲，多至二三十支曲亦有。小令、带过曲和套数是元散曲中的三种基本形式，都留下了众多优秀的篇章。本书在选录时兼顾这三种形式，力求较为全面地反映元散曲在形式体制上的多种面貌。

元人散曲从民间传唱的“俗谣俚曲”发展而来，后文人染指，终成一代之文学。自金末至元末的百余年间，散曲创作如群星璀璨，熠熠生辉。其常规分期则大致以14世纪为界，分为前后两期：前期作家创作从金末元初的兴起逐渐走向鼎盛，其中在元好问、杨果、卢挚、姚燧等前驱作家的作品中，还明显带有以词为曲的印痕。而在关汉卿、白朴、马致远、张养浩等曲家的笔下，散曲之体性特征渐为张扬，或朴质、或清丽、或俳谐、或豪放，可谓随物赋形，生机勃勃。尤其是“曲状元”马致远，更使散曲创作堂庑扩大，曲体尊荣。元散曲之后期创作承鼎盛期之绪，进一步呈繁荣的创作态势，乔吉、张可久、徐再思、贯云石、薛昂夫、曾瑞、周文质、刘时中等均是此时期之创作名家，此时期散曲创作的一个显明迹象是艺术风格渐趋雅化，散曲原有的朴拙、粗豪、直露的风味有所减弱，遂使散曲之为市民文学渐变为雅士之作，他们追求词采，讲究声律，一方面使散曲创作趋于规范和雅正，同时在某种程度上也使散曲失却了原有之风味而趋于衰落。本书在曲作的择取上以前后两期中的名家名作为主，又兼顾元代散曲发展中的前后平衡和散曲艺术的自身发展轨迹，并适当选入无名氏的民间俗曲，使读者能较为清晰地把握元散曲的独特发展历史和艺术品貌。

元人散曲的表现内容至为广泛，古代韵文的其他体裁可谓无有出其右者。明朱权《太和正音谱》首列“乐府体式”十五种，以概元散曲之表现内容，近人任中敏以为朱氏之分法“含意未纯”(《散曲概论》卷二)，而举其中之八体，曰：“黄冠体”(宣扬乐天知命——编者加，下同)、“承安体”(追求辞藻华贵，表现承平气象)、“玉堂体”(粉饰太平或歌功颂德)、“草堂体”(志在林泉，不乐仕进)、“楚江体”(怀才不遇，悲愤慷慨)、“香奁体”(绮罗香泽，儿女私情)、“骚人体”(讥讪嘲讽)、“俳优体”(诡喻淫谑)。此八体分类有一定道理，其中如“黄冠”、“草堂”、“楚江”三体实则为元散曲之主旋律。本书在整体安排上亦以内容分类，但不取传统之分法，因此种分类术语隐晦不明，也略显琐碎，故重为梳理加以分类，计有“遣怀”、“叹世”、“情爱”、“咏景”、“嘲戏”五类。每类各以时代为线索，选取各具代表性的作家作品，以便让读者能深入了解元散曲独特的情感主潮和多样化的表现内涵。

本书对所选篇目例分五项内容：(1)作者介绍(仅列于该作家所有入选作品的首篇，以后不再重出)；(2)正文；(3)注释；(4)说明；(5)集评(视作品具体情况而定)。“注释”以疏通词句和说明典故为主，一般不作详尽考证，异说择善而从，务使通俗简易，明了直截。“说明”对该篇作简略赏析，并对有关创作背景和主要艺术特点作扼要提示。“集评”部分不取作家总体评论，仅以单篇作品的评价文字为对象，如评语较多，则择其精彩者录之。本书所录篇目之正文基本上依隋树森所辑《全元散曲》，个别明显有误者则径以校改，并在注释中加以说明。

本书对时贤相关论著多有借鉴，一些资料书、工具书帮助尤多，举其要者有：任中敏《散曲概论》，羊春秋《散曲通论》、《元人散曲选》，李昌集《中国古代散曲史》，顾学颉、王学奇《元曲释词》，吕薇芬《全元散曲典故辞典》，王文才《元曲纪事》，蒋星煜、齐森华、叶长海《元典鉴赏辞典》等，在此特予说明，并致谢忱。如读者有意对元代散曲作进一步鉴赏和探究，上述诸书可作参考。由于笔者能力有限，书中取舍失当、注释及评论文字不妥者，在所难免，再加上时间仓促，“集评”部分未及广搜，沧海遗珠，更不能免，谨请专家和读者诸君多多批评指正。闵锐、朱银宁两位同学认真校读了书稿，在此一并感谢。

谭　帆

2017 年 6 月

目　录

咏景篇

遣怀篇

元好问

元好问（1190—1257）字裕之，号遗山。太原秀容（今山西忻县）人。年三十二岁登金进士第，历官至尚书省左司员外郎、翰林知制诰。金亡后不仕，以著书作诗自娱。为金元间最为重要的文学家之一。一生著述丰厚，有《遗山文集》四十卷行世，编有《中州集》和《壬辰杂编》。散曲传世今有小令九首、残曲二首。

〔双调〕骤雨打新荷

绿叶阴浓，遍池塘水阁，偏趁凉多。海榴初绽[1]，妖艳喷香罗。老燕携雏弄语，有高柳鸣蝉相和。骤雨过，珍珠乱糁[2]，打遍新荷。　　人生有几，念良辰美景，一梦初过。穷通前定[3]，何用苦张罗。命友邀宾玩赏，对芳樽浅酌低歌[4]。且酩酊，任他两轮日月，来往如梭。

说明

此曲为元好问散曲之名篇，元·陶宗仪《辍耕录》卷九云为元氏自度曲："元遗山先生好问所制，而名姬多歌之，俗以为《骤雨打新荷》者是也。"该曲之体式与词相近，亦为上下两片，上片咏景，描绘盛夏之景

[1]　海榴初绽：石榴花刚开。

[2]　乱糁：糁（sǎn），饭粒，引申为散粒。"乱糁"《辍耕录》九作"乱撒"。

[3]　穷通前定：穷，不得志。通，得志。前定，前世决定。

[4]　芳樽：樽，酒杯，指杯中盛满芳香四溢之美酒。

色，绿叶荫浓，石榴初开，燕莺弄语，高柳蝉鸣，一片喧闹，热烈的气氛，忽然一阵骤雨降临，打遍新荷，平添了丝丝凉意。下片对景写情，表现元代文人追求花间樽前的生活和及时行乐的心态。此曲风格清俊，语言流丽，开元散曲文人雅化之风。

集评

夏庭芝曰：解语花，姓刘氏，尤长于慢词。廉野云招卢疏斋、赵松雪饮于京城外之万柳堂，刘左手持荷花，右手举杯，歌《骤雨打新荷》曲，诸公甚喜。

——元·夏庭芝《青楼集》

陶宗仪曰：《小圣乐》乃〔小石调〕曲，元遗山先生好问所制，而名姬多歌之，俗以为《骤雨打新荷》者是也。

——元·陶宗仪《辍耕录》卷九“万柳堂”条

李调元曰：元遗山有小令云：……一时传播，今入曲，易牌名《骤雨打新荷》。

——清·李调元《雨村曲话》卷上

王季烈曰：金代词曲家，若董解元、关汉卿之类，行事皆不甚见于载籍。其有名于世者，惟元遗山。……所著曲虽不多，而甚超妙。其《骤雨打新荷》小令……读此亦可见其志趣矣。

——王季烈《螾庐曲谈》卷四

刘秉忠

刘秉忠（1216—1274）字仲晦，初名侃，出家为僧后法名子聪，拜官后又更名秉忠。邢州（今河北邢台）人。金末为邢台节度使府令史，因不屑刀笔小吏之生活，弃职隐于武安山为僧。后经海云禅师所荐，为忽必烈招致并重用，多有献策，曾多参与蒙元开国之决策，为元之开国功臣，官拜光禄大夫，位太保。著有《藏春散人集》，《全元散曲》录其小令十二首。

〔南吕〕干荷叶

南高峰，北高峰[1]，惨淡烟霞洞[2]。宋高宗[3]，一场空，吴山依旧酒旗风[4]，两度江南梦[5]。

说明

〔南吕〕干荷叶共有八首，首见于元·杨朝英所辑《乐府新编阳春白雪》。此为第五首，关于此曲之归属，明人疑为非秉忠所作，理由是秉忠世宦辽金，与宋无瓜葛，且秉忠卒时南宋尚未灭，不当作此哀歌。此说

[1] 南高峰，北高峰：杭州西湖胜景之一，习称“双峰插云”。

[2] 烟霞洞：在南高峰下烟霞岭之上，其洞幽深。

[3] 宋高宗：即赵构（1107—1187），徽宗第九子，靖康二年（1127）即帝位于南京（今河南商丘），后一路南奔，于临安（今杭州）建行都，史称“南宋”。高宗于绍兴十一年（1141）与金人割地、称臣、纳贡议和。

[4] 吴山：杭州胜景之一，俗称城隍山，在西湖东南面。

[5] 两度江南梦：五代十国时的吴越和南宋均建都于杭州，又均已灭亡，想来犹如梦境。

并非全然无据，但秉忠晚年，南宋之覆亡已势在必然，作此感慨当属可能。全曲虽寥寥数句，但意蕴深厚，先以西湖之景点出杭州，又以杭州引出宋高宗苟安辱国之事，复以“两度江南梦”感叹历史之盛衰。西湖之景永恒不灭，帝王之事则归于一瞬，作者在这种比照中感慨良深。

集评

杨慎曰：元太保刘秉忠《干荷叶》曲……此秉忠自度曲。曲名《干荷叶》即咏干荷叶，犹是唐词之意也。又一首吊宋……此借腔别咏，后世词例也。然其曲凄恻感慨，千古寡和也。或云非秉忠作。秉忠助元凶宋，惟恐不早，而复为吊惜之词？其俗所谓斧子斫了手摩挲之类也。

——明·杨慎《词品》卷一

胡祇遹

胡祇遹（yù）(1227—1293)，字绍开，一作少凯，号紫山。磁州武安（今河北磁县）人。少孤，长而读书，得名流赏识。元世祖至元元年（1264）授应奉翰林文字，不久兼任太常博士。因触犯奸贵阿合马而出任太原路治中等外官，元灭宋后，召拜翰林学士，不久辞官归里。卒后谥文靖，有《紫山大全集》。散曲今存小令十一首，朱权《太和正音谱》评："胡紫山之词，如秋潭孤月。"

〔双调〕沉醉东风

渔得鱼心满愿足，樵得樵眼笑眉舒。一个罢了钓竿，一个收了斤斧，林泉下偶然相遇，是两个不识字渔樵士大夫。他两个笑加加的谈今论古[1]。

说明

曲中"渔夫"、"樵夫"两个形象不必视为现实生活的真实写照，而可看成作者的理想人格范型，只是一种象征。作者正是据此表现了对山野林泉渔樵生活的赞美，那种淡泊名利、舒心适意、洒脱超逸的品格无疑是作者所醉心向往的。

---

［1］　笑加加：即笑哈哈。

王　恽

王恽（1227—1304），字仲谋，号秋涧。卫州汲县（今河南卫辉县）人。《元史》有传。元世祖中统元年（1260）得左丞姚枢所荐，走上仕途，历任翰林修撰同知制诰、国史院编修、中书省左右司都事等职，多有政绩，为一代名臣。卒时年七十六，追封太原郡公，谥文定。王恽博涉经史，好学不倦，著有《秋涧先生大全集》。其散曲今存小令四十一首。

〔正宫〕黑漆弩

游金山寺并序

邻曲子严伯昌尝以〔黑漆弩〕侑酒[1]。省郎仲先谓余曰："词虽佳，曲名似未雅。若就以〔江南烟雨〕目之，何如[2]？"予曰："昔东坡作〔念奴曲〕[3]，后人爱之，易其名曰〔酹江月〕，其谁曰不然？"仲先因请予效颦，遂追赋《游金山寺》一阕，倚其声而歌之。昔汉儒家蓄声妓，唐人例有音学[4]，而今之乐府，用力多而难为工，纵使有成，未免笔墨劝淫为侠耳[5]。渠辈年少气锐，渊源正学，不致费日力于此也。其词曰：

---

［1］"邻曲子"句：邻曲子，邻居。严伯昌，生平不详。

［2］"省郎仲先谓余曰"一段：省郎，中书省郎中或员外郎，仲先不详为何人。"江南烟雨"指上文〔黑漆弩〕词，白无咎作，词上片末句为"睡煞江南烟雨"，故欲改〔黑漆弩〕曲名为〔江南烟雨〕。

［3］昔东坡作〔念奴曲〕：指苏东坡词〔念奴娇〕《赤壁怀古》，该词末句为"一樽还酹江月"，故后人有改〔念奴娇〕为〔酹江月〕的。

［4］唐人例有音学：音学，《秋涧乐府》朱孝臧《校记》云或为"音乐"之误。

［5］未免笔墨劝淫为侠耳：侠，疑误，任中敏《曲谱》卷二改为"狭"，或是。

苍波万顷孤岑矗[1]，是一片水面上天竺[2]。金鳌头满咽三杯[3]，吸尽江山浓绿。蛟龙虑恐下燃犀[4]，风起浪翻如屋。任夕阳归棹纵横，待偿我平生不足。

说明

此曲并序表现了作者欲使曲的创作追步东坡、抒写豪迈之气。开首两句以"孤岑"矗立、水面天竺极写金山寺之壮奇雄伟。次以登上绝顶，把酒临江，表现作者之豪气，犹如神鳌吸尽一江碧水，想象神奇，胆气豪迈。"蛟龙"二句又从山势伸向水浪，描绘惊涛骇浪。面对如此奇境，作者任凭归棹纵横，一意所之，极尽登临之快。全曲想象奇特，气魄不凡，颇有东坡之风。

---

[1] 苍波万顷孤岑矗：岑，小而高的山。此句意为金山矗立在碧波万顷之中。金山，在今镇江西北，山上有金山寺。

[2] 天竺：山名，杭州有上、中、下三天竺，上天竺在北高峰下，有寺称上天竺寺。

[3] 金鳌：金山之最高峰，称金鳌峰。

[4] 蛟龙虑恐下燃犀：《晋书·温峤传》："至牛渚矶，水深不可测，世云其下多怪物，峤遂燃犀角而照之。须臾，见水族覆火，奇形异状，或乘马车著赤衣者。峤其夜梦人谓己曰：'与君幽明道别，何意相照也？'意甚恶之。"此典故谓古人以为水深有怪，宝物照之可使其现形。散曲中多用此典描绘水急浪高之景。

卢　挚

卢挚（1242—1314以后），字处道，一字莘老。号疏斋，又号嵩翁，涿郡（今河北涿县）人。至元五年（1268）进士，历官江东道提刑按察副使、陕西道提刑按察使、河南路总管、湖南道肃政廉访使、翰林学士等。卢挚官居高位，文学亦负盛名，其诗与刘因齐名，曲与姚燧齐名，世称“姚卢”。其诗、文、词曲均清丽自然，著有《疏斋集》，已佚。散曲今存小令一百二十首，残曲（小令）一首，为元散曲前期作家中留存较多的一个作家。

〔黄钟〕节节高

题洞庭鹿角庙壁[1]

雨晴云散，满江明月。风微浪息，扁舟一叶。半夜心，三生梦[2]，万里别。闷倚篷窗睡些[3]。

说明

此曲当是卢挚作于元成宗大德年间赴任湖南道肃政廉访使途中。全曲前半写景，后半抒情。雨止云散，满江月光，一片清澈明净之景，风

[1]　题洞庭鹿角庙壁：鹿角庙，湖南岳阳南洞庭湖滨有鹿角镇，庙当在镇中。题壁，即将诗文书于壁上。

[2]　三生梦：三生，佛教语，指前生、今生、来生。白居易《偶题西壁》：“世说三生如不谬，共疑巢许是前身。”

[3]　篷窗：即船窗。

微浪息，一叶扁舟泛游湖上，又是一种清寂惬意之境。但此时此境，作者之内心却无此清纯宁静，夜半明月，勾起离情，万里路遥，不知归程，一种人生如梦之慨油然而生。此曲之特色在于前后之比，前之明朗，后之阴郁，也在于情景相对，明月清辉难去心头阴云，静谧平湖更难使内心宁静。正是在这种比照中一个游子形象、一个痛苦心灵跃然纸上。

〔双调〕沉醉东风

闲居[1]

恰离了绿水青山那答[2]，早来到竹篱茅舍人家[3]。野花路畔开，村酒槽头榨，直吃的欠欠答答[4]，醉了山童不劝咱，白发上黄花乱插。

说明

此曲极写闲居、疏狂之乐。开首两句写作者信步漫游，青山绿水，一路转到竹篱茅舍，以“恰离了”、“早来到”作承接，表明作者徜徉于野外，流连忘返，有着很高的兴致。进入乡村人家之后，一路上山花遍野，色彩缤纷，而村酒之醇香又极为迷人，他不禁在此喝得个酩酊大醉，且还大发少年之狂，摘下路边菊花插满在白发之上。东坡有云：“人老簪花不自羞，花应羞上老年头。”（《吉祥寺赏牡丹》）可曲中之主人公却是顾不得这些了，一种疏狂、放达的形容跃然纸上。全曲语言本色，形象生动，颇有生活情趣。

---

［1］　卢挚《闲居》共有三首，此为第二首。

［2］　那答：那边。

［3］　早来到：早来，已经。

［4］　欠欠答答：形容疯疯癫癫的样子。

〔双调〕蟾宫曲

京口怀古（镇江）[1]

道南宅岂识楼桑[2]，何许英雄，惊倒孙郎[3]。汉鼎才分[4]，流延晋宋，弹指萧梁[5]。昭代车书四方[6]，北溟鱼浮海吞江[7]。临眺苍茫，醉倚歌鬟[8]，吟断寒窗。

说明

这是一首怀古之作。可分成两个层次，从首句到“弹指萧梁”，为第一层次，是为怀古。从“昭代”开始将思绪收回，投向现实，最后又将笔墨收束到自身。第一层次因登京口城便自然想到了三国时叱咤风云的

---

[1] 京口：即今镇江。《资治通鉴》卷六十六：“其城因山为垒，缘江为城，因谓之京口。”

[2] 道南宅岂识楼桑：“道南宅”指周瑜，典出《三国志·吴志·周瑜传》：“策（孙策）与瑜同年相友善，瑜推道南大宅以舍策，升堂拜母，有无通共。”“楼桑”指刘备，《明一统志》：“楼桑村，在顺天府涿州西南一十五里，即汉昭烈（备）故居。东南隅旧有桑高五丈许，如车盖然，人异之，因号其里曰楼桑村。”

[3] 惊倒孙郎：孙郎，孙权。此句意为孙权被刘备的才华仪表所倾倒。

[4] 汉鼎：汉王室。

[5] 萧梁：南朝时梁之王室姓萧，故称。

[6] 昭代车书四方：昭代，政治清明的时代，也常以此作为本朝的美称。崔涂《问卜》诗：“不拟逢昭代，悠悠过此生。”车书，文物制度划一，天下一统。《礼记·中庸》：“今天下车同轨，书同文。”杜甫《题桃树》诗：“天下车书正一家。”

[7] 北溟鱼：传说中之大鱼，典出《庄子·逍遥游》：“北溟有鱼，其名为鲲。鲲之大不知其几千里也，化而为鸟，其名为鹏，鹏之背不知其几千里也，怒而飞，其翼若垂天之云。”此处或用以比喻那些怀雄心有才略之人。

[8] 歌鬟：歌妓。

孙、刘，这里曾经是孙吴的大舞台，刘备也在此使孙权为之倾倒，但如此大才，也未能挽回汉祚，“汉鼎才分，流延晋宋，弹指萧梁”，历史正是在弹指之间急遽地变化着。此一层次笔墨凝练，挥洒自然。由怀古自然便联想到了当今现实，虽然表面一统，风平浪静，但谁能预料没有如“北溟鱼”之流再次“浮海吞江”呢？眼前之苍茫之景，雄阔之境没有勾起作者之壮心，反而化为内心无限的怅惘，不如“醉倚歌鬟，吟断寒窗”，在醉酒咏诗之中消磨人生吧！如此收束，无疑是愧对于这壮阔的京口之景，也愧对于作者之同乡先贤玄德公的，但这恰恰正是元代社会的一种真实写照。

陈草庵

陈草庵，《录鬼簿》将其列为“前辈名公”，称其为“陈草庵中丞”。生平不详。孙楷第《元曲家考略》认为陈草庵即陈英。张养浩《归田类稿》言陈英曾官监察御史、诸道宣抚、中丞等职。散曲今存〔山坡羊〕小令二十六首。

〔中吕〕山坡羊

伏低伏弱[1]，装呆装落。是非犹自来着莫[2]，任从他，待如何？天公尚有妨农过，蚕怕雨寒苗怕火，阴，也是错，晴，也是错。

说明

这是一首带有苦涩幽默意味的自嘲曲。

“伏低伏弱，装呆装落”，起首调子极为低沉，事事服低，甘落人后，但纵然如此，“是非”仍是纷至沓来，一种无序、黑暗的世道清晰地展示了出来。生于这种年月，该何以为人呢？“任从他，待如何？”爽性让他去吧，又能怎么样呢？从甘为人后转而洒脱通达。最后，诗人以一个颇具苦涩的幽默比喻来表现其处境：连老天也有妨农时呢，“蚕怕雨寒苗怕火”，因而是“阴，也是错，晴，也是错”。生于斯世，横竖得咎，不如随他去吧。但在这种旷达、幽默之中，诗人内心之苦涩、辛酸实已深沉透彻。

---

〔1〕　伏低伏弱：伏，即服。

〔2〕　着莫：元人口语，沾染、纠缠之意。《汉宫秋》二〔梁州第七〕：“怎禁他带天香着莫定龙衣袖。”

关汉卿

关汉卿（约1230—约1310），名不详，号已斋、一斋。大都（今北京）人。其籍贯另外尚有祁州（今河北安国）、解州（今山西运城）等几种不同说法。关于他的生平，元·钟嗣成《录鬼簿》说他任过太医院尹，元人熊自得《析津志·名宦传》云："关一斋，字汉卿，燕人。生而倜傥，博学能文，滑稽多智，蕴藉风流，为一时之冠。"为"元曲四大家"（关汉卿、马致远、郑光祖、白朴）之首，明初贾仲明〔凌波仙〕吊词赞他"驱梨园领袖，总编修师首，捻杂剧班头"。在元代剧坛上有着很高的地位，其杂剧今知有六十七部，现存十八部。散曲今存小令四十一首，套数十三，残套二和联章体组曲〔中吕〕普天乐《崔张十六事》。是元初散曲作家中作品数量最多者。

〔南吕〕四块玉

闲适

适意行，安心坐。渴时饮饥时餐醉时歌，困来时就向莎茵卧[1]。日月长，天地阔，闲快活。

旧酒投[2]，新醅泼[3]，老瓦盆边笑呵呵[4]。共山僧野叟闲吟和，他出一对鸡，我出一个鹅，闲快活。

---

[1] 莎茵：莎（suō），莎草，即香附子，可编席。茵，垫子，毯子。

[2] 旧酒投：投，《太平乐府》作"没"，即喝光。一说"投"应为"酘"（音同投），再酿之意。

[3] 新醅泼：醅（pēi），未滤过的酒。杜甫《客至》："盘飧市远无兼味，樽酒家贫只旧醅。"泼，倾倒，引申为斟。一说泼为"醱"（pō），亦为再酿之意。

[4] 老瓦盆：粗糙的酒器。

意马收，心猿锁。跳出红尘恶风波，槐荫午梦谁惊破。离了利名场，钻入安乐窝，闲快活。

南亩耕[1]，东山卧[2]。世态人情经历多，闲将往事思量过。贤的是他，愚的是我，争甚么。

说明

这是关汉卿的一组小令，以“闲适”为总题，抒写其挣脱名利场的无奈和闲居生活的乐趣。四首一组小令，各取一个视角。第一首取“舒心适意”，开首便奠定基调：“适意行，安心坐”，无荣辱之扰，无祸福之忧，“饮、餐、歌、卧”都是随心所欲，任其自然。第二首取“山野情趣”，推出了一次欢宴的特写，醉意浓浓、呼朋唤友，一切都是那么的随意、自然，酒是新酿，友是山僧，杯是老瓦盆，菜是“打平伙”，这“笑呵呵”、“闲快活”的场面是那么的真挚、率性和无拘无束。第三首取名利虚幻，在情感上已没有那么热烈、欢快，更多的则是无奈和略带忿激，“离了利名场，钻入安乐窝”，内心之郁闷还是显见的。第四首取颠倒贤愚，进一步表现红尘风波的参透，以“南亩耕，东山卧”表明自己决计脱出名缰利锁，既然贤愚不分，倒还不如藏拙守愚，图个安身怡心。这组小令所抒写的

[1] 南亩耕：南亩，语出《诗经·豳风·七月》：“同我妇子，馌彼南亩。”一般泛指田地，引申为归田躬耕。

[2] 东山卧：指隐居生活。典出《晋书·谢安传》，谓谢安曾隐居东山（今浙江上虞西南），后又入朝做官。此处以谢安之隐居来比喻自己的闲适生活。

情感乃元曲中的一个普遍主题，是元代社会黑暗统治的反映。这种外在的超然其实是不得已的、无奈的，其内心情感犹然沉郁，仍然炽烈。

〔南吕〕一枝花

不伏老

攀出墙朵朵花，折临路枝枝柳[1]。花攀红蕊嫩，柳折翠条柔，浪子风流。凭着我折柳攀花手，直煞得花残柳败休。半生来折柳攀花，一世里眠花卧柳。

〔梁州〕我是个普天下郎君领袖[2]，盖世界浪子班头。愿朱颜不改常依旧，花中消遣，酒内忘忧。分茶攧竹[3]，打马藏阄[4]，通五音六律滑熟，甚闲愁到我心头。伴的是银筝女银台前理银筝笑依银屏，伴的是玉天仙携玉手并玉肩同登玉楼，伴的是金钗客歌金缕捧金樽满泛金瓯[5]。你道我老也，暂休。占排场风月功名首，更玲珑又剔透。我是个锦阵花营都帅头[6]，曾玩府游州。

〔隔尾〕子弟每是个茅草岗沙土窝初生的兔羔儿乍向围场上走[7]。我

---

[1] 此处之花、柳均指娼妓。

[2] 郎君：郎君一辞在古时意义颇丰，或指嫖客、或指贵公子，有时妇女称其丈夫或所恋之情人亦为郎君，如古乐府《子夜四时歌·夏歌》："郎君未可前，待我整容仪。"在元曲中，郎君一辞主要是指嫖客。《青衫泪》第一折〔油葫芦〕："我则道过中年人老朱颜改，谁想他扑郎君虎瘦雄心在。"

[3] 分茶攧竹：分茶，随意小吃、饮酒，《董西厢》卷一〔仙吕·赏花时〕："选甚嘲风咏月，擘阮分茶。"有时也称食店，宋·孟元老《东京梦华录》卷四："大凡食店，大者谓之'分茶'。"攧竹，是指一种赌博性的游戏活动，即赌博性的抽签，古时小吃商贾，常备签筒，顾客可抽签赌吃。

[4] 打马藏阄：打马，即打双陆，古时一种博戏。藏阄，亦古时一种游戏。

[5] "伴的是"三句：银筝女、玉天仙、金钗客，均指妓女。金缕，〔金缕衣〕，一种曲调名。金瓯，瓯，一种小盒，此指精美的酒具。

[6] "锦阵花营"句：锦阵花营，妓女群。都帅头，头目。

[7] "子弟每"句：子弟，嫖客，围场，本指猎场，此指妓院。

是个经笼罩受索网苍翎毛老野鸡蹅踏的阵马儿熟[1]。经了些窝弓冷箭蜡枪头[2]，不曾落人后。恰不道人到中年万事休，我怎肯虚度了春秋。

〔尾〕我是个蒸不烂煮不熟槌不匾炒不暴响珰珰一粒铜豌豆[3]，恁子弟每谁教你钻入他锄不断斫不下解不开顿不脱慢腾腾千层锦套头[4]？我玩的是梁园月，饮的是东京酒，赏的是洛阳花，攀的是章台柳[5]。我也会围棋会蹴鞠会打围会插科[6]，会歌舞会吹弹会咽作会吟诗会双陆[7]。你便是落了我牙歪了我嘴瘸了我腿折了我手，天赐与我这几般儿歹症候，尚兀自不肯休。则除是阎王亲自唤，神鬼自来勾，三魂归地府，七魄丧冥幽。天哪，那其间才不向烟花路儿上走。

说明

此套曲为关汉卿散曲之代表作，全曲由四首曲子联缀而成，每曲各叙一个中心，意脉贯通，酣畅淋漓，塑造了一个不同流俗、佯狂玩世的

---

[1] “我是个”句：此句与上句相对，意为颇有狎妓经验。

[2] “经了些”句：窝弓冷箭，喻妓院对嫖客的暗算。蜡枪头，中看不中用。

[3] 铜豌豆：旧时妓院对老狎客的昵称。

[4] 锦套头：本义是网套，比喻妓女笼络狎客的手段。也作“锦套儿”，《曲江池》第一折〔青哥儿〕：“他自有锦套儿腾掀，甜唾儿粘连。”

[5] “我玩的是”以下四句：梁园，典出《汉书·梁孝王传》，又作梁苑、兔苑，汉梁孝王所筑，是其接待宾客和游耍之场所，后作为游宴场所之代称。东京，此指开封。章台柳，典出唐·孟棨《本事诗·情感》：天宝末进士韩翃与妓柳氏相爱，后韩出任外官，柳居都下，三年后，韩作《章台柳》诗寄柳氏：“章台柳，章台柳，往日青青今在否？纵使长条似旧垂，亦应攀折他人手。”后以章台柳指青楼女子。另：章台原为宫名，战国秦时建，因宫内有章台而得名，后来以章台喻游冶之所。

[6] “我也会”句：蹴鞠（cù jū），古时一种踢球游戏。打围，围猎。插科，戏曲、曲艺中穿插的引人发笑的动作，常与“打诨”并称。

[7] 咽作：指歌唱。明·朱有燉《桃花景》楔子〔仙吕〕赏花时：“你道我咽作的吞子忒献斗。”（吞子，嗓子；献斗，出色。）

抒情主人公形象。

怎样理解这首套曲所表现的情感内涵及其塑造的抒情主人公形象？晚清刘熙载评散曲创作时尝云："借俗写雅，面子疑于放倒，骨子弥复认真。"(《艺概·词曲概》) 此语可作〔南吕〕一枝花《不伏老》之评。全曲极力渲染"浪子风流"，自称"郎君领袖，浪子班头"，以极为直率的语言自我标榜、自我调侃、自我赞赏，将正统文人所不齿的"浪子生涯"作了淋漓尽致的描述，但在这种描写中，却看不出丝毫的香艳之气和浮靡格调，可谓浪荡其表，真致其里，充分地展现了一个在特殊社会环境中的独特人物形象，这种形象既是关汉卿自身的生活写照，更可看作关汉卿所塑造的一个元代下层文人的典型形象，甚至是一次在现实恶俗中的新的人格标举。

此套曲在艺术上也深具特色，全曲虽然篇幅较长，但神旺气足，淋漓酣畅，豪壮之文气与畅达之笔势融为一体，读来满纸生风。曲中多用排句，又长于对偶，且运用散曲特有之衬字用法，使语势跳跃，跌宕有致，体现出了一种奔放、活泼、生动的艺术风格。

姚　燧

姚燧（1238—1313），字端甫，号牧庵。原籍柳城，后移居洛阳。三岁失怙，养于伯父姚枢家。历任大司农丞、江东廉访使、江西行省参知政事、太子宾客、翰林学士承旨、知制诰兼修国史。为元代之名儒，《元史》有传。也是元代散文大家，《元史》称其“闳肆该洽，豪而不宕，刚而不厉，舂容盛大，有西汉风。宋末弊习，为之一变。”姚燧散曲今存小令二十九首，套数一首，大多为言志抒怀、状景咏物和男女情爱。有《牧庵集》传世。

〔中吕〕满庭芳

帆收钓浦，烟笼浅沙，水满平湖。晚来尽滩头聚，笑语相呼。鱼有剩和烟旋煮，酒无多带月须沽。盘中物，山肴野蔌[1]，且尽葫芦。

说明

此曲描绘了一幅淳朴素雅的生活画面，不应看作其生活的真实写照，而不过是其晚年在逐渐厌倦了仕宦生涯以后所幻化的一种理想人生境界。但终姚燧一生，始终未脱官场束缚。“西风吹起鲈鱼兴，已在桑榆暮景”（〔中吕〕醉高歌《感怀》）。因此这种生活场景不过是其一种向往而已。

---

［1］　山肴野蔌（sù）：蔌，蔬菜的总称。《诗经·大雅·韩奕》：“其蔌维何？维笋及蒲。”

〔中吕〕醉高歌

感怀

十年燕月歌声[1]，几点吴霜鬓影[2]。西风吹起鲈鱼兴[3]，已在桑榆暮景[4]。

说明

这是一首思归之曲。作者此时年逾六旬，却仍游宦吴地，内心之惆怅不言而喻，一种急欲回归的心情油然而生。此曲寥寥数语，但情真意切，读来令人感喟，曲辞简淡古雅，可谓小令曲之佳品。

集评

周德清曰：《醉高歌·感怀》"十年燕市……"。妙在"点"、"节"二字，上声起音。务头在第二句及尾。

——元·周德清《中原音韵·作词十法·定格》

（案：《中原音韵》"燕月"作"燕市"、"已在"作"晚节"）

---

[1] 十年燕月歌声：燕，指京城大都（今北京，旧属燕地）。作者曾在朝任翰林学士等职。

[2] 几点吴霜鬓影：吴，泛指江南。作者于元大德五年（1301）出任江东廉访使，后数年羁于此。

[3] 西风吹起鲈鱼兴：《晋书·张翰传》："翰见秋风起，乃思吴中菰菜、莼羹、鲈鱼脍，曰：'人生贵适志，何能羁宦数千里以要名爵乎？'遂命驾而归。"

[4] 桑榆暮景：指一个人的晚年。《后汉书·冯异传》："失之东隅，收之桑榆。"东隅，日出处；桑榆，日落处。

杨慎曰："姚牧庵《醉高歌》词云：'十年燕月……'。'荣枯枕上……。'牧庵一代文章巨公，此词高古，不减东坡、稼轩也。"

——明·杨慎《词品》卷五"牧庵词"

马致远

马致远（约 1250—1321 以后），号东篱，大都（今北京）人。早年追求过功名，但并不得志，约在元大德（1295—1307）年间出任过江浙省务官。晚年退出官场，在杭州附近乡村过隐居生活。马致远在元代曲坛上地位颇高，时人誉为“曲状元”，是“元曲四大家”之一。一生作有杂剧十五种，今存《汉宫秋》等七种。散曲今存小令一百十五首，套数十六，残套七。

〔双调〕清江引

野兴

东篱本是风月主[1]，晚节园林趣。一枕葫芦架，几行垂杨树，是搭儿快活闲住处[2]。

说明

〔双调〕清江引《野兴》共有八首，是马致远抒发忘情物外，隐居乐道情怀的一组小令。此曲为第八首。开首“东篱本是风月主，晚节园林趣”点明其志向、本性，一“本”字颇为传神，大有一种“今是昨非”之感，说明其隐居乃本性使然，是为“悟迷”。接着以白描手法勾画其隐

[1] 东篱本是风月主：东篱，马致远的号，显然取自陶渊明“采菊东篱下，悠然见南山。”风月，此泛指大自然。

[2] 搭儿：处。白朴《梧桐雨》第三折：“隐隐天涯，剩水残山五六搭。”

居的“快活闲住处”：一排葫芦架，几行垂杨柳，平静、安逸而又充满生机。全曲不事雕饰，造语平直，但情真意切，表现了东篱高超的艺术造诣。

〔双调〕夜行船

秋思

百岁光阴一梦蝶[1]，重回首往事堪嗟。今日春来，明朝花谢，急罚盏夜阑灯灭[2]。

〔乔木查〕想秦宫汉阙[3]，都做了衰草牛羊野。不恁么渔樵没话说[4]。纵荒坟横断碑，不辨龙蛇[5]。

〔庆宣和〕投至狐踪与兔穴[6]，多少豪杰。鼎足虽坚半腰里折。魏耶？晋耶[7]？

〔落梅风〕天教你富，莫太奢，没多时好天良夜。富家儿更做道你心似铁，争辜负了锦堂风月[8]。

〔风入松〕眼前红日又西斜，疾似下坡车。不争镜里添白雪[9]，上床与鞋履相别。休笑巢鸠计拙[10]，葫芦提一向装呆[11]。

---

[1] 梦蝶：典出《庄子·齐物论》："昔者庄周梦为胡蝶，栩栩然胡蝶也。自喻适志与！不知周也。俄然觉，则蘧蘧然周也。不知周之梦为胡蝶与？胡蝶之梦为周与？"此句谓人生就如一场梦境。

[2] 急罚盏夜阑灯灭：夜阑，夜深。赶紧行令罚酒，直至夜深灯灭。

[3] 秦宫汉阙：秦代的宫殿和汉代的陵阙。

[4] 不恁么：不如此，不这么。

[5] 龙蛇：指碑上刻的文字。古人常以龙蛇喻飞动的笔势。李白《草书歌行》："时时只见龙蛇走，左盘右蹙如惊电。"

[6] 投至：乃至。

[7] "鼎足虽坚半腰里折"以下三句：三国时魏、蜀、吴三国鼎立，但不久也消亡了，胜利的究竟是魏还是晋呢？

[8] 锦堂风月：锦堂代指富贵人家，风月泛指生活享受。

[9] 添白雪：添白发。

[10] 巢鸠计拙：比喻不善于生计。《诗·召南·鹊巢》："维鹊有巢，维鸠居之。"朱熹注："鸠性拙不能为巢，或有居鹊之成巢者。"

[11] 葫芦提：糊涂。

〔拨不断〕利名竭，是非绝。红尘不向门前惹，绿树偏宜屋角遮。青山正补墙头缺，更那堪竹篱茅舍。

〔离亭宴煞〕蛩吟罢一觉才宁贴[1]，鸡鸣时万事无休歇。何年是彻[2]？看密匝匝蚁排兵[3]，乱纷纷蜂酿蜜，急攘攘蝇争血。裴公绿野堂[4]，陶令白莲社[5]。爱秋来时那些，和露摘黄花，带霜分紫蟹，煮酒烧红叶。想人生有限杯，浑几个重阳节？人问我顽童记者[6]：便北海探吾来[7]，道东篱醉了也。

说明

本篇为马致远代表作，曾被誉为元散套之绝唱。全曲由七首曲子构成，纵论古今，左右开合，抒情、叙事、言理融于一体，深刻地表现了马致远对人生的领悟和放逸的情怀。

此曲之关键是由两个鼎足对所创造的意境："红尘不向门前惹，绿树偏宜屋角遮，青山正补墙头缺。""和露摘黄花，带霜分紫蟹，煮酒烧红叶。"这是作者所要表达的人生追求和生活境界，而围绕这一追求，作者

[1] 蛩（qióng）：蟋蟀。

[2] 彻：尽头，了结。

[3] 密匝匝：众多，稠密，密密麻麻。

[4] 裴公绿野堂：裴公，唐人裴度，唐宪宗时官至中书侍郎同平章事，封晋国公。后退居洛阳，筑绿野草堂，与白居易等吟酒咏诗其中。

[5] 陶令白莲社：陶令指晋诗人陶渊明。白莲社典出晋·阙名《莲社高贤传》，谓晋释慧远等十八人在庐山结社，同修净土之业。谢灵运在山上凿池植莲，故称"白莲社"。但陶渊明未曾入社，此处或是曲辞对仗之需，姑且用之。

[6] 人问我：一本作"嘱付俺"。

[7] 北海：指东汉时孔融，因其首出任北海相，故后世称其为孔北海。尝自谓："座上客常满，樽中酒不空，吾无忧矣。"

从历史的虚无、豪杰的无常到人生之短暂、社会之恶俗直逼出了“利名竭，是非绝”的大彻大悟。从而使上述境界更具深味。全曲形象生动，情感充沛，对仗工整，将悠长之意境、透彻之理趣、奔放之情思交织成了一个有机整体，有着较高的艺术魅力。

集评

周德清曰：此词乃东篱马致远先生所作也。此方是乐府，不重韵，无衬字，韵险语俊。谚曰百中无一，余曰万中无一。看他用“蝶”、“穴”、“杰”、“别”、“竭”、“绝”字，是入声作平声。“阙”、“说”、“铁”、“雪”、“拙”、“缺”、“帖”、“歇”、“彻”、“血”、“节”字，是入声作上声。“灭”、“月”、“叶”是入声作去声。无一字不妥，后辈学去。

——元·周德清《中原音韵·作词十法·定格》

王世贞曰：马致远“百岁光阴”，放逸宏丽，而不离本色，押韵尤妙。长句如“红尘不向门前惹，绿树偏宜屋角遮，青山正补墙东（头）缺。”又如“和露摘黄花，带霜分紫蟹，煮酒烧红叶。”俱入妙境。小语如“上床与鞋履相别”，大是名言。结尤疏浚可咏。元人称为第一，真不虚也。

——明·王世贞《艺苑卮言》附录一

沈德符曰：元人如乔梦符、郑德辉辈，俱以四折杂剧擅名，其余技则工小令为多。若散套，虽诸人皆有之，惟马东篱“百岁光阴”、张小山“长天落彩霞”为一时绝唱，其余俱不及也。

——明·沈德符《顾曲杂言·南北散套》

胡应麟曰：元曲传于今者，崔蔡二家外，散套间得三数佳篇。如王长公所称“暗想当年，罗帕上把新诗写”，沉深逸宕，而字字本色，真妙绝古今矣。“百岁光阴”，意胜，觉筋骨稍露。“长空万里”，辞胜，觉肌肉太丰，俱让一筹也。

——明·胡应麟《庄岳委谈》卷下

凌廷堪曰：大都词客本风流，“百岁光阴”老更遒。文到元和诗到杜，月明孤雁《汉宫秋》。

——清·凌廷堪《校礼堂诗集》卷二《论曲绝句》

王国维曰：〔天净沙〕小令，纯是天籁，仿佛唐人绝句。马东篱《秋思》一套，周德清评之以为万中无一。明王元美等亦推为套数中第一，诚定论也。此二体虽与元杂剧无涉，可知元人之于曲，天实纵之，非后世所能望其项背也。

——《宋元戏曲考》第十二章《元剧之文章》

王季烈曰：关、白、马、郑诸家，皆生于金末元初，……且关白二人皆为金代遗民，入元不仕。马东篱之《秋思》散套，郑德辉之《王粲登楼》杂剧，襟期高远，寄托遥深，亦系深于故国之思者。

——《螾庐曲谈》卷四

阿里西瑛

阿里西瑛，生卒年不详，约与贯云石、乔吉同时，回族人，阿里耀卿学士之子，其父亦善词曲。其人身材魁伟，善吹筚篥，所居懒云窝，在吴城（今苏州）东北隅，距天如禅师惟则狮子林半里许，两人过从甚密。曾作〔殿前欢〕《懒云窝》小令三首以自述心志，当时名曲家贯云石、乔吉、吴西逸等均有和作。今存小令四首。

〔双调〕殿前欢

懒云窝

西瑛有居号“懒云窝”，以〔殿前欢〕调歌此以自述。

懒云窝，醒时诗酒醉时歌。瑶琴不理抛书卧，无梦南柯[1]。得清闲尽快活，日月似撺梭过，富贵比花开落。青春去也，不乐如何。

懒云窝，醒时诗酒醉时歌。瑶琴不理抛书卧，尽自磨陀[2]。想人生待则么[3]，富贵比花开落，日月似撺梭过。呵呵笑我，我笑呵呵。

懒云窝，客至待如何？懒云窝里和衣卧，尽自婆娑[4]。想人生待则么？贵比我高些个，富比我煺些个。呵呵笑我，我笑呵呵。

---

[1] 无梦南柯：言不作富贵之梦。出自唐·李公佐《南柯太守传》：淳于棼醉卧堂东庑下，梦至槐安国，娶公主为妻，任南柯太守，并生有五男二女，显赫一时，享尽荣华，后公主死，被遣归。醒来后至槐树下，发现一蚁穴，积土如城，即梦中所历之槐安国。

[2] 磨陀：悠然自得，逍遥自在。又作磨跎、摩酡。元人口语。

[3] 则么：怎么。

[4] 婆娑：盘旋，在其中停留之意。

说明

阿里西瑛〔双调〕殿前欢《懒云窝》为一组小令，《太平乐府》注第三首为乔吉作，观三首小令之意绪笔法当为一体。

此组小令之特色在于一“奇”字，名其居曰“窝”，奇也，又冠之于“懒云”，亦奇，而室中之主人则更奇：“醒时诗酒醉时歌，瑶琴不理抛书卧”，诗、酒、卧为其生活之全部，醒而醉，醉而复醒。且“客至待何如？懒云窝里和衣卧，尽自婆娑。”言“懒云”、言“窝”确乎传神，确乎贴切。但细味其中却颇有深意：主人之懒、主人之醉卧乃体悟到了人生之真谛，“得清闲尽快活”，“想人生待则么？”因此人家“呵呵笑我”，我报以“我笑呵呵”。言其玩世不恭也罢，言其颓唐懒散亦可，而这种意绪之由来归根到底还在于元代社会之黑暗和文人出路之茫然。

集评

《尧山堂外纪》卷七十一：阿里西瑛，耀卿学士之子。有居号懒云窝，用〔殿前欢〕调，歌以自述……贯酸斋和云：“懒云窝，阳台谁与送巫娥？蟾光一任来穿破，遁迹由他。觑一天星斗多，分半榻蒲团坐，尽万里鹏程挫。向烟霞笑傲，任世事蹉跎。”乔梦符和云：“懒云窝，云窝客至欲如何？懒云窝里和云卧，打会磨跎。想人生待怎么，贵比我争些大，富比我争些个。呵呵笑我，我笑呵呵。”卫立中和云：“懒云窝，懒云窝里客来多。客来时伴我闲些个，酒灶茶锅。且停杯听我歌，醒时节披衣坐，醉后也和衣卧。兴来时玉萧绿绮，问甚么天籁云和。”

——明·蒋一葵《尧山堂外纪》卷七十一

张养浩

张养浩（1270—1329），字希孟，别号云庄，山东济南人。《元史》有传。养浩少有德行，好学不辍。二十岁时出为东平学正，游学京师，辟为礼部令史，授堂邑县尹，累官至礼部尚书参议中书省事。因上疏几遭大戮，时年五十二岁，乃以父老为名辞官归隐近八年，其间朝廷多次征召，皆不就。天历二年（1329）关中大旱，特拜陕西行台中丞，养浩以六十岁之衰年闻命即发，为官四月，以劳瘁死于任所。张养浩是元代著名的政治家、诗人和古文家，也是元代散曲中不可多得的名家，有散曲集《云庄休居自适小乐府》，存小令一百六十一首，套数二。

〔双调〕殿前欢

对菊自叹

可怜秋，一帘疏雨暗西楼。黄花零落重阳后，减尽风流[1]。对黄花人自羞，花依旧，人比黄花瘦[2]。问花不语[3]，花替人愁。

说明

此曲之解读关键在“自羞”，面对被秋风侵凌下凋落的菊花作者何以“自羞”呢？菊花，在文人的传统意念中向来被视为品格坚贞高洁之象

---

［1］　风流：指菊花的美好姿态。

［2］　人比黄花瘦：宋·李清照〔醉花阴〕词：“帘卷西风，人比黄花瘦。”

［3］　问花不语：宋·欧阳修〔蝶恋花〕词：“泪眼问花花不语，乱红飞过秋千去。”

征，而此时作者为了躲避政治的恶流，已回归隐居，且已唱出“快活直到老”的愿望。但这毕竟是一种消极的退避，因此面对侵凌而仍不屈的菊花，作者之“自羞”也就易于理解了。“花替人愁”，这结句之沉郁正表现了作者的内心隐痛。

〔中吕〕山坡羊

潼关怀古[1]

峰峦如聚[2]，波涛如怒[3]，山河表里潼关路[4]。望西都[5]，意踌蹰，伤心秦汉经行处[6]，宫阙万间都做了土。兴，百姓苦；亡，百姓苦。

说明

《潼关怀古》是张养浩的名作，早已脍炙人口。此曲作于养浩出任陕西行台中丞，途经潼关之时。关中大旱，民不聊生，已隐居八年的六旬老翁对历史和现实的认识已更为深刻了，面对潼关的险峻山势和滔滔黄河，回顾曾经辉煌如今又衰败不堪的西都，作者不禁感慨良深，他深悟历朝之成败乃执政者之得失，其实与民生无涉，无论是兴，无论是败，遭灾祸的都是百姓，“兴，百姓苦；亡，百姓苦。”这种超越历史现象的深邃认识体现了一个饱经历史沧桑的老人的深刻内涵，在元散曲中可谓

---

[1] 潼关：关名，后汉建安中建。在今陕西省潼关县北，地势险要，历代皆为兵家必争的军事重地。唐·李吉甫《元和郡县志·关内道·华阴县》载：“潼关，……上跻高隅，俯视洪流，盘纡峻极，实谓天险。”

[2] 峰峦如聚：潼关南与商岭、华山相连，故以“聚”形容群山攒立，好似相聚一般。

[3] 波涛如怒：潼关北临黄河。

[4] 山河表里：表里，犹言内外，外有黄河，内有华山，此言潼关地势之险峻。

[5] 西都：长安。

[6] “伤心秦汉”句：长安为秦汉故都，谓经过此地，见这些历史古迹，内心非常伤悲。

空谷足音。此曲之艺术性在于气势、在于沉郁，精辟生动的遣辞、鲜明可感的形象与作者内心那特有的情感铸成了一个完美的艺术整体，启人深思，发人感叹。

〔南吕〕一枝花

咏喜雨

用尽我为民为国心，祈下些值玉值金雨。数年空盼望，一旦遂沾濡[1]，唤省焦枯[2]。喜万象春如故，恨流民尚在途。留不住都弃业抛家，当不的也离乡背土。

〔梁州〕恨不得把野草翻腾做菽粟，澄河沙都变化做金珠。直使千门万户家豪富，我也不枉了受天禄[3]。眼觑着灾伤教我没是处[4]，只落的雪满头颅。

〔尾声〕青天多谢相扶助，赤子从今罢叹吁[5]。只愿的三日霖霪不停住[6]，便下当街上似五湖，都淹了九衢[7]，犹自洗不尽从前受过的苦。

说明

张养浩在关中连年大旱之际结束了他的隐居生涯，受命任陕西行台中丞，他忧心如焚地登上征途，“亲登华岳悲哀雨，自舍资财拯救民”，博得了满城百姓的拥戴。事也凑巧，他刚上任不久，天就普降大雨，他

[1] 沾濡：润湿。

[2] 唤省：省，醒。

[3] 天禄：俸禄。

[4] 没是处：犹言没办法。

[5] 赤子：百姓。

[6] 霖霪（yín）：久雨。林宽《苦雨》：“霪霖翳日月，穷巷变沟坑。”

[7] 九衢：四通八达的道路。

在惊喜之中写下了此曲。但在这喜悦之中，作者面对百姓的流离失所以及连年大旱所带来的极度贫困，内心之悲痛仍难以平抑。一方面，他是诚心感谢上苍降下甘霖，同时，他更为百姓连年来所积聚的苦难忧心忡忡，充分体现了一个“好官人”关爱民生、与民同甘共苦的品质。全曲语言平实，绝无雕饰，尤其是末曲那夸张的笔墨让人摸捉到了他那诚挚、热切的心灵。

曾　瑞

曾瑞（约 1260—1330 后），字瑞卿，号褐夫。大兴（今北京市大兴县）人。因喜钱塘景物之盛，遂移居杭州，志不屈物，故不乐仕途。神采卓异，衣冠整肃，悠游市井，俨然如神仙中人。江淮之达官显宦馈赠不绝，使其终岁无衣食之忧。善丹青，能作曲，有散曲集《诗酒余音》，已佚。今存小令九十五首，套数十七。元·钟嗣成《录鬼簿》有其小传。

〔正宫〕醉太平

相邀士夫，笑引奚奴[1]。涌金门外过西湖，写新诗吊古。苏堤堤上寻芳树，断桥桥畔沽醽醁[2]，孤山山下醉林逋[3]。洒梨花暮雨。

说明

曾瑞一生"志不屈物，故不愿仕"悠游于西湖胜境，做一个杭州名士。此曲正表现了他的这种生活。全曲风格淡雅，形象放逸，邀宾朋，引奚奴，叙述了周游西湖的过程，他涌金门新诗吊古，苏堤寻芳，断桥沽酒，更在孤山下与处士林逋"同醉"。一种幽情，一缕逸致，使人仿佛感受到了他那种孤高自许、清贫放逸的人格和形象。

---

[1] 奚奴：古时仆役的称呼。李商隐《李贺小传》："恒从小奚奴，骑距（駏）驴，背一古破锦囊，遇有所得，即书投囊中。"

[2] 断桥桥畔沽醽醁：断桥，与上文之苏堤、下文之孤山均为西湖名胜。醽醁（líng lù），酒名，《抱朴子·知止》："密宴继集，醽醁不撤。"亦作"醁醽"和"绿酃"，左思《吴都赋》："飞轻轩而酌绿酃。"李善注《文选》引《湘州记》："湘州临水县有酃湖，取水为酒，名曰酃酒。"

[3] 林逋：北宋诗人，字君复，卒谥和靖先生。隐居孤山，养鹤赏梅，不婚娶，称"梅妻鹤子"。有《林和靖诗集》传世。

乔　吉

乔吉（约1275—1345），字梦符，号笙鹤翁，又号惺惺道人。（曹本《录鬼簿》卷下称“吉甫字梦符”）太原（今山西太原市）人，移居杭州。《录鬼簿》说他“美容仪，能词章，以威严自饬，人敬畏之。”一生潦倒，飘泊江湖，寄情山水，乃江湖名士、清客。曾以“题西湖〔梧叶儿〕百篇”，蜚声词坛。有文集《天风》、《环佩》、《抚掌》三稿，今不传。所撰杂剧十一种，今存《扬州梦》、《两世姻缘》等。散曲今存小令二百十三首，套数十，为元后期散曲重要作家，与张可久齐名，明·李开先评曰：“乐府之有乔、张，犹诗家之有李、杜。”可见其地位之高。

〔南吕〕玉交枝

闲适

山间林下，有草舍蓬窗幽雅，苍松翠竹堪图画，近烟村三四家。飘飘好梦随落花，纷纷世味如嚼蜡。一任他苍头皓发[1]，莫徒劳心猿意马[2]。自种瓜，自采茶，炉内炼丹砂[3]。看一卷道德经，讲一会渔樵话，闭上槿树篱，醉卧在葫芦架，尽清闲自在煞。

［1］　苍头：头发灰白。苍，灰白色。

［2］　心猿意马：原为道家用语，比喻人的心思流荡不定。关汉卿《望江亭》第一折：“俺从今把心猿意马紧牢拴，将繁华不挂眼。”

［3］　炼丹砂：古代方士术语，也是道教法术之一。原指将朱砂放于炉火中烧炼。后有内丹、外丹之分，以静功和气功修炼精、气、神的，称内丹；用炉火烧炼药石的，称外丹。

说明

此曲不必看作是乔吉真实生活的写照，而是一种隐居乐道生涯的理想图景。抛弃尘世，隐居林泉，青松翠竹，草舍蓬窗，乃世外之桃花源，突出了生活的随意、安适、自给，有浓烈的颓丧、消极情绪。

〔中吕〕山坡羊

冬日写怀

冬寒前后，雪晴时候，谁人相伴梅花瘦？钓鳌舟[1]，缆汀洲[2]，绿蓑不耐风霜透。投至有鱼来上钩[3]，风，吹破头；霜，皴破手[4]。

说明

此曲《乐府群珠》题作《寒江独钓》，使人想起柳宗元的名诗《江雪》：“千山鸟飞绝，万径人踪灭，孤舟蓑笠翁，独钓寒江雪。”但细味其中，我们不难感到两者之间的差距：柳诗孤高，境界清幽高洁；乔曲近俗，形象孤苦穷寒。全曲纯用暗喻，渔父寒江独钓，求鱼而难得，表达的乃是一种追求入世而不果的辛酸。而这正是作者自身生活道路的写照。乔吉一生穷苦，未曾入仕，虽在其作品中常常表现超然洒脱的情感，但内心深深的期待，无穷的失落也常溢于言表，使人摸捉到他那孤苦的心灵。

---

[1] 钓鳌舟：钓鳌在古时比喻胸有大志但疏放狂傲之士。宋·赵令畤《侯鲭录》卷六：“李白开元中谒宰相，封一板，上题曰：‘海上钓鳌客李白。’宰相问曰：‘先生临海钓巨鳌，以何物为钩线？’白曰：‘以风浪逸其情，乾坤纵其志，以虹霓为丝，以明月为钩。’又曰：‘何物为饵？’曰：‘以天下无义气丈夫为饵。’时相悚然。”

[2] 汀洲：水边。

[3] 投至：等到。也作“投到”。

[4] 皴（cūn）：肌肤受冻而开裂。

〔越调〕凭阑人

金陵道中

瘦马驮诗天一涯，倦鸟呼愁村数家。扑头飞柳花[1]，与人添鬓华。

说明

此曲以景胜，但情景妙合无垠，抒发了一种孤旅情怀，塑造了一个游子形象。荒村瘦马、倦鸟呼愁、柳絮飞舞、旅人心焦，构成一幅倦客暮春远游图。全曲曲辞平易，但颇有雅致，似浅实深，开首合璧对，也极工整。充分显示了作者的艺术功力。

---

[1]　扑头：扑面。

虞　集

虞集（1272—1348），字伯生，号道园，世称邵庵先生。祖籍仁寿（今四川仁寿县），迁居崇仁（今江西崇仁县）。元大德（1297—1307）初入京，授大都路儒学教授，历任翰林待诏、翰林直学士兼国子祭酒、奎章阁侍书学士，为元代最负盛名的文人之一。卒谥文靖，封仁寿郡公。有《道园学古录》等传世，散曲今存小令一首。

〔双调〕折桂令

席上偶谈蜀汉事因赋短柱体[1]

鸾舆三顾茅庐[2]，汉祚难扶[3]，日暮桑榆。深度南泸[4]，长驱西蜀，力拒东吴。美乎周瑜妙术，悲夫关羽云殂[5]。天数盈虚，造物乘除[6]。问汝何如，早赋归欤。

说明

此曲乃怀古之作。写蜀汉与魏、吴争雄，无奈兴衰成败，转眼成空。英雄如刘备，睿智似孔明，勇猛像关羽，也难扶汉祚，可见天数命定，

[1] 短柱体：曲中巧体之一。通篇每句两韵，或两字一韵，颇不易作。

[2] 鸾舆三顾茅庐：指刘备三次到隆中请诸葛亮。鸾舆，代指皇帝，三顾茅庐时刘备尚未做皇帝，此以其以后的地位称呼。"鸾舆"即"銮舆"。

[3] 汉祚难扶：祚（zuò），皇位，国统。此句谓蜀汉政权未能保住。

[4] 南泸：泸，泸水，孔明曾领兵南渡泸水。

[5] 殂（cú）：死亡。

[6] 造物乘除：造物，大自然的主宰；乘除，此消彼长的变化。

难于违拗，作者在这种感喟中自然萌生了不如早归山林的思想。全曲在艺术上虽篇幅短小，但气象恢宏，将风云变幻之三国史事以点滴笔墨加以概括，且以曲中极难写作的“短柱体”为之，显示了作者该博的学问和功力。

集评

陶宗仪曰：虞邵庵先生集在翰苑时，宴散散学士家。歌儿郭氏顺时秀者，唱今乐府，其〔折桂令〕起句云：“博山铜细袅香风，”一句而两韵，名曰“短柱”，极不易作。先生爱其新奇，席上偶谈蜀汉事，因命纸笔，亦赋一曲曰：“鸾舆三顾”云云。盖两字一韵，比之一句两韵者为尤难。先生之学问该博，虽一时娱戏，亦过人远矣。

——元·陶宗仪《辍耕录》卷四

吴梅曰：先生文章道义，照耀千古，出其余绪，犹能工妙如此，洵乎天才，不可多得也。此种“短柱”句法，自元迄今，和之者绝少，惟明徐天池《四声猿》中，曾一仿之，后不一见也。

——吴梅《顾曲麈谈》第四章《谈曲》

王季烈曰：两字一韵之句，曰“短柱格”，《西厢》中如“忽听一声猛惊”，“自古配女相夫”、“本宫始终不同”等句，不过一曲中偶作此体一句而已。独虞学士集之〔折桂令〕咏蜀汉事……通篇用“短柱格”，语妙天成。

——王季烈《螾庐曲谈》卷四

薛昂夫

薛昂夫（约1290—1351以后），本名薛超兀儿，又作薛超吾。维吾尔族人。汉姓马，字九皋，故亦称马昂夫，马九皋。赵孟頫《九皋诗集》序云："昂夫西戎贵种，尝执弟子礼于刘须溪之门，诗、乐府皆激越慷慨，流丽闲婉，累世为儒者或有所不及。"昂夫有诗名，善篆书，尝与虞集、杨载、萨都剌唱和。历官江西行中书省令史、太平路、衢州路、建德路总管。晚年隐于杭县皋亭山一带。散曲今存小令六十五首，套数三。风格豪迈，笔力遒劲，是元散曲后期的重要作家。

〔中吕〕山坡羊

大江东去，长安西去，为功名走遍天涯路。厌舟车，喜琴书。早星星鬓影瓜田暮[1]，心待足时名便足。高，高处苦；低，低处苦。

说明

薛昂夫曾为官二十余年，一生宦游四方，此曲约作于其晚年退出官场之际。开首两句便简略地回顾了他的这段经历，在对自身经历的反省中，昂夫认为虽然自己"厌舟车，喜琴书"，但如今已两鬓染霜，生命无多了。他深切地感到，功名之心不泯乃在于心欲不足，心待足也便名亦足了。末句"高，高处苦；低，低处苦"，更具深味，这是一个饱经宦海

[1] 早星星鬓影瓜田暮：早，已经；星星鬓影，形容两鬓斑白；瓜田，汉代邵平，本为秦东陵侯，秦亡后不仕，在长安城东门种瓜。

风波之人的由衷叹息，如果说，大多数的文人心苦在于沉抑下僚，志不获展，那么，薛昂夫的心苦则在于名利场之风波，官场之黑暗和身心之拘束。东坡有云：“长恨此身非我有，何时忘却营营？”(〔临江仙〕) 可为此曲注脚。

马谦斋

马谦斋，生平无考，张可久有〔天净沙〕《马谦斋园亭》一首，两人或同时。从其留存的小令来看，马谦斋曾经当过官，后辞官归隐，过隐居生活。散曲现存小令十七首。

〔越调〕柳营曲

太平即事

亲凤塔[1]，住龙沙[2]，天下太平无事也。辞却公衙，别了京华，甘分老农家。傲河阳潘岳栽花[3]，效东门邵平种瓜[4]。庄前栽果木，山下种桑麻。度岁华，活计老生涯。

说明

张可久在〔天净沙〕《马谦斋园亭》中，说马谦斋是“簪缨席上团栾，杖藜松下盘桓”，可见马谦斋是亦官亦隐的。此曲则表现他在经历了一段亦官亦隐的徘徊之后，最终归隐园田。但颇有意味的是，此曲以《太平即事》命题，曲中又以“亲凤塔，住龙沙，天下太平无事也”开

[1] 亲凤塔：凤塔犹言凤阁、凤阙，指宫阙。亲凤塔即天下顺伏。

[2] 住龙沙：龙沙，泛指塞外沙漠之地。李白《塞下曲》：“将军分虎竹，战士卧龙沙。”住龙沙犹言边境安宁，干戈止息。

[3] 傲河阳潘岳栽花：《白孔六帖》卷七十七：“潘岳为河阳令，树桃李花，人号曰‘河阳一县花’。”作者认为潘岳栽花仍有功名思想，不足称道，故“傲”之。

[4] 邵平种瓜：见薛昂夫〔中吕〕山坡羊注①。

首，一派太平盛世的境况。这太平盛世作者何以要“辞却公衙，别了京华”呢？是功成身退？显然不是，其〔越调〕柳营曲《叹世》云：“青镜摩挲，白首蹉跎，失志困衡窝”，乃屡遭挫折、壮志难酬之辈。一个较为合理的解释或许应该是：所谓“太平盛世”是正话反说，是作者有感于社会之恶浊、官场之黑暗才决然退隐，全身远害的。

张可久

张可久（1279？—1354？），字伯远，号小山。庆元（今浙江宁波）人。一生未遇，四十岁以后，出为小吏，历任绍兴、衢州路吏，处州酒税都监，徽州歙县监税等，年七十余，尚为昆山幕僚。一生足迹遍江、浙、闽、皖、湘、赣诸省。专攻散曲，与卢挚、贯云石、马谦斋等酬唱甚多。为元散曲中留存作品最多的一个，计有小令八百五十五首，套数九。其散曲在当时及后世都有很高评价，贯云石评其散曲可以“奴苏（东坡）隶黄（庭坚）”（《送小山之桐庐典史》）、大食惟寅谓“词林谁出先生右？独占鳌头。”（〔双调〕燕引雏《奉寄小山先辈》）是元散曲雅化的代表作家。

〔黄钟〕人月圆

山中书事

兴亡千古繁华梦，诗眼倦天涯。孔林乔木[1]，吴宫蔓草[2]，楚庙寒鸦[3]。数间茅舍，藏书万卷，投老村家[4]。山中何事？松花酿酒，春水煎茶。

---

［1］　孔林：孔子及其后裔的墓地，在山东曲阜城郊。

［2］　吴宫：吴王夫差的宫殿，即馆娃宫，为西施而扩建，故址在苏州灵岩山。也可指三国时吴国宫殿。

［3］　楚庙：楚国的宗庙。

［4］　投老：临老、垂老。王安石《观明州图》：“投老心情非复者，当时山水故依然。”

说明

此曲当作于小山寓居西湖山下之时。开首二句起唱不凡，气魄宏大，“兴亡千古”句思接千载，“诗眼”句直陈己慨；接着“孔林”以下三句承“繁华梦”，谓历史兴亡，英雄荣辱不过一梦而已，“乔木”、“蔓草”、“寒鸦”点出“孔林”、“吴宫”、“楚庙”之今衰，此三句鼎足相对，感慨深沉。“数间茅舍”以下数句则接“倦天涯”而来，以归隐山林、诗酒自娱补足“倦”字之内涵和“天涯倦客”的宜人归宿，同时又点出“山中书事”之题意。全曲清丽浅直，不事雕饰，不用故实，直抒襟怀，结构上也谨严有致，颇显功力。

〔黄钟〕人月圆

客垂虹

三高祠下天如镜[1]，山色浸空濛[2]。莼羹张翰[3]，渔舟范蠡[4]，茶灶龟蒙[5]。故人何在，前程那里，心事谁同？黄花庭院[6]，青灯夜雨，白发秋风。

说明

这首小令是张可久旅居吴江时所作。在吴江，小山凭吊了垂虹桥东的三高祠，面对古代隐士遗迹，小山感叹良深，一生坎坷失意，如今又前途茫茫，一种孤寂悲凉之意袭上心头。全曲开首两句写景，中三句以鼎足对点出三典，隐者如范蠡、张翰、龟蒙，他们一个个功成身退，做世外高人，而今自己功业未就，衣食困顿，不觉自惭形秽。次三句便连

[1] 三高祠：在吴江（今属江苏），以范蠡、张翰、陆龟蒙为三高。高启《姑苏杂咏序》："（三高祠）在吴江垂虹桥东，祀越范蠡、晋张翰、唐陆龟蒙也。"

[2] 山色浸空濛：空濛，迷茫。谢朓《观朝雨》："空蒙如薄雾。"苏轼《饮湖上初晴后雨》："水光潋滟晴方好，山色空濛雨亦奇。"

[3] 莼羹张翰：《晋书·张翰传》："翰因见秋风起，乃思吴中菰菜、莼羹、鲈鱼脍，曰：'人生贵得适志，安能羁宦数千里，以邀名爵乎？'遂命驾而归。"后常用于鄙薄功名、追求自适。

[4] 渔舟范蠡：范蠡辅越王勾践灭吴，功成身退，携西施泛舟于五湖。典出《史记·越王勾践世家》和《吴越春秋》等。

[5] 茶灶龟蒙：茶灶，烹茶用的炉灶；龟蒙，唐代陆龟蒙，吴县人。曾任苏、湖二郡从事，后隐居松江甫里。《新唐书·隐逸列传》云："（龟蒙）不喜与流俗交，虽造门不肯见，不乘马，升舟设篷席，赍束书、茶灶、笔床、钓具往来，时谓江湖散人。"

[6] 黄花：菊花。

下三问，转入自伤，失意茫然之感溢于言外，末三句则以三景结穴，黄花满园，青灯夜雨，萧萧秋风，一个悲苦、寂寥的形象跃然纸上。整首小令格调高古，对偶工整，情景相契。

〔双调〕殿前欢

次酸斋韵

钓鱼台[1]，十年不上野鸥猜[2]。白云来往青山在，对酒开怀。欠伊周济世才[3]，犯刘阮贪杯戒[4]，还李杜吟诗债[5]。酸斋笑我[6]，我笑酸斋。

说明

此曲虽为倡和之作，实自抒怀抱，开首两句言自己屈居小吏，但杂事繁沓，已有多年不上钓鱼台了；次两句直言归隐之趣，幽幽白云，一脉青山，无拘无束，无牵无挂；接着三句鼎足对，以略带自嘲的口吻出之：无济世才，有贪杯性，更有“吟诗债”，因此何必再恋想这区区小吏呢？“酸斋笑我，我笑酸斋”，作者去意已决，他日归隐林泉，我与酸斋当有会心之笑，相得之笑。

---

[1] 钓鱼台：指汉严子陵钓台，在今浙江桐庐县富春山富春江畔。

[2] 十年不上野鸥猜：意谓十年不来钓鱼台，沙鸥对自己有所猜疑，不信任了。《列子·黄帝》：“海上之人有好鸟者，每旦之海上从鸥鸟游，鸥鸟之至者百数而不止。其父曰：‘吾闻鸥皆从汝游，汝取来吾玩之。’明日之海上，鸥鸟舞而不下也。”

[3] 伊周：伊尹、周公，伊尹辅商汤，周公佐成王，均为古之贤臣名相。

[4] 刘阮：晋代刘伶、阮籍，均为躲避政治迫害，佯狂酗酒，终日烂醉如泥，后人视为放浪不羁、贪杯好酒之典型。

[5] 李杜：唐代诗人李白与杜甫。

[6] 酸斋：元曲家贯云石号酸斋，曾作有〔殿前曲〕：“畅幽哉，春风无处不楼台。一时怀抱俱无奈，总对天开。就渊明归去来，怕鹤怨山禽怪，问甚功名在。酸斋是我，我是酸斋。”述其归隐后超然之趣。此曲即是小山读后之和作。

〔南吕〕一枝花

湖上归

长天落彩霞，远水涵秋镜[1]。花如人面红，山似佛头青[2]。生色围屏[3]，翠冷松云径，嫣然眉黛横[4]。但携将旖旎浓香[5]，何必赋横斜瘦影[6]。

〔梁州〕挽玉手留连锦英[7]，据胡床指点银瓶[8]。素娥不嫁伤孤另[9]。想当年小小[10]，问何处卿卿。东坡才调，西子娉婷，总相宜千古留名[11]。吾二人此地私行，六一泉亭上诗成[12]，三五夜花前月明，十四弦指下风生[13]。可憎[14]，有情，捧红牙合和伊州令[15]。万籁寂，四山静。幽咽泉流水下声[16]，鹤怨猿惊。

---

[1] 远水涵秋镜：涵，包含。此句描写水面之清澈犹如一面秋镜一般。

[2] 佛头青：佛陀之发称“绀发螺髻”（绀，青中带赤），故其螺旋发型亦称“青螺髻”。

[3] 生色围屏：此言群山环抱西湖犹如设色围屏。

[4] 嫣然眉黛横：此言远眺山景，如眉黛横于眼前。

[5] 旖旎浓香：指美人。

[6] 横斜瘦影：指梅花。宋·林逋《山中小梅》诗：“疏影横斜水清浅，暗香浮动月黄昏。”

[7] 锦英：鲜花。

[8] 据胡床指点银瓶：胡床，一种坐具，银瓶，酒瓶。杜甫《少年行》：“马上谁家白面郎，临阶下马坐人床，不通姓氏粗豪甚，指点银瓶索酒尝。”此言游湖时豪放不羁。

[9] 素娥：即嫦娥，指月亮。

[10] 小小：即苏小小，南齐时钱塘名妓，杭州有苏小小墓。

[11] “东坡才调”以下三句：苏东坡有咏西湖诗《饮湖上初晴后雨》：“水光潋滟晴方好，山色空濛雨亦奇，欲把西湖比西子，淡妆浓抹总相宜。”

[12] 六一泉：在孤山之南，是苏轼为纪念欧阳修而命名（欧阳修自号六一居士）。

[13] 十四弦：古时一种乐器。

[14] 可憎：可爱。

[15] 捧红牙合和伊州令：红牙，拍板；合和，伴奏；伊州令，一种曲牌名。

[16] 幽咽泉流水下声：以水流之幽咽形容乐声之美。白居易《琵琶行》：“幽咽流泉水下滩。”

〔尾声〕岩阿禅窟鸣金磬[1]，波底龙宫漾水精[2]。夜气清，酒力醒。宝篆销[3]，玉漏鸣[4]。笑归来仿佛二更，煞强似踏雪寻梅灞桥冷[5]。

说明

小山〔南吕〕一枝花《湖上归》曾被明人誉为“一时绝唱”。全曲由〔一枝花〕、〔梁州〕、〔尾声〕三曲组成，描写了作者携美游湖的全过程。首曲〔一枝花〕重于写景，极写西湖之景：秋日晴空，碧水连天，彩霞垂落，山色含黛，正是在这种雅致的景色中，作者携美人来到了西湖。中曲〔梁州〕着力于游湖，挽玉手赏花，据胡床索酒，月色中谈古论今，总不离乎西湖名胜，小小、东坡，他们与西湖共存，亦同西湖留芳。诗人此时有红袖伴唱，有花前月下，此时“万籁寂，四山静”，唯有乐声悠悠，情意绵绵。尾曲〔尾声〕写更漏鸣，熏香尽，诗人酒已醒来，天已二更，结束了游湖。全曲描写携美游湖，然丝毫无庸俗之态，明净澄澈，雅淡幽清，曲中将水天之景与游湖之人融为一体，山水风月、琴曲诗酒，构成了一种特有的情趣，表现了一个隐者鄙薄世俗、在山水中陶冶性灵的生活图景。

---

[1] 岩阿禅窟鸣金磬：岩阿，山岩曲弯处；禅窟，佛寺；鸣金磬，钟磬声响起。

[2] 波底龙宫漾水精：水精，水晶。此句形容湖上建筑之倒影犹如龙宫在水中荡漾。

[3] 宝篆：一种篆字状的熏香。

[4] 玉漏：古代一种漏水计时的仪器。

[5] 踏雪寻梅灞桥冷：唐诗人孟浩然以为“诗思”在灞桥风雪驴子背上，故常骑驴踏雪寻梅。典出《诗本事》，宋·孙光宪《北梦琐言》卷七则谓此乃郑棨事。

集评

李开先曰：张小山《湖上晚归》〔南吕〕当为古今绝唱，世独重马东篱《北夜行船》，人生有幸不幸耳。……总较之，东篱苍老，小山清劲，瘦至骨立，而血肉销化俱尽，乃孙悟空炼成万转金铁躯矣。止有锦英“英”字欠稳，必得上声；人面红“红”字，必得去声，上声亦可；然又无字可改，将奈之何！开端四句，惜未全对。

——明·李开先《词谑·词套》

沈德符曰：元人如乔梦符、郑德辉辈，俱以四折杂剧擅名，其余技则工小令为多。若散套，虽诸人皆有之，惟马东篱“百岁光阴”，张小山“长天落彩霞”为一时绝唱，其余俱不及也。

——明·沈德符《顾曲杂言·南北散套》

任　昱

任昱，字则明，四明（今浙江宁波）人。生卒年不详，约与张可久、曹明善同时。少年狎游勾栏妓馆，所作小乐章为歌妓们所传唱。晚年锐志读书，工七言诗。散曲现存小令六十首，套数一。

〔双调〕清江引

钱塘怀古

吴山越山山下水[1]，总是凄凉意。江流今古愁，山雨兴亡泪[2]。沙鸥笑人闲未得[3]。

说明

此曲为怀古之作，以“钱塘”为题，但通篇除“吴山越山”与钱塘相关涉外，并未点明钱塘历史，“钱塘自古繁华”，曾经有过多少沉浮，如今都随流水而去。因而作者不直接点出钱塘历史，反而更增加了它的历史容量，让人联想、咀嚼。全曲采用自然现象人格化的手法，让山水、江流、风雨作为历史的见证，为古今兴亡之事流泪叹息，极富艺术感染

[1]　吴山越山：泛指江、浙一带的山，因江浙古代分属吴、越而得名。

[2]　江流今古愁，山雨兴亡泪：即把自然现象人格化，来表达其怀古之情。

[3]　沙鸥：在古诗中常常是自由自在的象征。杜甫《奉赠韦左丞丈二十二韵》：“白鸥没浩荡，万里谁能驯？”

力。末句似显突兀，但细味其中意蕴，仍是一脉相贯的，沙鸥笑“我”，乃笑我多情善感，正是这多情执著才使人“闲未得”，此结句与东坡之“多情应笑我，早生华发，人生如梦，一樽还酹江月”相近似。

徐再思

徐再思，字德可，嘉兴（今属浙江）人。好食甘饴，故号甜斋。元散曲后期作家，与张小山、贯云石同时，《录鬼簿》成书时（1330）尚在世。再思曾任嘉兴路吏，一生不得志，大约在北方留滞了十年之久，后回到南方。其散曲与贯云石齐名，贯号酸斋，时人有“酸甜乐府”之称，但贯豪放，徐清丽，风格并不一致。其子善长亦有才思，能继其家声。徐再思散曲现存小令一百零三首，其中大半写恋情，是描写相思的高手。

〔黄钟〕人月圆

甘露怀古[1]

江皋楼观前朝寺[2]，秋色入秦淮。败垣芳草，空廊落叶，深砌苍苔[3]。远人南去，夕阳西下，江水东来。木兰花在，山僧试问，知为谁开[4]？

说明

此写作者登临北固山甘露寺时的所见所感。时值秋季，秋色苍茫，

[1] 甘露：即甘露寺，在今江苏镇江北固山后峰，建于三国东吴甘露元年（265），后屡建屡毁。甘露寺前后有清晖亭、多景楼和祭江亭等多种建筑名胜。

[2] 江皋楼：江边高楼，指甘露寺附近之楼阁。

[3] 深砌：年代久远之台阶。砌，台阶。李煜〔虞美人〕：“雕栏玉砌今犹在，只是朱颜改。”

[4] “木兰花在”以下三句：宋·姜夔〔扬州慢〕：“念桥边红药，年年知为谁生？”此三句从中化出。

昔日闹热之甘露寺如今颓垣残壁，杂草丛生，一片荒凉破败之景。作者对此不禁感慨系之，他怀古思今，世事沧桑，自己又空寂寥落，一股苍凉涌上心头。全曲名为怀古，实无一语遗迹咏叹，通篇写景，但情感真切，可谓“不着一字，尽得风流”。首二句气势博大，中六句两用鼎足对，一山一水，一近一远，末二句以一细节寄寓感慨。整首小令布局严整，意脉相贯，语辞流丽雅饬，体现了一个南人曲家的柔美细腻。

〔双调〕水仙子

夜雨

一声梧叶一声秋，一点芭蕉一点愁[1]。三更归梦三更后，落灯花棋未收，叹新丰孤馆人留[2]。枕上十年事，江南二老忧[3]，都到心头。

说明

此为羁留行役的孤馆思乡曲。客中夜雨，夜半梦醒，孤寂之中作者百感交汇，写下了这一首感人至深的曲作。首二句用鼎足对，以梧叶、芭蕉这种古诗中的常见意象点出夜雨中寂寥的胸怀。三更梦回，瞥见客舍中残存的灯花、棋局，表明其孤馆生活的无聊寂寞。羁旅十年，漂泊天涯，事业无成，二老担忧，作者以“都到心头”四字出之，着墨无多，然愁苦尽现。全曲融情入景，语辞清新自然，将作者之内心情感与夜雨之氛围融洽无间，读来情韵绵长，凄清幽远。王世贞评其为“情中紧语”（《艺苑卮言》），可谓得矣。

---

〔1〕“一声梧叶”二句：古人写雨，常与梧叶、芭蕉相连，点出愁情。温庭筠〔更漏子〕：“梧桐树，三更雨，不道离情正苦，一叶叶，一声声，空阶滴到明。”杜牧《芭蕉》诗：“芭蕉为雨移，故向窗前种。怜渠点滴声，留得归乡梦。”此二句从中化用。

〔2〕叹新丰孤馆人留：《新唐书·马周传》载：马周，太宗时人，少孤，有大志，一日借宿新丰（今陕西临潼县东）旅馆，受店主人冷淡，马周独自饮酒解闷。此句用其事以抒发愁思。一说再思尝客游北方十来年，此为写实。

〔3〕江南二老：指家中父母，徐为江南人，故云。

集评

周德清曰：〔水仙子〕《夜雨》……赋者甚多，但第二句第五字、第六字，及“棋未”二字并“二老”二字，但得上去为上，平去次之，平上下下着。惜哉！此词语好，而平仄不称也。

——元·周德清《中原音韵·定格》

王世贞曰：元人曲如……“一声梧叶一声秋，一点芭蕉一点愁，三更归梦三更后”，情中紧语也。

——明·王世贞《艺苑卮言》附录一

曹　德

曹德（？—1340后），字明善，曾官衢州路吏，太师伯颜擅权，曹作〔清江引〕二首讥刺，以此得罪，出避吴中僧舍，至元六年（1340）伯颜死，方再入京。《录鬼簿》评其散曲“华丽自然，不在小山之下”。现存散曲有小令十六首。

〔双调〕折桂令

江头即事

问城南春事何如？细草如烟，小雨如酥[1]。不驾巾车[2]，不拖竹杖，不上篮舆[3]。著二日将息蹇驴[4]，索三杯分付奚奴[5]。竹里行厨，花下提壶，共友联诗，临水观鱼。

说明

曹德为了躲避伯颜之迫害，隐于吴中僧舍，此曲或作于此时。全曲描写了他在这一时期中的闲适生活。细草如烟，小雨如酥，一派明媚之春光。作者与三二好友不坐车、不乘轿、不骑驴，随兴所至，徒步赏春，饮酒、联诗、观鱼，其乐陶陶。整首小令语言清新明丽，本色自然，生动地描绘了一幅闲适惬意的江边行乐图。

---

[1]　小雨如酥：酥，润滑。

[2]　巾车：带布篷的车子。陶渊明《归去来辞》：“或命巾车，或棹孤舟。”

[3]　篮舆：竹轿。

[4]　著二日将息蹇驴：每隔两天让驴子休息一次。蹇驴，瘦弱的驴子。

[5]　奚奴：小仆人。

〔不知宫调〕三棒鼓声频

题渊明醉归图

先生醉也，童子扶著。有诗便写，无酒重赊[1]。山声野调欲唱些，俗事休说。　问青天借得松间月，陪伴今夜。长安此时春梦热，多少豪杰，明朝镜中头似雪，乌帽难遮。　星般大县儿难弃舍[2]，晚入庐山社[3]。比及眉未攒，腰曾折，迟了也去官陶靖节[4]。

说明

陶渊明不愿为五斗米折腰，弃官归隐，历代诗文丹青传颂不绝。曹德此曲即为《渊明醉归图》而作。曲分三叠，第一段据图描述渊明之醉态，突出其适意的生活情趣，以诗、酒、山歌为乐，不问俗事。第二段以渊明隐于松间明月与奔竞于功名场之“豪杰”相比，讥刺了那些追求“春梦”然亦“明镜白发”、“乌帽难遮”之徒。第三段则更进一层，全面否定了仕途，认为渊明去官归隐可取，但其实更无须入仕，“腰曾折，迟了也去官陶靖节”二语可谓掷地有声。

---

［1］　赊：赊欠。

［2］　星般大县儿：指渊明曾任县令的彭泽县。

［3］　庐山社：即白莲社，晋庐山东林寺僧慧远等组织，但陶渊明其实并未入社。

［4］　陶靖节：陶渊明死后，门人朋友私谥“靖节先生”。

查德卿

查德卿，生平不详。今存散曲有小令二十二首。

〔越调〕柳营曲

金陵故址

临故国，认残碑，伤心六朝如逝水[1]。物换星移，城是人非，今古一枰棋[2]。南柯梦一觉初回[3]，北邙坟三尺荒堆[4]。四围山护绕[5]，几处树高低。谁，曾赋黍离离[6]？

说明

元人散曲中的怀古之作，常常表现出一种超脱之情，而较少传统诗词中怀古作品的沉郁。他们对于历史兴衰的咏叹往往以人生如梦、今古如棋的态度出之。如张养浩："列国周齐秦汉楚，赢，都变做了土；输，都变做了土。"(《骊山怀古》) 如陈草庵："三国鼎分牛继马，兴也任

---

[1] 六朝：三国时吴、东晋，南朝时宋、齐、梁、陈，均建都于金陵（今南京）。

[2] 今古一枰棋：古今兴亡，犹如一盘棋。枰，棋盘。

[3] 南柯梦，比喻人生如梦。典出唐·李公佐传奇小说《南柯太守传》。

[4] 北邙：山名，在今河南洛阳市东北，汉魏以来王侯公卿多葬于此，后人以"北邙"指坟地。

[5] 四围山护绕：唐·刘禹锡《石头城》："山围故国周遭在，潮打空城寂寞回。"此句从刘诗化出。

[6] 黍离离：《诗经·王风·黍离》："彼黍离离，彼稷之苗。行迈靡靡，中心摇摇。知我者，谓我心忧，不知我者，谓我何求。悠悠苍天，此何人哉。"旧注谓此乃东周大夫见故国宗庙，已长满禾黍，一片苍凉，徘徊不忍去，乃作。后以此哀叹故国衰败。

他，亡也认他。”(《叹世》) 此曲亦然，贯串全曲的中心题旨是“今古一枰棋”，六朝旧事，人世兴废，而今看来，不过“南柯梦一觉”，再伟大的古人也难免“北邙坟三尺荒堆”，因而还有何意味要去赋“黍离之悲”呢？当然，这种外表的超脱仍隐寓着内心无限的悲酸，是元代文人在无奈之中所生成的玩世态度的反映。

〔越调〕柳营曲

江上

烟艇闲[1]，雨蓑干，渔翁醉醒江上晚。啼鸟关关[2]，流水潺潺，乐似富春山[3]。数声柔橹江湾，一钩香饵波寒。回头贪兔魄[4]，失意放渔竿。看，流下蓼花滩[5]。

说明

这是一首描写“渔父”形象的小令。“渔父”形象在中国文学中源远流长，一般都以此表达官场失意后的闲适生活。但此曲在情感上颇为沉郁，从“烟艇闲”到“乐似富春山”可视为第一层次，突出表现了隐逸闲散之趣；然从“数声柔橹江湾”起，情感为之一变，“数声柔橹”可解为渔舟晚归，“一钩香饵”则是渔翁之孤舟独钓，两相对照，顿觉一种失落之感油然而起。回首观月，手放渔竿，功业无成，前景茫然，“流下蓼花滩”之扁舟一叶正语意双关，透露了作者前途堪忧的忧郁和落寞。

---

[1] 烟艇：小渔船。

[2] 关关：鸟叫声。《诗经·关雎》：“关关雎鸠，在河之洲。”

[3] 乐似富春山：东汉严子陵不愿做官，于富春江边垂钓。

[4] 贪兔魄：贪，一本作“观”；兔魄，指月亮，月宫又称蟾宫，“蟾宫折桂”比喻获取功名。

[5] 蓼花：蓼（liǎo），一种草木植物。也用以比喻辛苦，《诗经·周颂·小毖》：“予又集于蓼。”

集评

周德清曰：紧要在“兔魄”二字，去上取音。且“看”字属阴，妙。

——元·周德清《中原音韵·作词十法·定格》

吴西逸

吴西逸，生平不详。今存散曲有小令四十七首。

〔双调〕清江引

秋居

白雁乱飞秋似雪，清露生凉夜。扫却石边云，醉踏松根月，星斗满天人睡也。

说明

此曲描绘了一幅超尘脱俗、冰清玉洁的秋居图。秋雁纷飞，似漫天雪飘，秋露晶莹，添清凉之意。诗人醉中漫步，扫石边云，踏松根月，在满天星斗中与大自然融为一体。全曲无秋景之萧索，孤寂之情怀，着力表现的是一种疏狂、闲适的襟怀，高雅、旷达的情愫。

杨朝英

杨朝英，生卒年不详，号淡斋，青城（今山东高青县人）。约与贯云石同时，并相友善，曾把元代部分作家之散曲辑为《阳春白雪》、《太平乐府》二总集，对元散曲之流传有较大作用。其散曲今存小令二十七首。

〔双调〕水仙子

雪晴天地一冰壶[1]，竟往西湖探老逋[2]。骑驴踏雪溪桥路[3]，笑王维作画图[4]，拣梅花多处提壶[5]。对酒看花笑，无钱当剑沽，醉倒在西湖。

说明

雪霁初晴，天地皎洁晶莹，诗人踏雪寻梅，对酒看花，这是此曲为我们描绘的一幅图画。梅花傲霜对雪，幽独闲雅，诗人不畏严寒，醉倒西湖，显示了诗人不同流俗的怀抱。全曲用词幽雅，虽着墨不多，但西湖雪景仿佛已如在目前。形象也很鲜明，“对酒看花笑”三句，更把诗人写得天然率真。整首曲子景雅、辞雅、人雅，具有很强的艺术魅力。

---

[1] “雪晴”句：湖山雪霁，天地晶莹，宛如一只冰壶。

[2] 老逋：宋代诗人林逋。林逋隐居西湖孤山，居处多植梅，蓄鹤，不娶无子，因谓“梅妻鹤子”。

[3] 骑驴踏雪溪桥路：用孟浩然踏雪寻梅觅诗句的典故。

[4] 笑王维作画图：王维，唐代著名诗人、画家。擅长山水画。曾有《雪溪图》和《雪里芭蕉图》。此句言“笑”指王维画难与西湖之雪景相比。

[5] 提壶：把酒，倒酒。

宋方壶

宋方壶，名子正，尝筑室于莺湖，名之曰“方壶”，因以为号。华亭（今上海松江县）人。生平不详。现存散曲有小令十三首，套数五。

〔中吕〕山坡羊

道情

青山相待，白云相爱，梦不到紫罗袍共黄金带[1]。一茅斋，野花开。管甚谁家兴废谁成败，陋巷箪瓢亦乐哉[2]。贫，气不改；达，志不改。

说明

此曲表现宋方壶安贫乐道、超然物外的情感思想。青山白云相伴，连做梦也不会恋想那富贵功名，一茅斋，野花开，一箪食，一瓢饮，安于清贫，自适自乐，历史兴亡，时代更迭，既无力更改，乃听之任之，万事少关心。诗人的这种超然，表面而言较为消极，但联系元代特殊的社会背景，却也是可理解其这种追求。“达则兼济天下，穷则独善其身”，向来是古代士大夫的人格信条，此曲结曰：“贫，气不改；达，志不改。”可谓斩钉截铁，掷地有声，显示了一个正直文人的胸襟抱负。

---

［1］　紫罗袍、黄金带：为古代高级官员的官服，此指入仕为官。

［2］　陋巷箪瓢亦乐哉：箪，竹制或苇制的盛器，常用以盛饭。瓢，葫芦或木制的舀水器具。此句言安贫乐道，典出《论语·雍也》：“一箪食，一瓢饮，在陋巷，人不堪其忧，回（颜回）也不改其乐，贤哉回也。”

周德清

周德清（约1280—1351年后），字挺斋，江西高安人。《录鬼簿续编》称其为周邦彦之后，生平不详。著有《中原音韵》。其“工乐府，善音律。”（虞集《中原音韵序》）“所作乐府、回文、集句、连环、简梅、雪花诸体”“不惟江南，实当时之独步。”（琐非复初《中原音韵序》）其散曲现存小令三十一首，套数三。

〔中吕〕满庭芳

看岳王传

披文握武[1]，建中兴庙宇[2]，载青史图书。功成却被权臣妒[3]，正落奸谋。闪杀人望旌节中原士夫[4]，误杀人弃丘陵南渡銮舆[5]。钱塘路，愁风怨雨，长是洒西湖[6]。

误国贼秦桧

官居极品[7]，欺天误主，贼土轻民。把一场和议为公论，妒害功臣。

---

［1］　披文握武：犹文武双全。

［2］　建中兴庙宇：建立了中兴的事业。庙宇，宗庙社稷。

［3］　“功成”句：权奸即秦桧，秦桧于绍兴十一年，以“莫须有”罪名害死岳飞，岳飞当时才三十九岁。

［4］　“闪杀人”句：此句言中原人民日夜盼望宋师北伐。闪杀人，犹言害死人。旌节，古代朝廷使者持有的符节。

［5］　“误杀人”句：丘陵，宋室祖宗陵墓；銮舆，天子的车驾，代指皇帝。

［6］　“钱塘路”三句：岳飞被害后，葬于杭州西栖霞岭下西湖边上。

［7］　官居极品：极品，最高的官职，指宰相，秦桧于高宗绍兴元年（1131）拜为宰相。

通贼虏怀奸诳君[1]，那些儿立朝堂仗义依仁[2]。英雄恨，使飞云幸存[3]，那里有南北二朝分。

说明

周德清以〔中吕〕满庭芳曲调写了四位历史人物：岳飞、韩世忠、秦桧、张俊。此选第一、第三首。第一首《看岳王传》叙写岳飞，通篇以叙事为主，但夹叙夹议，表现作者内心强烈的感情色彩，如“闪杀人”“误杀人”等衬字的加入，增强了作品的情感浓度和批判力度，末三句“钱塘路，愁风怨雨，长是洒西湖”，更以青天风雨为岳飞泣作结，使愁怨、愤恨之情表达得更为绵邈悠长。第三首《误国贼秦桧》与第一首相对，以愤恨的笔墨叙写秦桧之罪状，整首曲全用赋体，正面叙述，历历指斥其恶行，末三句设一假想，表现了历史兴亡的怅惘之情。此二首的表现内容，在元散曲中并不常见，值得珍视。

［1］　诳：欺骗，迷惑。

［2］　“那些儿”句：意谓秦桧在朝廷为官，哪里有一点仁义之心。

［3］　使飞云幸存：飞云，岳飞、岳云。岳云，飞之养子，英勇善战，与飞同时遇害。

汪元亨

汪元亨（约1320—？），号云林，别号临川佚老。饶州（今江西波阳）人。曾任浙江省椽，后徙居常熟。有杂剧《斑竹记》、《桃源涧》、《仁宗认母》，今均佚。散曲有《归田录》百篇行世，今存云林散曲一百篇小令，或即《归田录》，另有套数一。汪元亨为元末重要散曲作家，风格豪放。

〔双调〕沉醉东风

归田

远城市人稠物穰[1]，近村居水色山光。熏陶成野叟情[2]，铲削去时官样[3]，演习会牧歌樵唱。老瓦盆边醉几场[4]，不撞入天罗地网。

说明

汪元亨〔双调〕沉醉东风《归田》共二十首，内容均为抒写脱离官场、归隐林下的喜悦。此为其中的第二首。开首两句对仗工整，表达了作者在城市与村居之间的选择，突出了“水色山光”对他的影响力。接着，作者连用数句写他归田后追求：培养“野叟情”，削去“时官样”，学会“牧樵歌”，醉倒“老瓦盆”，作者是从精神和物质两方面作彻底的“归田”，并由此表现脱离“天罗地网”后的喜悦和欣慰。

---

［1］ 人稠物穰：人口稠密，物产丰富。

［2］ 野叟：野老。

［3］ 时官样：时髦官僚的模样。

［4］ 老瓦盆：粗糙的陶制酒器。

无名氏

〔正宫〕醉太平

堂堂大元，奸佞专权。开河变钞祸根源[1]，惹红巾万千[2]。官法滥刑法重黎民怨，人吃人钞买钞何曾见[3]？贼做官官做贼混愚贤。哀哉可怜。

说明

此曲出自民间，也流行于民间，“自京师以至江南，人人能道之”（陶宗仪《南村辍耕录》），所以如此流行，在于其深切而又直接地指斥时弊，抨击时政。在元散曲中，如此直陈时事者鲜见，而如此本色自然者亦不多见。

集评

〔醉太平〕小令一阕，不知谁所造，自京师以至江南，人人能道之。古人多取里巷之歌谣者，以其有关于世教也。今此数语，切中时病，故录之，以俟采民风者焉。

——元·陶宗仪《南村辍耕录》卷二十三

---

[1] 开河变钞：开河，指借治黄河扰民。元至正十一年（1351），朝廷命贾鲁为工部尚书兼总治黄河使，征民工二十万治河，但官吏层层搜刮，民怨鼎沸。变钞，指钞法弊端，元于至元二十四年（1287）颁行“至元钞”，至正十年（1350）又发行“至正钞”，引起物价猛涨。此句即指这两事。

[2] 红巾：指元末红巾起义。

[3] 钞买钞：用“至正钞”倒换“至元钞”，但新币买旧币要打折。

叹世篇

陈草庵

陈草庵，作者介绍见前。

〔中吕〕山坡羊

晨鸡初叫，昏鸦争噪，那个不去红尘闹[1]。路迢遥，水迢迢，功名尽在长安道[2]。今日少年明日老，山，依旧好，人，憔悴了。

说明

这是一首劝世曲，奉劝世人不要以青春年华为代价去追求名利。开首三句从时间上慨叹世人终日在红尘中奔波，次三句则从空间上叹息世人不辞路远奔竞在长安道上。末数句为反省之语，功名或得或未得，但回首人生，已是青春已逝老将至了。“山，依旧好，人，憔悴了。”结语警拔有力，发人深省。

---

〔1〕 红尘：泛指世俗的功名利禄。

〔2〕 长安道：指求取功名的京城路途。

白　朴

白朴（1226—1306后），初名恒，字仁甫，后改名朴，改字太素，号兰谷。祖籍陕州（今山西曲沃县），生于开封，金亡后迁居真定（今河北正定县）。其父白华为金枢密院判官，与元好问有通家之谊。白朴七岁时元军攻破开封，随元好问北渡黄河，寓居聊城（今属山东），受到悉心指授，其学渐成，其名渐显，元朝建立后，终身不仕，晚年卜居金陵（今南京）。过着优游闲居的生活，交游均一时公卿名流。白朴是元代著名曲家，工于杂剧，为"元曲四大家"之一，现存杂剧《梧桐雨》、《墙头马上》，词作有《天籁集》传世。其散曲今存小令三十七首（其中两首有争议），套数四。

〔双调〕庆东原

忘忧草[1]，含笑花[2]，劝君闻早冠宜挂[3]。那里也能言陆贾[4]？那里也良谋子牙[5]？那里也豪气张华[6]？千古是非心，一夕渔樵话[7]。

---

[1]　忘忧草：即丹棘，亦称萱草，据称萱草嫩苗可食，食之令人陶然如醉，故有忘忧之名。

[2]　含笑花：一种常绿灌木，初夏开花，象牙黄色，有香蕉气味，花开时常不满开，犹如含笑之态，故名。

[3]　冠宜挂：挂冠，即辞官归里。

[4]　陆贾：汉高祖刘邦谋士，有辨才，曾说服南越尉佗归汉。《史记·郦生陆贾列传》："以客从高祖定天下，名为有口辩士，居左右，常使诸侯。"

[5]　子牙：姜子牙，西周初年，为师尚父，辅文王，武王时又谋划伐纣灭殷。颇有计谋。

[6]　张华：西晋文学家，字茂先，范阳方城（今河北固安县）人。博学能文，曾作《鹪鹩赋》自喻豪志。为人"勇于赴义，笃于周急"（《晋书·张华传》）

[7]　渔樵话：渔夫樵客的闲话。张昇〔离亭宴〕："多少六朝兴废事，尽入渔樵闲话。"

说明

此曲旨在叹世，对功名取一种旷达玩世的态度，这在元散曲中是一个常见的题旨。历史上令人艳羡的人物在元曲中却常常为嘲讽的对象，白朴在这首小令中，以“忘忧草”、“含笑花”起兴，劝慰世人忘却忧愁，而能笑口常开，劝君早早“挂冠”，从而彻底否定功名之途。接着作者以一组鼎足对历举三位著名的历史人物，这三位人物虽功业辉煌，但如今安在？“千古是非心，一夕渔樵话”，作者在这种超然的态度中作结。但这种旷达、这种超然其实并未真正去除其内心的忧郁，只是故作旷达而已，而散曲也便成了这种旷达的情感载体。

马致远

马致远，作者介绍见前。

〔南吕〕四块玉

叹世

两鬓皤[1]，中年过，因甚区区苦张罗？人间宠辱都参破。种春风二顷田，远红尘千丈波，倒大来闲快活。

带野花，携村酒，烦恼如何到心头。谁能跃马常食肉[2]？二顷田，一具牛，饱后休。

佐国心[3]，拿云手[4]，命里无时莫刚求。随时过遣休生受[5]。几叶绵，一片绸，暖后休。

说明

马致远〔南吕〕四块玉《叹世》共有九首，均作于晚年，抒写其淡泊宁静的心境，此为第一、第三、第四首。综观马致远一生，青年时期

[1] 皤（pó）：白。

[2] 谁能跃马常食肉：比喻功业顺遂，荣华富贵。战国时燕人蔡泽曾言其志：跃马疾驱，食肉富贵，四十三年足矣。

[3] 佐国心：辅佐朝廷之心。

[4] 拿云手：比喻志向远大，奋发有为，唐·李贺《致酒行》："少年心事当拿云，谁念幽寒坐呜呃。"

[5] 生受：为难，麻烦之意。

积极奋发，虽时运不济，仍慷慨激昂；中年愤激，二十年宦海沉浮，壮志渐磨，但牢骚日甚；晚年恬淡，归隐林泉，唯求果腹自足，陶然适性。此三首较典型地反映了他的晚年心境。

〔双调〕清江引

野兴

樵夫觉来山月底，钓叟来寻觅。你把柴斧抛，我把渔船弃。寻取个稳便处闲坐地[1]。

绿蓑衣紫罗袍谁是主[2]，两件儿都无济[3]。便作钓鱼人，也在风波里。则不如寻个稳便处闲坐地。

说明

马致远〔双调〕清江引《野兴》有八首，均为抒写其隐逸情怀。此为第一、第二首。第一首以叙事的手法，虚拟了一个樵夫和钓叟的行为，传递了一种超然物外的情趣。第二首则更进一层，以“绿蓑衣”和“紫罗袍”相并举，否定了那种“假隐士”的行径。两首小令均以寻一个“稳便处闲坐地”作结，一唱三叹加重了作者悲叹世道、置身尘外的感慨。

---

[1] 闲坐地：闲坐着。

[2] 紫罗袍：贵官服饰。

[3] 两件儿都无济：指渔隐、为官两件事都不好。此渔隐，当指在渭水垂钓，以期明主的姜太公。此种隐士非为真隐，乃先求清名，后求利禄者。故马致远都不取。

邓玉宾

邓玉宾，生卒年不详。元·钟嗣成《录鬼簿》将其列为“前辈名公”，称其为“邓玉宾同知”，可见其曾官同知。明初朱权《太和正音谱》评其作品“如幽谷芳兰”。今存小令四首，套数四。

〔正宫〕叨叨令

道情

一个空皮囊包裹着千重气[1]，一个干骷髅顶戴着十分罪[2]。为儿女使尽些拖刀计[3]，为家私费尽些担山力[4]。您省的也么哥[5]，您省的也么哥，这一个长生道理何人会？

说明

元散曲中每多抨击“酒、色、财、气”的作品，以此哀叹尘世，劝醒世人。此曲题为“道情”，即寓劝人看破红尘之意。曲中着力慨叹的是尘世的“气”和“财”，那些贪心不足、欲壑难填、争强好胜、斗豪竞奢

[1] 空皮囊：比喻人的躯壳、肉体。

[2] 干骷髅顶戴着十分罪：干骷髅，形容人的骨架，“顶戴着十分罪”，指人在世间承受着种种的苦难。

[3] 拖刀计：本指古代的一种战术，即佯败诱敌追来，乘其不备，回身杀之。此比喻用尽机谋，使尽心机。

[4] 担山力：比喻费尽力气。

[5] 也么哥：元曲中常见词，也作“也末哥”、“也波哥”，表感叹的语气。此曲中两个重叠句尾加“也么哥”，是〔叨叨令〕的定格。

之辈，但作者看来正是在耗尽“真气”，以生命作赌注，因此作者劝解世人赶快“省悟”，悟得“长生”之理。全曲语言本色，设喻生动，虽为劝人出世，有一定的消极意味，但也揭示了社会现实，展示了一幅蝇营狗苟的世俗画面。

贯云石

贯云石（1286—1324）维吾尔族人。原名小云石海涯，字浮岑，号酸斋、成斋、疏斋、石屏。祖籍北庭（今新疆吉木沙尔），幼袭父职，任两淮万户达鲁花赤。曾历任翰林侍读学士、中奉大夫、知制诰等官职。后辞官隐居于杭州一带，自封芦花道人。年39卒。贯云石善书法，能诗文，尤以散曲知名。今人任讷将其散曲与徐再思（号甜斋）散曲合刻为《酸甜乐府》，有小令八十六首，套曲九套。多抒写儿女风情与闲适生活。明·朱权《太和正音谱》评其散曲“如天马脱羁”。

〔双调〕清江引

弃微名去来心快哉，一笑白云外。知音三五人，痛饮何妨碍？醉袍袖舞嫌天地窄。

竞功名有如车下坡，惊险谁参破？昨日玉堂臣[1]，今日遭残祸。争如我避风波走在安乐窝。

避风波走入安乐窝，就里乾坤大，醒了醉还醒，卧了重还卧。似这般得清闲的谁似我。

---

[1] 玉堂臣：指朝中大臣。玉堂，本为宫殿名，也用于官署名，汉侍中有玉堂署，宋以后翰林院亦称玉堂。

说明

贯云石于元延祐元年（1314）辞官，时年二十八岁，这位将门后裔，能文能武，年少得志，二十七岁即被授为翰林侍读学士，可谓春风得意。但正是其在事业顺畅之时，却激流勇退，这种行为反映了元代政治之黑暗。此三首小令是其辞官后所作，表达了他挣脱牢笼、回归林泉的欣悦之情。三首小令在情感上逐级深入，首曲表达刚脱离官场时的狂喜，次曲补足其抛弃红尘的原因，末曲则正面叙述其安乐生活的闲适和自由。笔调轻捷，风格豪放，向读者展示了一个热爱自由、傲笑王侯、奔放不羁的抒情主人公形象。朱权在《太和正音谱》中评其作品“如天马脱羁”，可谓得之。

〔双调〕殿前欢

楚怀王，忠臣跳入汨罗江[1]。《离骚》读罢空惆怅，日月同光[2]。伤心来笑一场，笑你个三闾强[3]，为甚不身心放。沧浪污你[4]，你污沧浪。

说明

屈原的人格精神对中国古代文人有着强烈的影响，他的忠贞、执著、刚直不阿是历代士大夫心目中的人格楷模。但在元散曲中，屈原形象常被作为嘲笑的对象，人们往往以一种貌似的旷达、超脱来嘲讽屈原过于执著，此曲即然，但在这种带有苦涩意味的诙谐嘲弄中，我们不难摸捉到作者内心的辛酸。这首小令作者以诙谐的笔墨“笑屈原”过于倔强，为什么不能超然一些？“沧浪污你”，然则你也“污了沧浪”，但此种意味需反复咀嚼，作者实则乃长歌当哭，内心之苦痛是颇为深沉的。

[1] “楚怀王”二句：楚怀王听信谗言，将屈原放逐到沅湘间，屈原投汨罗江而死。
[2] 日月同光：《史记·屈原贾生列传》评屈原《离骚》“与日月争光”。此句谓屈原的精神品格光照千古。
[3] 三闾：指屈原，因屈原曾任三闾大夫。
[4] 沧浪污你：沧浪，本指汉水的下游，此处泛指江河。

张养浩

张养浩，作者介绍见前。

〔双调〕沽美酒兼太平令

在官时只说闲，得闲也又思官，直到教人做样看。从前的试观，那一个不遇灾难：楚大夫行吟泽畔[1]，伍将军血污衣冠[2]，乌江岸消磨了好汉[3]，咸阳市干休了丞相[4]。这几个百般、要安，不安。怎如俺五柳庄逍遥散诞[5]。

说明

此曲作于张养浩归隐居家之时，《雍熙乐府》收此曲时题为《叹世》。这首小令即为慨叹仕途险恶，表达作者退避后，远害全身的愉悦心情。这是一首带过曲，由〔沽美酒〕和〔太平令〕两首小令组成，前五句为〔沽美酒〕，后八句为〔太平令〕，但整首曲浑然一体，毫无斧凿痕迹，语言质朴畅达，句式参差变化，在平易流利中真切地表达了作者的内在情感。

---

[1] 楚大夫行吟泽畔：见张养浩〔双调〕沉醉东风注②。

[2] 伍将军血污衣冠：伍将军，伍员，字子胥，春秋时吴国大夫。曾助阖闾夺取吴王位，整军经武，国势日盛。吴王夫差时，因谏吴王拒绝越国求和并停止伐齐，渐被疏远，后吴王听信谗言，赐剑令死。

[3] 乌江岸消磨了好汉：乌江岸，在今安徽省和县，项羽自刎处。

[4] 咸阳市干休了丞相：秦丞相李斯被秦二世腰斩于咸阳。见张养浩〔双调〕沉醉东风注③。干休，作罢，了事，结束。《西厢记》二本一折："限你每三日内将莺莺献出来与俺将军成亲，万事干休。"

[5] 怎如俺五柳庄逍遥散诞：五柳庄，典出陶渊明，陶归隐，于门前植柳五株，自号五柳先生，后以"五柳"喻归隐。（见陶渊明《五柳先生传》）散诞，犹散淡，无拘无束。

〔中吕〕朱履曲

那的是为官荣贵[1]。止不过多吃些筵席，更不呵安插些旧相知[2]，家庭中添些盖作[3]，囊箧里攒些东西[4]。教好人每看做甚的[5]。

正胶漆当思勇退[6]，到参商才说归期[7]，只恐范蠡、张良笑人痴[8]。挟着胸登要路[9]，睁着眼履危机，直到那其间谁救你。

才上马齐声儿喝道，只这的便是送了人的根苗。直引到深坑里恰心焦[10]，祸来也何处躲，天怒也怎生饶。把旧来时威风不见了。

说明

张养浩〔中吕〕朱履曲有九首，都是其退官归隐后所作，比较集中地对官场作了反思，相当辛辣地抨击了官场的恶俗、黑暗和风险。此为第三、第七和第九首。这三首小令各有一个重点，“那的是为官荣贵”主

[1] 的是：确是。
[2] 旧相知：熟人、朋友。
[3] 盖作：犹造房，此指房子。
[4] 攒：积聚。
[5] 好人每：好人们。“每”在元曲中习见，即“们”。
[6] 胶漆：本意指情投意合，亲密无间。此应指君臣关系融洽。
[7] 参商：两星宿名，此出彼落，永不相见。比喻分离或不和睦。
[8] 只恐范蠡、张良笑人痴：范蠡，越大夫，助勾践灭吴后，功成身退，泛舟五湖。张良，刘邦重要谋臣，曾助刘邦灭项羽，也功成身退，从赤松子游。
[9] 要路：比喻险要的地位。
[10] 恰：才。

要在于否定为官的荣华富贵，在肯定中寓否定，作者铺叙了所谓“荣贵”的具体内容，其本质是揭示“荣贵”只不过是一些外在的享乐而已。“正胶漆”一首讽刺那些为官之人不识时务，不居安思危，激流勇退，到头来无人“救你”，对那些“拱着胸登要路”之人无疑是当头棒喝。“才上马”一曲更以夸张的笔法全面否定了仕途，指出为官之途乃“送了人的根苗”，言辞可谓激烈、辛辣。全曲语言本色，说尽说透，不留丝毫余地，这正是散曲有别于诗词的体性特征。

郑光祖

郑光祖（约1250—1324），字德辉，平阳襄陵（今山西临汾附近）人。曾作过杭州路吏，死后亦葬于杭州，可见是北人南居的曲家。郑光祖是元代重要曲家，作有杂剧十七种，今存七种，代表作是《倩女离魂》、《王粲登楼》等，在当时有很大影响，钟嗣成曰："名香天下，声振闺阁，伶伦辈称'郑老先生'，皆知其为德辉也。"（《录鬼簿》）为"元曲四大家"之一，明人何良俊更将其置于四大家（关、马、郑、白）之首。散曲今存小令六首，套数二。

〔正宫〕塞鸿秋

门前五柳侵江路[1]，庄儿紧靠白蘋渡[2]。除彭泽县令无心做[3]，渊明老子达时务。频将浊酒沽，识破兴亡数，醉时节笑捻着黄花去[4]。

说明

郑光祖是元代重要曲家，散曲创作和影响应该说是很大的，钟嗣成评其"《翰林风月》、《梨园乐府》，端的是曾下功夫。"（《录鬼簿》）但所流传下来的作品不多。观其现存作品，一为闺情，一为旷放之作。此曲

---

［1］　五柳：见张养浩〔双调〕沽美酒兼太平令注⑤。

［2］　白蘋渡：长着白蘋的渡口，在元曲中，常常是隐士高人常去的地方。

［3］　除彭泽县令无心做：除，拜官授职。陶渊明曾任彭泽县令，但仅八十天便挂冠而去。

［4］　醉时节笑捻着黄花去：黄花，菊花。陶渊明性嗜酒，也爱菊，其诗篇中多咏菊花者，如"采菊东篱下，悠然见南山。""秋菊有佳色，裛露掇其英。汎此忘忧物，远我遗世情。"（《饮酒》）等。

即为后者，作者借咏叹陶渊明的隐居自乐表现其追求内心自适和无拘无束。此类题材在元曲中常见，已成为元曲家追求的高尚洒脱人生的表征。此曲语辞工雅，注重修炼，在元曲中属比较工雅委婉的一派。

范　康

范康，字子安，杭州人。生卒年不详，《录鬼簿》将其列于“方今已亡名公才人，余相知者。”约与郑光祖同时。“明性理，善讲解，能词章，通音律。”(《录鬼簿》) 作有杂剧《杜子美游曲江》(已佚) 和《竹叶舟》。散曲今存小令四首，套数一。

〔仙吕〕寄生草

酒

常醉后方何碍，不醉时有甚思[1]。糟腌两个功名字[2]，醅渰千古兴亡事[3]，麯埋万丈虹蜺志[4]。不达时皆笑屈原非，但知音尽说陶潜是。

说明

此曲一作白朴作，标题为《饮》。《北宫词纪外事》卷六归范康作。观此曲乃联章体曲《酒色财气》之第一首，范康作可能性较大。全曲题为《酒》，故句句以“酒”入题，开首二句情感愤激，唯愿长醉不醒，中三句更把功名、兴亡、壮志一并掩埋于酒中，末二句一笑屈原，一赞陶潜。可谓句句言酒，句句以酒作解脱和逍遥。但观曲中情感，不难悟出

[1] “常醉后”两句：谓长醉便无碍，不醒即无思，为逃避现实的愤激之辞。

[2] 糟腌：本意为用酒或糟腌制食物。腌，同“腌”。

[3] 醅渰：醅（pēi），未滤的酒，渰（yān），同“淹”。

[4] 麯埋万丈虹蜺志：麯，酒糟，虹蜺志，豪情壮志。

其内心之苦痛，萧统谓陶渊明“意不在酒，亦寄酒为迹焉。”(《陶渊明集序》)此曲亦然，郑振铎在《中国俗文学史》中评这首小令“强为旷达”，可谓中的。

集评

周德清曰：〔寄生草〕《饮》……命意、造语、下字俱好。最是“陶”字属阳，协音，若以“渊明”字，则“渊”字唱作“元”字，盖“渊”字属阴。“有甚”二字上去声，“尽说”二字去上声，更妙。“虹蜺志”、“陶潜是”，务头也。

——元·周德清《中原音韵·作词十法·定格》

王世贞曰：元曲如……“醻醃两个功名字，醅淹千古兴亡事，麯埋万丈虹蜺志。不达时皆笑屈原非，但知音尽说陶潜是。”浑中奇语也。

——明·王世贞《艺苑卮言》附录一

王季烈曰：南北曲有所谓务头者，余初见之于《北宫词纪·凡例》引周德清论云：“要知某调某句某字是务头，可施俊语于其上。”注云：“如小令〔寄生草〕‘长醉后’一阕内‘虹霓志’、‘陶潜是’是务头。”……将数说寻绎再四，迄不得“务头”二字之解，遍询度曲家，亦无知者。及见吾友吴瞿庵（梅），始谓务头者，即平上去三音相联，而阴阳不同之处。如阳去阴上相连，或阳上阴去相连，或阳平阴上相连，或阴平阳上相连，皆是务头。准此说，则〔寄生草〕末句“但知音尽说陶潜是”，“尽说陶”三字为阳去阴上阳平相连。

——《螾庐曲谈》卷二第五章《论词藻四声及衬字》

乔 吉

乔吉，作者介绍见前。

〔中吕〕山坡羊

冬日写怀

朝三暮四，昨非今是[1]，痴儿不解荣枯事。攒家私[2]，宠花枝[3]，黄金壮起荒淫志，千百锭买张招状纸[4]。身，已至此，心，犹未死。

说明

此曲愤时讥时，情感激烈，乃作者将个人遭际、现时困窘和现实感叹聚在一起的愤激之辞。《冬日写怀》共有三首，此为第二首。此时作者心态凄凉，生活困顿，其《冬日写怀》第一首云："世情别，故交绝，床头金尽谁行借?"故在这种心态中，作者讥时愤俗，嘲笑抨击了那些纸醉金迷的贪婪者，并以世道无常、祸福相系对自身的遭际强作宽慰。

---

[1] 朝三暮四，昨非今是：比喻世情变化无常，荒唐颠倒。

[2] 攒：积聚。

[3] 宠花枝：花枝，指女色。

[4] 千百锭买张招状纸：锭，旧时用的金币、银币，铸成一定的形状，或贝状，或块状和颗状。招状纸，犯人招供的记录文书。

〔双调〕折桂令

荆溪即事[1]

问荆溪溪上人家，为甚人家，不种梅花？老树支门，荒蒲绕岸，苦竹圈笆。寺无僧狐狸样瓦[2]，官无事乌鼠当衙。白水黄沙，倚遍阑干，数尽啼鸦。

说明

荆溪风景秀美，曾得到文人雅士的青睐，唐代杜牧曾于此修筑水榭，宋苏东坡更欲在此买田种桔。但乔吉笔下的荆溪，却是一派死寂、空落、荒寞的景象。“老树支门，荒蒲绕岸，苦竹圈笆”，没有活力，更无生机。尤有甚者，“寺无僧狐狸样瓦，官无事乌鼠当衙”，僧房寂寂，官衙空空。诗人从自然到人事都展现了一个无比黯淡的现实世界。此时此境，诗人内心之空落、惆怅乃不言而喻了，唯有“倚遍阑干，数尽啼鸦。”而开首之问“不种梅花”我们在此亦找到了答案：乔吉对梅花情有独钟，将其视为生命和美的象征，而荆溪在诗人内心的失落正是这种生命和美的活力。于是，一个孤苦、绝望的形象便立在读者眼前。

---

［1］　荆溪：在江苏宜兴县南，流入太湖，以近荆南山而得名。

［2］　样瓦：即漾瓦，摔瓦。

刘时中

元代散曲家中有两位名刘时中，一为刘致（？—约1335），字时中，号逋斋，石州宁乡（今山西离石）人，元·钟嗣成《录鬼簿》将其列入“方今名公”，并云：“右前辈公卿居要路者，皆高才重名，亦于乐府留心。”历官永新州判、翰林待制、江浙行省都事等。另一刘时中为古洪（今江西南昌）人。关于现存署名刘时中散曲的归属，迄今无定论，存疑待考。

〔南吕〕四块玉

官况甜，公途险，虎豹重关整威严[1]。仇多恩少皆堪叹，业贯盈，横祸满，无处闪。

禄万钟[2]，家千口，父子为官弟封侯。画堂不管铜壶漏[3]，休费心，休过求，攧破头[4]。

说明

这两首小令都是慨叹官场的。前一曲感叹宦途险恶，起首“官况甜，

---

［1］ 虎豹重关：语出《楚辞·招魂》：“虎豹九关，啄害下人些。”本指天门重重，森严难进。此比喻官府。

［2］ 禄万钟：俸禄优厚。钟，古代以六斛四斗为一钟。

［3］ 画堂不管铜壶漏：画堂，华美的住房。铜壶漏，古代计时器。此句谓溺于享乐，但时光飞逝，岁月不再。

［4］ 攧破头：碰破头。攧，跌倒。

公途险”，以“甜”、“险”对峙，醒人眼目，官场自有其诱惑，然执迷不悟，溺于功名利禄，那也是极为危险，“业贯盈，横祸满，无处闪”，既是对这些官吏的当头棒喝，也表现了作者的愤懑之情。后一曲告诫为官者不可贪心，“休费心，休过求”，否则虽说现时是“禄万钟，家千口”，但终究会“擲破头”，无可收场。这两首小令曲辞平易，情感饱满直率，可谓对元代黑暗政治的控诉和批判。

〔正宫〕端正好

上高监司[1]

众生灵遭磨障，正值着时岁饥荒，谢恩光拯济皆无恙，编做本词儿唱。

〔滚绣球〕去年时正插秧，天反常，那里取若时雨降。旱魃生四野灾伤[2]，谷不登，麦不长，因此万民失望。一日日物价高涨，十分料钞加三倒[3]，一斗粗粮折四量[4]，煞是凄凉。

〔倘秀才〕殷实户欺心不良，停塌户瞒天不当[5]，吞象心肠歹伎俩[6]。谷中添粃屑，米内插粗糠，怎指望他儿孙久长。

〔滚绣球〕甑生尘老弱饥[7]，米如珠少壮荒。有金银那里每典当[8]，尽枵腹高卧斜阳[9]。剥榆树餐，挑野菜尝。吃黄不老胜如熊掌[10]，蕨根粉以

---

[1] 高监司：监司，监察州郡的官。高监司可能指江西监司高纳麟，《元史・高纳麟传》："天历元年（1328），除杭州路总管，明年改江西道廉访使。岁饥，议发粟赈民，行省难之。纳麟曰：'朝廷如不允，我愿以家赀偿之。'议始决，全活无算。又劾罢贪吏平章政事八失忽都，民大颂之。"刘时中或于此时写下了两套《上高监司》献给他。此收的是前套。

[2] 旱魃（bá）：传说中的旱神，亦称旱母。《神异经》："魃所见之，国大旱，赤地千里。"

[3] 十分料钞加三倒：料钞，元代货币。加三倒，帖加三成。指因大旱粮荒，货币贬值，购粮要增加百分之三十的钱。

[4] 折四量：由于货币贬值，只能打四折。

[5] 停塌户：囤积粮食以谋暴利的人家。

[6] 吞象心肠：贪心不足，谚语谓"吞心不足蛇吞象。"

[7] 甑（zèng）：古代炊具，用于蒸食。

[8] 那里每：犹哪里。每，语气词，无义。

[9] 枵（xiāo）腹：因饥饿而肚子空空。

[10] 黄不老：一种野菜。

代糇粮[1]。鹅肠苦菜连根煮[2]，荻笋芦莴带叶咗[3]，则留下杞柳株樟[4]。

〔倘秀才〕或是捶麻柘稠调豆浆，或是煮麦麸稀和细糠，他每早合掌擎拳谢上苍。一个个黄如经纸[5]，一个个瘦似豺狼，填街卧巷。

〔滚绣球〕偷宰了些阔角牛，盗斫了些大叶桑[6]。遭时疫无棺活葬，贱卖了些家业田庄。嫡亲儿共女，等闲参与商[7]，痛分离是何情况。乳哺儿没人要撇入长江，那里取厨中剩饭杯中酒，看了些河里孩儿岸上娘，不由我不哽咽悲伤。

〔倘秀才〕私牙子船湾外港[8]，行过河中宵月朗，则发迹了些无徒米麦行。牙钱加倍解[9]，卖面处两般装[10]，昏钞早先除了四两[11]。

〔滚绣球〕江乡相，有义仓，积年系税户掌。借贷数补答得十分停当，都侵用过将官府行唐[12]。那近日劝粜到江乡，按户口给月粮。富户都用钱卖放，无实惠尽是虚椿。充饥画饼诚堪笑，印信凭由却是谎[13]，快活了些社长知房[14]。

〔伴读书〕磨灭尽诸豪壮，断送了些闲浮浪。抱子携男扶筇杖[15]，尫羸

---

[1] 蕨根粉以代糇粮：蕨，一种草本植物，根茎多淀粉，可食用。糇粮，干粮。

[2] 鹅肠：一种野菜。

[3] 咗（zhuāng）：吞咽。

[4] 杞柳株樟：杞柳和樟树，都不能食用。

[5] 黄如经纸：经纸均为黄色纸，此比喻人面色枯黄。

[6] 斫（zhuó）：砍、斩。

[7] 参与商：两星宿名。参星居西，商星在东，各不相见，比喻骨肉分离。

[8] 私牙子：私商。

[9] 牙钱：佣钱，指经纪人的中介费用。

[10] 卖面处两般装：语意不明。或为奸商投机倒把的一种手段。

[11] 昏钞：破旧的纸币。

[12] 行唐：搪塞、蒙蔽。

[13] 印信凭由：指关防、单据。

[14] 社长知房：社长，元代以五十家为一社，年高望重者为社长。知房，古时县衙公事料理归吏、户、礼、兵、刑、工六房，知房即各房的管事书办。

[15] 筇（qióng）杖：竹杖。

伛偻如虾样[1]。一丝好气沿途创[2]，阁泪汪汪。

〔货郎〕见饿莩成行街上，乞出拦门斗抢[3]，便财主每也怀金鹄立待其亡[4]。感谢这监司主张，似汲黯开仓[5]。披星带月热中肠，济与粜亲临发放。见孤孀疾病无皈向，差医煮粥分厢巷。更把脏输钱分例米多般儿区处的最优长[6]。众饥民共仰，似枯木逢春，萌芽再长。

〔叨叨令〕有钱的贩米谷置田庄添生放[7]，无钱的少过活分骨肉无承望。有钱的纳宠妾买人口偏兴旺，无钱的受饥馁填沟壑遭灾障。小民好苦也么哥，小民好苦也么哥，便秋收鬻妻卖子家私丧。

〔三煞〕这相公爱民忧国无偏党，发政施仁有激昂。恤老怜贫，视民如子。起死回生，扶弱摧强。万万人感恩知德，刻骨铭心，恨不得展草垂缰[8]。覆盆之下，同受太阳光[9]。

〔二〕天生社稷真卿相，才称朝廷作栋梁。这相公主见宏深，秉心仁恕，治政公平，莅事慈祥。可与萧曹比并[10]，伊傅齐肩[11]，周召班行[12]。紫泥

---

[1] 尫（wāng）羸（léi）伛偻：尫羸，瘦弱；伛偻，驼背。

[2] 好气：语意不通，或为“游气”。

[3] 乞出：意义不明，或为“乞丐”之误。

[4] 鹄（hú）立：鹄，天鹅，像天鹅一样延颈而立，比喻焦急地盼望，期待。

[5] 汲黯开仓：汲黯，汉代有名的直臣。《史记·汲黯传》载：“河内贫人伤水旱万余家，或父子相食。臣（汲黯）谨以便宜，持节发河内仓粟，以振贫民。”

[6] 区处：分别处置。

[7] 生放：放债生息。

[8] 展草垂缰：谓变犬变马以报恩情。展草，相传三国时李信纯有一爱犬黑龙，某日，李醉卧草地，值草地起火，黑龙往返水池，以其皮毛沾水浸草地，使隔火路，李得救，黑龙竟疲极而死。垂缰，前秦苻坚为慕容冲所追，自马上跌入水中，其马跪前足，垂下缰绳，使苻坚援绳登岸而逃。

[9] 覆盆之下，同受太阳光：覆盆本比喻无法挣脱的黑暗和无可申辩的冤屈。此以“覆盆下同受太阳光”颂扬高监司的政绩，使灾民好像在覆盆下见到了阳光。

[10] 萧曹比并：萧曹，汉代开国功臣萧何、曹参。比并，匹敌，比拟。

[11] 伊傅：伊尹、傅说，分别是商汤和殷高宗的贤相。

[12] 周召班行（háng）：周召，周公旦、召公奭，为周成王之贤相。班行，原指在朝做官的位次。后也指同列，同辈。

宣诏[1]，花衬马蹄忙[2]。

〔一〕愿得早居玉笋朝班上[3]，伫看金瓯姓字香[4]。入阙朝京，攀龙附凤，和鼎调羹[5]，论道兴邦。受用取貂蝉济楚[6]，衮绣峥嵘[7]，珂珮丁当[8]。普天下万民乐业，都知是前任绣衣郎[9]。

〔尾声〕相门出相前人奖[10]，官上加官后代昌。活被心灵恩不忘，粒我烝民德怎偿[11]。父老儿童细较量，樵叟渔夫曹论讲[12]。共说东湖柳岸旁，那里清幽更舒畅。靠着云卿苏圃场[13]，与徐孺子流芳挹清况[14]。盖一座祠堂人供养，立一统碑碣字数行，将德政因由都载上，使万万代官民见时节想。

说明

在元代散曲中，反映社会重大问题的作品是颇为少见的。此曲则将

---

[1] 紫泥宣诏：古时皇帝诏书需用紫泥封印。

[2] 花衬马蹄忙：形容春风得意。

[3] 玉笋朝班：朝班，大臣上朝排列的队伍。玉笋，指众多才士。《新唐书·李宗闵传》："典贡举。所取多知名士，若唐冲、薛庠、袁都等，世谓之玉笋。"

[4] 金瓯：国家。

[5] 和鼎调羹：本指厨师烹调食物，得心应手，也用以比喻宰相处理政事，咸得其宜。

[6] 貂蝉济楚：戴着美丽的貂蝉帽，指做了大官。汉代侍中、中常侍所戴的帽子，上面饰有貂尾、蝉文。济楚，漂亮、整齐。

[7] 衮绣：古代皇帝或上公所穿的衣服。

[8] 珂珮：玉制的饰品。

[9] 绣衣郎：指高监司。汉代绣衣直指，官名，后称御史为绣衣郎。

[10] 相门出相：谓后继有人。

[11] 粒我烝民：粒，粮食，这里用作动词；烝民，众民。语出《诗经·周颂·思文》："思文后稷，克配彼天。粒我烝民，莫匪尔极。"

[12] 曹：或为"曾"之误。

[13] 云卿苏圃场：苏云卿，南宋隐士，在豫章（今南昌）东湖，结庐而居，辟菜园躬耕其中。

[14] 徐孺子：东汉徐稺，字孺子，豫章（今南昌）人，不应征召，筑室隐居，人称南州高士。

笔触伸向了当时昏暗无道的现实，以饱蘸情感的笔墨描述了一幅惨绝人寰的灾民流离图和勾画了一个公正无私、恤老怜贫的清官形象。全曲共有十五支曲子，首曲〔端正好〕可视为序曲，点明了全曲所要表现的内容；而从第二曲〔滚绣球〕到第十一曲〔叨叨令〕，作者以十个曲子的篇幅细致地描画了灾荒年社会的昏昧无道和灾民的痛苦生活；最后四曲是作者对高监司荒年粜米救灾的颂扬，高度评价了高监司的“德政”和赞美了这一个清官形象。此曲在艺术上也颇有特色，作者较多地从比较的角度落笔，从而使全曲爱憎鲜明、效果强烈，灾民的流离失所与奸商的巧取豪夺，官吏的狼狈为奸与高监司的仁心德政，难民的饿殍成街与“财主每”的怀金鹄立待其亡等，都构成了鲜明的对比，这种在结构章法上的交相连环、层层对比使作品更深刻地表现了社会的恶浊和贫富不均；作品在描写上是刻画精细，且又讥刺入骨；另外，全曲语言平实尖新，形象生活，自然浑朴，既避免元散曲中常见的调侃“俗味”，又力图体现一种沉郁、悲凉的语言风格。从而使整套曲子在情感内涵和艺术形式之间涵融无间，具有较强的艺术感染力。

阿鲁威

阿鲁威，一作阿鲁灰，阿鲁翚。字叔重，号东泉，汉名鲁东泉，蒙古人。延祐、至治（1314—1323）间，任延平路总管和泉州路总管，泰定（1324—1328）时应诏为经筵官，官至翰林侍读学士参知政事。曾译《世祖圣训》、《资治通鉴》等进讲。元末居江南。阿鲁威善作曲，与虞集、张雨等时有唱和，朱权《太和正音谱》评其作品“如鹤唳青霄”。今存小令十九首。

〔双调〕蟾宫曲

鸱夷后那个清闲[1]？谁爱雨笠烟蓑，七里严湍[2]。除却巢由，更无人到，颍水箕山[3]。叹落日孤鸿往还，笑桃源洞口谁关[4]？试问刘郎[5]，几度花开，几度花残。

问人间谁是英雄？有酾酒临江，横槊曹公[6]。紫盖黄旗，多应借得，

[1] 鸱夷：指范蠡。《史记》卷四十一《越王勾践世家》：“范蠡浮海出齐，变姓名，自谓鸱夷子皮，耕于海畔，苦身戮力，父子治产。”

[2] 七里严湍：严子陵隐居不仕，在七里滩垂钓。

[3] “除却巢由”以下三句：巢由，巢父和许由，都是尧时的隐士。巢父不营世利，以树为巢，故称巢父。许由听到尧要将天下让给他，认为有污双耳，到颍州洗耳，并隐居在颍水之阳，箕山之下。

[4] 桃源洞口：陶渊明《桃花源记》：谓武陵渔人自桃花林入一山洞，见内有诸多因避秦时乱者的后裔在此聚居，停数日，辞还，告知太守，太守遣人寻往，“迷不复得路”。

[5] 刘郎：刘晨，据《太平广记》卷六十一《天台二女》载：东汉末年，剡县人刘晨、阮肇入天台山采药，遇二仙女，美艳无比，二女邀其还家，十日后，刘、阮求归，二女苦留半年。后乡思日甚，二女遂指点归程，刘、阮至乡邑，见四处寥落，已历十世矣。

[6] 有酾酒临江，横槊曹公：曹公，曹操。苏轼《前赤壁赋》颂扬曹操“破荆州，下江陵”，挥师东下，“酾酒临江，横槊赋诗”。酾（shī），斟酒。

赤壁东风[1]。更惊起南阳卧龙，便成名八阵图中[2]。鼎足三分[3]，一分西蜀，一分江东。

动高吟楚客秋风[4]，故国山河，水落江空。断送离愁，江南烟雨，杳杳孤鸿，依旧向邯郸道中[5]，问居胥今有谁封[6]？何日论文，渭北春天，日暮江东[7]。

理征衣鞍马匆匆。又在关山，鹧鸪声中。三叠《阳关》[8]，一杯鲁酒[9]，逆旅新丰[10]。看五陵无树起风[11]，笑长安却误英雄。云树濛濛，春水东流，有似愁浓[12]。

---

[1] “紫盖黄旗”以下三句：紫盖黄旗，云气，古人认为是出帝王的兆头。此三句谓东吴建立王业不在王气，而是借得东风，火烧赤壁，遏制了曹操的攻势。

[2] “更惊起”以下二句：南阳卧龙指诸葛亮；八阵图，诸葛亮所创阵法，《三国志·诸葛亮传》：“推演兵法，作八阵图。”杜甫《八阵图》诗亦云：“功盖三分国，名成八阵图。”

[3] 鼎足三分：即魏、蜀、吴三国鼎立。

[4] 动高吟楚客秋风：高吟，宋玉《九辩》，宋玉，楚人，楚襄王时任侍人，晚年失职，流落山野，作《九辩》悲秋景之萧瑟，叹自身之不遇。《九辩》有云：“悲哉，秋之为气也。”此常感后世文人的迟暮、孤独之情。

[5] 邯郸道：比喻追求功名富贵之路。典出唐·沈既济《枕中记》：卢生在邯郸客店中昼寝入梦，梦中享尽荣华，醒来后，见店主人煮黄粱尚未熟。

[6] 居胥：狼居胥，一名狼山。在内蒙古西北部。据《史记·霍去病传》载：汉元狩四年(119)，汉伐匈奴，卫青、霍去病为将，率十万骑，将匈奴兵驱之于瀚海之北，去病封狼居胥山而还。

[7] “何日论文”三句：从杜甫《春日忆李白》化出：“渭北春天树，江东日暮云。何时一樽酒，重与细论文？”渭北，指咸阳，杜甫曾在此居住；江东，今江苏南部和浙江北部，李白游历处。此三句借杜甫想念李白说明自己对故人的思念。

[8] 三叠《阳关》：唐·王维《送元二使安西》(一作《渭城曲》)“渭城朝雨浥清尘，客舍青青柳色新。劝君更尽一杯酒，西出阳关无故人。”《阳关》后代指离别时所唱的歌。

[9] 鲁酒：春秋时鲁国酿制的酒，味薄。庾信《哀江南赋序》：“楚歌非取乐之方，鲁酒无忘忧之用。”

[10] 逆旅新丰：唐太宗时名臣马周，在未遇时旅居新丰（今陕西临潼县东）客舍，受店主冷遇。《新唐书·马周传》：“留客汴，为浚仪令崔贤所辱，遂感激而西，舍新丰，逆旅主人不之顾，周命酒一斗八升，悠然独酌。”

[11] 五陵：指长安附近的西汉陵墓：高祖长陵、惠帝安陵、景帝阳陵、武帝茂陵、昭帝平陵。

[12] 春水东流，有似愁浓：化用李煜〔虞美人〕词：“问君能有几多愁？恰似一江春水向东流。”

说明

阿鲁威是蒙古族的散曲家，一生仕途也比较顺畅，官至参知政事（宰相），官职不可谓不高了。但就其现存散曲来看，阿鲁威厌倦功名、归老林泉的思想比较强烈，或许也曾有过晚年隐居江南的经历，虞集诗云："问讯东泉老，江南又五年。"（《寄阿鲁翚学士》）那这么一位官运亨通的蒙族官僚何以厌弃红尘呢？上述四首〔蟾宫曲〕透露了其中消息：在这四首小令中，第一首叹世人奔竞于功名，很少有人像范蠡、巢父、许由那样，真正地归隐了。第二首以大开大合之笔，歌颂三国英烈，表达自己追古圣的愿望。第三首述旅途悲思，情调低婉，思绪茫茫。第四首也写旅途景况，抒发其怀才不遇的内心苦闷。故从上述四首小令中，我们不难见出阿鲁威内心的苦痛，一在于时世不济，难有如三国、西汉时建功立业之机遇，二是奔竞于功名，四处奔波，"依旧向邯郸道中"，这种既入仕途但又难遂其志的生活使其平添无穷忧虑，"云树濛濛，春水东流，有似愁浓"，一种落寞、惆怅、幽闷的心情细微表出。阿鲁威散曲遣辞温雅，意境幽深，表现出了一个蒙古族作家高深的汉文化修养。

薛昂夫

薛昂夫，作者介绍见前。

〔正宫〕塞鸿秋

功名万里忙如燕[1]，斯文一脉微如线[2]。光阴寸隙流如电，风霜两鬓白如练。尽道便休官，林下何曾见[3]，至今寂寞彭泽县[4]。

说明

在元代散曲中，高标“归隐”是一个非常普遍的主题。但在现实生活中，所谓“归隐”却有两类人：一类是沉郁下僚，志不获伸，于是作“归隐”之辞而愤世，在情感上其实体现为无奈；另一类人则是奔竞于功名仕途，却大唱归隐之歌以示其清雅脱俗，“功名万里忙如燕”，“斯文一脉微如线”。这首小令对这一类人作出了辛辣的讽刺，“尽道便休官，林下何曾见？”诗人以冷峻之笔直面此类虚伪者，扯去了他们虚假的面纱。此曲在艺术上直抒胸臆，然又不一泻无遗，采用字语的对比回环耐人寻味地表达作者对尘世恶俗的厌弃，且遣辞温雅，对仗工整，具有较高的艺术魅力。

[1] 功名万里忙如燕：功名万里指追逐名利，“忙如燕”语出宋·张耒诗句：“语莺知果熟，忙燕聚新泥”。此用于比喻追求功名的奔竞之状。

[2] 斯文：本指周朝的礼乐制度。《论语·子罕》：“天之将丧斯文也，后死者不得与于斯文也。”后指礼让文雅，品格高尚。

[3] 尽道便休官，林下何曾见：化用灵彻《东林寺酬韦丹刺史》：“相逢尽道休官好，林下何曾见一人。”

[4] 至今寂寞彭泽县：陶渊明不为五斗米折腰，辞去彭泽县令，解绶归田。

〔正宫〕塞鸿秋

凌歊台怀古

凌歊台畔黄山铺[1]，是三千歌舞亡家处[2]。望夫山下乌江渡，是八千子弟思乡去[3]。江东日暮云，渭北春天树[4]，青山太白坟如故[5]。

说明

这是一首怀古、叹世、遣怀的小令曲，作者以当涂县境的三大名胜为咏叹对象，各取其富贵、功业和荣名，表达了人生无常、功名富贵转瞬即逝的悲哀情绪。昔日繁华之凌歊台，三千宫娥，轻歌曼舞，如今安在哉？乌江渡口曾经威震天下的楚霸王不也是兵败垓下，自刎而死吗？

---

[1] 凌歊台畔黄山铺：凌歊（xiāo）台，南朝宋高祖刘裕离宫，在安徽当涂县西北黄山上。

[2] 是三千歌舞亡家处：此句从唐·许浑《凌歊台》诗化出："宋祖凌歊乐未回，三千歌舞宿层台。湘潭云尽晓山出，巴峡雪消春水来。行殿有基荒斋合，寝园无主野堂开。百年便作万年计，岩畔古碑生绿苔。""亡家处"当指三千歌妓远离家乡、无家可归。

[3] "望夫山下"两句：望夫山，在安徽当涂县西北，《太平寰宇记》："昔有人往楚，累岁不还，其妻登此山望夫，乃化为石。"乌江渡，在安徽和县，项羽自刎处，与望夫山隔江相对。《史记》卷七《项羽本纪》："项王乃欲东渡乌江。乌江亭长舣船待，谓项王曰：'江东虽小，地方千里，众数十万人，亦足王也。愿大王急渡。……'项王笑曰：'天之亡我，我何渡为？且籍与江东子弟八千人渡江而西，今无一人还，纵江东父兄怜而王我，我何面目见之？纵彼不言，籍独不愧于心乎？'"乃自刎。

[4] 江东日暮云，渭北春天树：借用杜甫《春日忆李白》诗："渭北春天树，江东日暮云。"

[5] 青山太白坟如故：青山在安徽当涂东南。李白原葬当涂龙山东麓，后依李白"悦谢家青山"的遗愿，迁于青山，与故谢朓宅相邻。

而昔日名扬天下的李太白如今也仅留下青山荒冢。诗人在凌歊台上，极目远眺，放眼四顾，不禁浮想联翩，虚无寂寥的人生感慨和千古历史的永恒悲哀交织在一起，动人深思，发人喟叹。

〔双调〕楚天遥过清江引

花开人正欢，花落春如醉。春醉有时醒，人老欢难会。一江春水流[1]，万点杨花坠。谁道是杨花？点点离人泪[2]。回首有情风万里，渺渺天无际。愁共海潮来，潮去愁难退[3]，更那堪晚来风又急[4]。

说明

这一首带过曲咏叹人生之愁，但没点明愁自何来，作者前咏杨花，后咏江潮，情景相生，情感绵长。全曲化用前人诗词，如杨花化用苏轼咏杨花词，海潮化用苏轼〔八声甘州〕，末句又与李清照“怎敌他晚来风急”同出机轴。但如此化用却了无痕迹，构成了一个新的艺术整体，体现了作者高超的艺术造诣。

---

[1]　一江春水流：李煜〔虞美人〕：“问君能有几多愁？恰似一江春水向东流。”

[2]　“谁道是杨花”二句：苏轼〔水龙吟〕《次韵章质夫杨花词》：“细看来，不是杨花，点点是离人泪。”

[3]　“回首有情风万里”以下四句：此化用苏轼〔八声甘州〕《寄参寥子》词：“有情风万里卷潮来，无情送潮归。”

[4]　“更那堪”句：李清照〔声声慢〕：“三杯两盏淡酒，怎敌他晚来风急。”更那堪，更何况。

赵善庆

赵善庆，字文贤（一作文宝），生卒年不详，饶州乐平（今江西乐平县）人。善占卜，曾任阴阳学正。著有杂剧八种，皆失传。散曲今存小令二十九首。

〔中吕〕山坡羊

长安怀古

骊山横岫[1]，渭河环秀[2]，山河百二还如旧[3]。狐兔悲[4]，草木秋，秦宫隋苑徒遗臭，唐阙汉陵何处有？山，空自愁，河，空自流。

说明

张养浩曾有一首《潼关怀古》，抒发兴亡之感，历来传诵不绝。此曲为《长安怀古》，可谓题旨相近，且都是〔山坡羊〕曲调，二曲同工，应目之为双绝。如果说，张曲重在气势，那赵曲妙在格调，“峰峦如聚，波涛如怒”，气势雄伟，形象生动，“骊山横岫，渭河环秀”，同写山水却格调苍凉，意境幽远。尤其在末四句，张曲“兴，百姓苦，亡，百姓苦”，一种执著深沉的历史感逼人而来，而赵曲“山，空自愁，河，空自流”，则为一种叹息，一种凄凉。

---

[1] 骊山横岫：骊山，在今陕西临潼县东南，在长安附近。岫（xiù），峰峦。

[2] 渭河：渭水，环绕长安，是黄河的最大支流。

[3] 山河百二还如旧：山河百二，言长安地势险要。《史记·高祖本纪》：“秦，形胜之国，带河山之险，县隔千里，持戟百万，秦得百二焉。”苏林注：“秦地险固，二万人足当诸侯百万人也。”

[4] 狐兔悲：谓昔日之都城如今到处都是狐踪兔穴。

马谦斋

马谦斋，作者介绍见前。

〔越调〕柳营曲

叹世

手自搓，剑频磨[1]，古来丈夫天下多。青镜摩挲[2]，白首蹉跎[3]，失志困衡窝[4]。有声名谁识廉颇[5]，广才学不用萧何[6]。忙忙的逃海滨，急急的隐山阿[7]。今日个，平地起风波[8]。

说明

马谦斋尝云："辞却公衙，别了京华，甘分老农家。"(〔柳营曲〕《太平即事》) 说明他是辞官归隐的。这首小令作于他归隐之后，作者以他一生行状为线索，叙述他从一个胸怀抱负的青年，逐渐被现实消磨志气，

[1] 手自搓，剑频磨：形容年轻人摩拳擦掌、勤学苦练。唐·贾岛《述剑》："十年磨一剑，霜刃未曾试。"

[2] 青镜摩挲：青镜，青铜镜；摩挲，轻轻地抚摩。

[3] 蹉跎：虚度时光。

[4] 衡窝：即衡门，隐者居住的简陋小屋。《诗·陈风·衡门》："衡门之下，可以栖迟。"

[5] 廉颇：战国时期赵国名将，因诬陷逃至魏国，后赵国欲重新起用他，使人询其健康，廉颇"为之一饭斗米，肉十斤，披甲上马，以示可用。赵使者还报王曰：'廉将军虽老，尚善饭，然与臣坐顷之，三遗矢矣。'赵王以为老，遂不召。"(《史记·廉颇列传》) 辛弃疾〔永遇乐〕《京口北固亭怀古》："凭谁问，廉颇老矣，尚能饭否？"

[6] 萧何：汉代开国元勋，汉高祖曾称其为汉代第一功臣。

[7] 山阿：大山谷。

[8] 风波：此指官场风险。唐·白居易《除夜寄微之》："家山泉石寻常忆，世路风波子细谙。"

白发蹉跎，最后归隐林泉的遭遇，慨叹了元代社会功名之难得和官场的险恶。全曲叙述与议论相结合，曲辞本色自然，风格警拔冷峻，有较高的艺术价值。

张可久

〔中吕〕红绣鞋

次《归去来》韵[1]

东舍西邻酒债，春花秋月诗才，两字功名困尘埃[2]。青山依旧好，黄菊近新栽，没商量归去来。

说明

此曲叹才人困穷，功名难遂，故不如学渊明归去来。首句以杜甫自比，杜诗有云："酒债寻常行处有。"（《曲江》）次句夸自己诗才似李煜（〔虞美人〕词云："春花秋月何时了"）。但功名不遂，穷愁困顿，"青山依旧好，黄菊近新栽"，作者归意已决，"没商量归去来"。

---

〔1〕《归去来》：陶渊明作，是陶不愿为五斗米折腰，辞去彭泽令归家后所作，表达其回归田园的愉快心情。

〔2〕困尘埃：言蒙受世俗红尘的困扰。《楚辞·渔父》："安能以皓皓之白，而蒙世之尘埃乎？"

〔正宫〕醉太平

无题

人皆嫌命窘，谁不见钱亲？水晶环入面糊盆[1]，才沾粘便滚[2]。文章糊了盛钱囤[3]，门庭改做迷魂阵[4]，清廉贬入睡馄饨[5]。葫芦提倒稳[6]。

说明

此曲《中原音韵》题为《感怀》，《北词纪外集》题作《叹世》，是张可久散曲中比较少见的尖新俚俗辛辣之曲。全曲不用一个典故，未有一个雅词，纯以俗语出之，全用口语作喻，充满了蒜酪味。这种用辞和风格特色极为切合此曲所要作出的尖酸辛辣的讽刺和嬉笑怒骂的嘲讽。但俚俗之中作者也作艺术上的锤炼，音律上平仄相间，和谐浏亮，“文章糊了盛钱囤”以下三句，鼎足相对，极为工整。

---

[1] 水晶环入面糊盆：水晶环，《中原音韵》、《雍熙乐府》等作“水晶丸”，在元曲中喻清白纯洁之人，也用作圆滑之人，此应为前者。面糊盆，比喻污浊不堪的官场和社会。

[2] 才沾粘便滚：沾粘，沾染；滚，比喻同流合污。

[3] 文章糊了盛钱囤：言本应济世用时的文章成了升官发财的手段。

[4] 门庭改做迷魂阵：迷魂阵，本指迷惑、坑害人的手段、圈套，元人常用于代指妓院。

[5] 清廉贬入睡馄饨：睡馄饨，躺放的馄饨，软弱、站立不起。或谓即混沌，意为糊涂无知。

[6] 葫芦提：糊涂。

集评

周德清曰：〔醉太平〕《感怀》……。评曰："窨"字若平，属第二着；平仄好。务头在三对，末句收入。

——元·周德清《中原音韵·作词十法·定格》

徐再思

徐再思，作者介绍见前。

〔双调〕蟾宫曲

江淹寺[1]

紫霜毫是是非非，万古虚名，一梦初回[2]。失又何愁，得之何喜，闷也何为？落日外萧山翠微，小桥边古寺残碑。文藻珠玑[3]，醉墨淋漓，何似班超，投却毛锥[4]。

说明

徐再思才华横溢，文采华美，文名藉盛，但终身沉抑下僚，仅做过嘉兴路吏。此曲借咏叹江淹身世，感慨文章无用，曲折含蓄地批评了元代的重武轻文。江淹曾以生花妙笔，点评时世，抒写才情，博得万古英名，但在诗人生活的时代，文章已难以取青紫，成功名了，因此“失之

[1] 江淹：南朝梁文学家。字文通，济阳考城（今河南兰考东）人。历仕宋、齐、梁三代，梁时官至金紫光禄大夫。少孤贫好学，早年文名藉盛，晚期文章不如前期，人谓“江郎才尽”。后人辑有《江文通集》。

[2] “紫霜毫”以下三句：《南史》卷五十九《江淹传》：“（江淹）尝宿于冶亭，梦一丈夫，自称郭璞，谓淹曰：‘吾有笔在卿处多年，可以见还。’淹乃探怀中得五色笔一枝以授。尔后为诗绝无美名，时人谓之才尽。”

[3] 文藻珠玑：比喻文辞华美。

[4] 何似班超，投却毛锥：班超，东汉名将，字仲升，扶风安陵（今陕西咸阳东北）人。班超年青时曾为官府抄书以奉其母，后投笔叹曰：“大丈夫无它志略，犹当效傅介子、张骞立功异域，以取封侯，安能久事笔砚间乎？”（《后汉书》卷四十七《班超传》）毛锥，毛笔。

何愁，得之何喜，闷也何为?”不独感叹江淹，更是对元代文人的叹惜。末四句更是直截了当地陈说感慨：“文藻珠玑，醉墨淋漓，何似班超，投却毛锥”。“百无一用是书生”，在元代社会，文人对此的感受可谓刻骨铭心。

真　氏

真氏，也作真真，建宁（今福建建瓯附近）人。元代歌妓。

〔仙吕〕解三醒

奴本是明珠擎掌[1]，怎生的流落平康[2]。对人前乔做作娇模样[3]，背地里泪千行。三春南国怜飘荡[4]，一事东风没主张[5]。添悲怆，那里有珍珠十斛[6]，来赎云娘[7]。

说明

在元代散曲中，有一小部分出自歌妓之手，如珠帘秀、如真真等，她们与当时的文人名士多有交往，相互唱和。这些风尘女子之作，字字呜咽，非常地感人。这一首小令从叙其由良家女沦落为娼始，叙述了她的悲惨境遇，表现出内心迫切从良的愿望和哀告无门的悲凄。一个风尘

---

[1]　明珠擎掌：犹掌上明珠。

[2]　平康：唐长安里名，也称平康坊，因其近北门，故也称北里，为长安妓女聚居处。后因泛指妓家为“平康”。

[3]　乔做作：假意做出。

[4]　三春南国怜飘荡：三春，当指三年，即多年漂泊风尘。南国指故乡。

[5]　一事东风没主张：此以花的飘零喻自己之任人摆弄。李商隐《南园》诗：“可怜日暮嫣香落，嫁与东风不用媒。”

[6]　珍珠十斛：典出石崇买绿珠事。乔知之《绿州篇》：“石家金谷重新声，明珠十斛买娉婷。”比喻其赎价之高。斛（hú），容量单位，古代以十斗为一斛，南宋末改为五斗。

[7]　云娘：崔云娘，唐代澧州官妓。“形貌瘦瘠”。（见唐·范摅《云溪友议》）元曲中多以“云娘”代指妓女。

女叙写风尘事，自是声声本色，字字血泪，全曲不假雕饰，真切自然，有较高的艺术感染力。

集评

陶宗仪曰：姚文公燧为翰林学士承旨日，玉堂设宴，歌妓罗列。中有一人，秀丽闲雅，微操闽音，公使来前，问其履历，初不以实对，叩之再，泣而诉曰：妾乃建宁人氏，真西山之后也。父官朔方时，禄薄不足以给，侵贷公帑，无偿，遂卖入娼家，流落至此。公命之坐，乃遣使诣丞相三宝奴，请为落籍。丞相素敬公，意公欲以侍中栉，即令教坊检籍除之。公得报，语一小史黄球，后显官者，曰：我以此女为汝妻，女即以我为父也。史忻然从命。京师之人，相传以为盛事云。"

——元·陶宗仪《辍耕录》卷二十二《玉堂嫁妓》

（案：此条材料在《筼谷笔记》、《梧溪集》、《青泥莲花记》、《尧山堂外纪》等都有记载，文字稍有出入。唯吴梅《顾曲麈谈》增入此曲，不知何据，今据《全元散曲》选入。）

唐毅夫

唐毅夫，生平不详。现存小令、套数各一。

〔南吕〕一枝花

怨雪

不呈六出祥，岂应三白瑞[1]？易添身上冷，能使腹中饥。有甚稀奇。无主向沿街坠，不着人到处飞。暗敲窗有影无形，偷入户潜踪蹑迹。

〔梁州〕才苫上茅庵草舍[2]，又钻入破壁疏篱，似杨花滚滚轻狂势[3]。你几曾见贵公子锦裀绣褥[4]？你多曾伴老渔翁箬笠蓑衣？为飘风胡做胡为，怕腾云相趁相随。只着你冻的个孟浩然挣挣痴痴[5]，只着你逼的个林和靖钦钦历历[6]，只着你阻的个韩退之哭哭啼啼[7]。更长、漏迟，被窝中无半点儿阳和气。恼人眠，搅人睡。你那冷燥皮肤似铁石，着我怎敢相偎？

〔尾〕一冬酒债因他累，千里关山被你迷。似这等浪蕊闲花也不是久

---

[1] 不呈六出祥，岂应三白瑞：人谓瑞雪兆丰年，故称其为祥瑞，此反其用意。六出，出花瓣，雪花六角，故称为六出；三白瑞，农历正月下三次雪，可保来春庄稼茂繁。唐·张鷟《朝野佥载》："正月见三白，田公笑赫赫。"

[2] 苫（shān）：用草编成的遮盖物。此作遮盖解。

[3] 似杨花滚滚轻狂势：言雪纷纷飘坠的轻狂猖獗。苏轼《少年游》："去年相送，余杭门外，飞雪似杨花。"

[4] 锦裀绣褥：喻富家生活。

[5] 冻的个孟浩然挣挣痴痴：孟浩然，唐代著名诗人，传说他有雪中觅诗事。程羽文《诗本事》："孟浩然诗思在灞桥风雪中驴子背上。"挣挣痴痴，谓孟浩然被雪冻得麻木发呆。

[6] 逼的个林和靖钦钦历历：林和靖，北宋著名诗人林逋，一生不慕功名，隐居西湖孤山，酷爱雪中赏梅。钦钦历历，形容冻得发抖。

[7] 阻的个韩退之哭哭啼啼：韩退之，唐代著名文学家韩愈，宪宗时，因谏迎佛骨，被贬为潮州刺史，途中作诗自伤，有"云横秦岭家何在？雪拥蓝关马不前"句。（《左迁至蓝关示侄孙湘》）

长计[1]，尽飘零数日，扫除做一堆，我将你温不热薄情化做了水。

说明

这是一首咏物散套，细腻地铺叙了雪花漫天飞舞、侵人肌肤、穿堂入室的外在形态，也以厌恶、怨愤的笔墨揭示了雪花恣意肆虐、冷酷无情的特性。正月之雪，历来为人所称道，视之为祥瑞，但作者一反常情，极力指斥雪对寒士的暴虐；雪花，又常为人们所赞叹，轻盈、玲珑、高洁，但在作者的笔下，雪花却是轻浮散漫，行踪诡秘。这种反面文章作者虽未直接点出其寓意，但不难摸捉其所蕴含的象征意义和作者的怨毒情怀。它无疑是一个身处下僚的寒士对社会不公的侧面讥刺，对人情冷酷、欺贫怕富、仗势胡为的怨恨。整首散套在艺术上也较有特色，咏物而又为物所拘，对雪花的摹描细腻、生动、丰富、新奇，令人叹为观止，可谓极咏物之能事。但作者又并不为物所拘囿，尽情挥洒，率性发露，将内心一腔悲愤借飞舞之雪花发散之、宣泄之，因此，名为咏物，实为叹世。

[1] 浪蕊闲花：指雪花。

张鸣善

张鸣善，名择，号顽老子。平阳（今山西临汾）人，流寓扬州。曾官宣慰司令史。有杂剧《烟花鬼》、《瑶琴怨》、《草园阁》三种，皆佚。《录鬼簿续编》说其有《英华集》传世，今不传。其散曲朱权评其“诚一代之作手”。(《太和正音谱》）所作散曲今存小令十二首，套数二。

〔双调〕水仙子

讥时

铺眉苫眼早三公[1]，裸袖揎拳享万钟[2]，胡言乱语成时用[3]，大纲来都是烘[4]。说英雄谁是英雄？五眼鸡岐山鸣凤[5]，两头蛇南阳卧龙[6]，三脚猫渭水飞熊[7]。

---

［1］ 铺眉苫眼早三公：铺眉苫眼，装模作样，目空一切的样子。三公，为负责军政的最高长官，唐以前三公职权相称，如周时以太师、太傅、太保为三公（一说司马、司徒、司空）；西汉时以丞相、太尉、御史大夫为三公；东汉时以太尉、司徒、司空为三公。唐宋以后虽沿此称，已无实际职务，如明清以太师、太保、太傅为三公，但仅是一种最高荣衔而已。

［2］ 裸袖揎拳享万钟：裸袖揎（xuān）拳，捋起袖子，摩拳擦掌，形容横蛮无礼的粗鲁之人。万钟，丰厚的俸禄。

［3］ 时用：为时有用的人。

［4］ 大纲来都是烘：大纲，也作“大古”、“待古”、“待刚”，元代俗语，意为总之、概而言之或大概等。烘，即哄，胡闹之意。

［5］ 五眼鸡岐山鸣凤：五眼鸡，怪物；岐山，周的发源地，今陕西岐山县东北。传说周代将兴时有凤鸣于岐山，《国语・周语》：“周之兴也，鸑鷟（凤凰之代称）鸣于岐山。”此句言贤愚不分，五眼鸡竟成了岐山的凤凰。

［6］ 两头蛇南阳卧龙：两头蛇，不祥之物，此比喻心狠手辣者。南阳卧龙，即诸葛亮。

［7］ 三脚猫渭水飞熊：三脚猫，郎瑛《七修类稿》卷五十一：“俗以事不尽善者，谓之三脚猫。”后常用以比喻对各种技艺略知皮毛的人。渭水飞熊，指姜太公。

说明

此曲题为《讥时》。作者以极为辛辣的笔墨，讥刺、抨击了元代官场的黑暗、颠倒和腐朽。全曲分为两个层次：第一层次先以鼎足对三句大笔勾勒元代官场的丑陋，装模作样者、粗鲁蛮横者、胡说八道者，一个个都据高官、享厚俸、为时用，接着更以一句极为尖利直截的口语作结——一切都是胡闹。第二层次作者又改换笔法，先以一句反诘句提起："问英雄谁是英雄？"顺着则又以一鼎足对让愤恨的情感直泻而出，此鼎足对在艺术上且更具特色，作者十分巧妙地以动物和数字相对，对仗十分工整，"鸡"对"凤"、"蛇"对"龙"、"猫"对"熊"，对比强烈，讽刺也便更为辛辣了。此曲无疑是一幅元代官场的群丑图，作者以豪辣、尖新的曲辞极写官场的黑暗，发人深省，醒人眼目。

集评

王世贞曰：元人曲如……"五眼鸡丹（岐）山鸣凤，两头蛇南阳卧龙，三脚猫渭水飞熊。"……谑中奇语也。

——明·王世贞《艺苑卮言》附录一

汪元亨

汪元亨，作者介绍见前。

〔正宫〕醉太平

警世

憎苍蝇竞血[1]，恶黑蚁争穴[2]，急流中勇退是豪杰，不因循苟且。叹乌衣一旦非王谢[3]，怕青山两岸分吴越[4]，厌红尘万丈混龙蛇[5]，老先生去也。

莫争高竞低，休说是谈非，此身不肯羡轻肥[6]，且埋名隐迹。叹世人用尽千般计，笑时人倚尽十分势，看高人着尽一枰棋，老先生见机[7]。

说明

汪元亨《警世》共有二十首，此选第二、第十五首，内容均为叹世归隐之作。作品警告世人不要逐名追利，为名缰利锁所束缚，更不要算

---

［1］　苍蝇竞血：苍蝇争舔血腥之物，比喻世人争名夺利。

［2］　黑蚁争穴：唐·李公佐《南柯太守传》描写大槐安国与檀罗国争夺领土。比喻人间争斗。

［3］　叹乌衣一旦非王谢：乌衣，乌衣巷，本为东晋贵族王衍、谢安在建康的住所，因其子弟服乌衣而得名，当时居宅非常豪华显赫，东晋以后，宅院归姓他属。唐·刘禹锡《乌衣巷》："朱雀桥边野草花，乌衣巷口夕阳斜。旧时王谢堂前燕，飞入寻常百姓家。"

［4］　怕青山两岸分吴越：谓担心战事再起，国家分裂。

［5］　厌红尘万丈混龙蛇：谓红尘俗世好恶不分，贤愚莫辨。

［6］　轻肥：肥马轻裘，形容富贵生活。

［7］　见机：即见幾（jī），事先洞察事物细微的动向。《易·系辞下》："幾者，动之微，吉之先见者也。君子见幾而作，不俟终日。"

尽机关，得势猖狂，希望淡泊人生，清心寡欲，这些情感思想是元散曲中最为常见的。上述两首小令在艺术上也比较接近，都有一组十分工整的鼎足对，一叹古人，一叹时人。当然，前一首在情感表现上略显激越，后一首则更为冷静，就如一位饱经世事的长者在娓娓而谈呢。

无名氏

〔中吕〕朝天子

志感

不读书有权，不识字有钱，不晓事倒有人夸荐[1]。老天只恁忒心偏[2]，贤和愚无分辨。折挫英雄，消磨良善，越聪明越运蹇[3]。志高如鲁连[4]，德过如闵骞[5]，依本分只落的人轻贱。

不读书最高，不识字最好，不晓事倒有人夸俏。老天不肯辨清浊，好和歹没条道。善的人欺，贫的人笑，读书人都累倒。立身则《小学》[6]，修身则《大学》[7]，智和能都不及鸭青钞[8]。

说明

这是元散曲中两首讽刺杰作，作者在这两首小令中不取嘲弄、嬉笑

[1] 夸荐：夸奖荐引。

[2] 只恁：只这样。

[3] 运蹇（jiǎn）：命运不顺。

[4] 鲁连：鲁仲连，战国时齐国高士，为人排难而无所取，尝云："所贵于天下之士者，为人难难、释难、解纷乱而无所取也。即有取者，是商贾之事也，而连不忍为也。"（《史记·鲁仲连列传》）

[5] 闵骞：春秋时鲁国人，名损，孔子弟子，在孔门中以德行与颜回并称。孔子赞其"孝哉闵子骞！"（《论语·先进》）

[6] 《小学》：指宋代朱熹、刘子澄编订的儿童教育读本，包括《立教》、《明伦》、《嘉言》、《善行》等。

[7] 《大学》：《四书》之一种，是儒学经典著作。

[8] 鸭青钞：元代币钞，因色青而得名。

的形式玩世不恭地讥讽社会，而是以沉郁顿挫的情感、愤世嫉俗的态度直面讽刺那一个颠倒、黑暗的社会。在元代社会中，对于文人来说一个最大的问题乃是科举的一度废除，再加上民族歧视，中国知识分子可以说在元代走向了深渊。此二曲以这为出发点全面揭示了元代社会政治制度的黑暗和伦理道德的沦丧，讽刺入骨，发人深省。

情爱篇

杨　果

杨果（1195—1269），字正卿，号西庵，祁州蒲阴（今河北安国）人。金哀宗正大初（1224）进士及第，为河南偃师县令。金亡后仕元，历任河南课税、北京宣抚使、参知政事、怀孟路总管。后致仕，卒于家，享年七十五。《元史》本传称其“性聪敏，美风姿，工文章，尤长于乐府。外若沉默，内怀智用，善谐谑，闻者绝倒。”著有《西庵集》，今佚。散曲今存小令十一首，套数五。

〔越调〕小桃红

满城烟水月微茫[1]，人倚兰舟唱[2]。常记相逢若耶上[3]，隔三湘[4]，碧云望断空惆怅[5]。美人笑道，莲花相似，情短藕丝长[6]。

碧湖湖上柳阴阴，人影澄波浸，常忆年时对花饮。到如今，西风吹断回文锦[7]。羡他一对，鸳鸯飞去，残梦蓼花深[8]。

---

［1］　烟水：泛起的水汽如烟。

［2］　兰舟：用木兰做的船，一般用作船的美称。典见梁·任昉《述异记》卷下。

［3］　若耶：溪名，亦名若耶溪，在浙江绍兴南若耶山下，北流入镜湖，相传为西施浣纱之处，故又名浣纱溪。

［4］　三湘：指湖南省的漓湘、蒸湘、潇湘三水的合称，湖南省的代称。

［5］　碧云望断空惆怅：意谓望断碧云而徒自感伤失望。碧云，落霞后的晚云。望断，望尽。江淹《杂体三十首·休上人怨别》诗云：“日暮碧云合，佳人殊未来。”

［6］　莲花相似，情短藕丝长：意谓男女情深意长。莲花，指由并头莲一茎长出的两朵莲花，喻恩爱不离。情短藕丝长：情意绵绵，如藕丝一样不可切断。

［7］　回文锦：用锦线织成的回文诗。回文诗是我国杂体诗名，回环往复读之，皆能成文。相传始于晋代的傅咸和温峤，其诗已不存。今所见有东晋女诗人苏蕙的《璇玑图诗》最有名。事见《晋书·列女传》。

［8］　蓼花：又称红蓼，水草名，多生于水边或浅水中。

采莲湖上棹船回，风约湘裙翠[1]。一曲琵琶数行泪，望君归，芙蓉开尽无消息。晚凉多少，红鸳白鹭，何处不双飞。

说明

杨果〔越调〕小桃红共有十一首，大多是描写男女情爱的。此选第二、第四、第八首。杨果是由金入元的早期散曲家，入元后，生活优裕，情感平和，故其散曲作品情调温雅，遣词典丽，表现出早期散曲的“类词化”倾向。这三首小令曲均为言情之作，是从南朝乐府《采莲曲》发展而来，首曲言男女爱慕相悦，开首三句从男主人公目所见、耳所闻、忆所及入手，倾诉了对情人的思恋；次二句言思而不得，内心平添惆怅之情；有意味的是末三句，诗人转换视角，以美人相答，极写两情之绵长。次曲情感低缓，内心颇多哀怨，故人谓或有黍离之悲，其实仍应为情伤之曲。末曲表现少妇怀远，其中尤以细节描画更为出色，琵琶声泪诉其情之深，芙蓉开尽述远方之人的误归期，鹭鸟双飞更是一种形象的比照，一个落寞、孤凄、深情的怨女形象跃然纸上。

[1] 约：折叠，意谓风把裙子掀起成折叠的样子。

〔仙吕〕赏花时

花点苍苔绣不匀，莺唤垂杨语未真[1]。帘外絮纷纷[2]，日长人困，风暖兽烟喷[3]。

〔么〕一自檀郎共锦衾[4]，再不曾暗掷金钱卜远人。香脸笑生春。旧时衣褃[5]，宽放出二三分。

〔赚煞尾〕调养就旧精神[6]，妆点出娇风韵，将息划损苔墙玉笋[7]。拂掉了香冷妆奁宝鉴尘[8]，舒开系东风两叶眉颦。晓妆新，高绾起乌云[9]，再不管暖日朱帘鹊噪频[10]。从今听鸦鸣不嗔，灯花谁信[11]？一任教子规声啼破海棠魂[12]。

---

[1]　莺唤垂杨语未真：谓莺声从垂杨中传来，听不明白它们到底在说些什么。

[2]　絮：柳絮，也叫柳绵。

[3]　兽烟：香兽烧出的烟。香兽，用香料和炭末调和而制成各种兽形，古人用来在室内熏香。

[4]　檀郎：晋代潘岳是美男子，小名檀奴，所以妇女旧时常用“檀郎”或“檀奴”作为对夫婿或所爱男子的美称。唐诗人李贺《牡丹种曲》云：“檀郎谢女眠何处，楼台月明燕夜语。”

[5]　衣褃（kèn）：女衣腰部折叠部，可根据腰身的肥瘦，放宽或束紧。

[6]　调养就：调养好。

[7]　将息划损苔墙玉笋：意谓不再用手在长满苔藓的墙上刻画痕迹了。划损，是为了记下意中人离去的日子。玉笋，喻女人手指白嫩纤腻。

[8]　妆奁宝鉴：女人梳妆打扮用的镜匣。宝鉴，梳妆用的铜镜。

[9]　高绾（wǎn）起乌云：把头发盘起来。乌云，指女人的头发。

[10]　鹊噪频：喜鹊不停地啼叫。古人以鹊噪为喜事将临的征兆，以乌鸦叫为不吉利之兆。

[11]　灯花：灯草芯燃烧时结成的小火花。古人认为灯草结花将预示着远人归来。

[12]　一任教子规声啼破海棠魂：意谓任凭子规怎样啼叫，也不会惊醒我的梦魂了。子规，鸟名，又名杜宇、杜鹃。传说是蜀主望帝（杜宇）所化，啼声悲切，声如“不如归去”。海棠魂，北宋·惠洪《冷斋夜话》卷一有苏轼“东坡作海棠诗曰：‘只恐夜深花睡去，更烧银烛照红妆’之句。”事见《太真外传》。唐玄宗以“海棠睡未足”比喻杨贵妃醉态，后人往往以“海棠春睡”形容女子的睡态。

说明

这是一首形式短小的套曲，共由三个曲子组成。此套曲写闺情别有风情，它抛开了人们常见的那种思妇伤春、思远情调，而是别开生面地表现了一个少妇在与远别的丈夫团聚之后的内心欣悦和对美满生活的陶醉。首曲〔赏花时〕先揭出一段思妇怀人，百无聊赖的情绪，柳絮纷纷，日长人困。〔么〕一曲则叙述重逢的欢乐。末曲更进一层，从行为、动作、心理三方面全面表现少妇的内心喜悦，读来情意绵长，其乐融融。整首套曲将春景与情爱相勾连，创造了一种明丽欢快的气氛，颇富感染力。

集评

李开先曰:〔仙吕〕小套，杨西庵作，亦元人著名者。

——明·李开先《词谑·词套》

吴梅曰:〔仙吕宫〕……至若短套，则关汉卿之“雨过山横秀”，亦是佳作，顾犹未若元杨西庵之《春情》词之佳也。

——吴梅《顾曲麈谈》第一章《原曲》第四节《论北曲作法》

王和卿

王和卿，生卒年不详，约与关汉卿同时，滑稽佻达，名播四方，其作品诙谐幽默，《全元散曲》收其小令二十三首、套数一、残曲若干。

〔仙吕〕一半儿

题情

将来书信手拈着[1]，灯下姿姿观觑了[2]。两三行字真带草[3]，提起来越心焦。一半儿丝挦一半儿烧[4]。

书来和泪怕开缄[5]，又不归来空再三。这样病儿谁惯耽[6]，越恁瘦岩岩[7]。一半儿增添一半儿减。

别来宽褪缕金衣[8]，粉悴烟憔减玉肌[9]。泪点儿只除衫袖知。盼佳期，一半儿才干一半儿湿。

---

[1] 拈（niān）：用手夹着。

[2] 姿姿：通“孜孜”，认真、仔细之意。觑：细看。

[3] 字真带草：指书信中有楷体，又有草体字。

[4] 丝挦：撕成丝片。挦（xún）：拔、扯。孔尚任《桃花扇·哄丁》：“掌他的嘴，挦他的毛。”

[5] 开缄：开信封。信封的封口叫“缄”。

[6] 惯耽：习惯、经受得住。

[7] 恁：如此，这样。瘦岩岩：身体消瘦。岩岩：或作嵓嵓、恹恹、厌厌、崖崖等，都是形容身体削瘦的副词。《汉宫秋》一〔天下乐〕：“卿家你觑咱，则他那瘦岩岩影儿可喜杀。”

[8] 缕金衣：掺用金色丝织成之衣。缕，线。

[9] 粉悴烟憔：意谓面容枯槁憔悴。烟，通“胭”。“粉”与“胭”都是妇女用来妆饰的用品。

说明

元散曲歌咏艳情自有其特色，一般地说，都比较直率泼辣，而较少诗词中的婉转蕴藉。王和卿这三首小令即是如此，此三曲虽不一定作于同时，但在情感上有其连续性，叙写了一个思妇从拆信、读信、烧信到伤情的全过程。首曲言其因思之切，故接信后虽急欲看又怕看的矛盾心理，写得微妙真切；次曲叙其灯下读信，然“两三行字真带草”，令人心焦，也许是远方情人无有归期，少妇由心焦而愤激；最后竟将信一边撕碎，一边烧掉；第三曲从正面写其离情之苦，衣带渐宽，衫袖沾泪，将其“盼佳期”而不得的忧郁之情直泻而出。

盍西村

盍西村，盱眙（xū yí，今属江苏）人。生平不详。明朱权《太和正音谱》评“盍西村之词，如清风爽籁”。散曲今存小令十七首，套数一。

〔越调〕小桃红

杂咏

海棠开过到蔷薇，春色无多味。争奈新来越憔悴[1]。教他谁？小环也似知人意[2]。疏帘卷起，重门不闭，要看燕双飞[3]。

说明

此曲以暮春之季为背景，表现了一个女子深闺寂寞的伤春之情。海棠开过，蔷薇着枝，春光将阑了。这“无多味”的残春景色勾起了主人公内心的无限惆怅，她是越来越憔悴了。憔悴为何？诗人没有明说，只描写了一个行为和一个画面：知心知意的小环开启重门，卷起疏帘，女主人公倦目远眺，她多么希望能够看到成双的燕子比翼双飞。这看似突兀，因为燕双飞则反衬其影只形单，但这却是女主人公所寻求的心灵慰藉。全曲婉曲深致，情感蕴藉，与散曲中描写情爱的大胆泼辣大异其趣，颇有唐宋雅词风致。

---

[1] 争奈：意同无奈、怎奈。白居易《琵琶》诗：“赖是心无惆怅事，不然争奈子弦声。”

[2] 小环：小女孩的鬟髻，用为婢女的代称。黄庭坚《常父答诗复次韵戏答》：“小环虽丑巧妆梳，扫地如镜能检书。”

[3] 燕双飞：燕子双栖双飞，如同人有伴侣。晏殊〔蝶恋花〕词：“槛菊愁烟兰泣露，罗幕轻寒，燕子双飞去。明月不谙离恨苦，斜光到晓穿朱户。”

商　挺

商挺（1209—1288），字孟卿，号左山老人。曹州济阴（今山东菏泽）人。蒙古破汴京，北上依赵天锡，与元好问、杨奂游。后应召为东平行省经历，又应忽必烈之召，任职关中，历任京兆宣抚司郎中，参知政事、枢密副使等。年八十而终。商挺善隶书，史称其作诗千余，然多散佚。散曲今存小令十九首。

〔双调〕潘妃曲

带月披星担惊怕，久立纱窗下，等候他。蓦听得门外地皮儿踏[1]。则道是冤家[2]，原来风动荼蘼架。

月缺花残人憔悴，冷落了鸳鸯被[3]。望天涯人未归，满目残霞景凄凄。塞鸿希[4]，有信凭谁寄。

闷酒将来刚刚咽[5]，欲饮先浇奠[6]，频祝愿：普天下心厮爱早团圆[7]。谢

［1］　蓦：猛然，忽然。

［2］　冤家：对所爱人的昵称。黄庭坚〔昼夜乐〕词："其奈冤家无定据，约云朝又还雨暮。"

［3］　鸳鸯被：宋元间戏曲故事，用于恋情题材的作品之中。元阙名杂剧《玉清庵错送鸳鸯被》云李玉英因负债，被迫去玉清庵与富豪刘彦明幽会。在庵中巧遇书生张瑞卿，便以鸳鸯被为定礼，结为夫妻。后张瑞卿应试得中，与李玉英完婚。

［4］　塞鸿希：大雁稀少。《汉书·苏武传》："教使者谓单于，言天子射上林中，得雁，足有系帛书。"古人用鱼雁比喻传信使者。范仲淹〔渔家傲〕词："塞下秋来风景异，衡阳雁去无留意。"

［5］　将来：携来。刚刚：谓痛快淋漓。刚刚咽：痛饮的意思。《拜月亭》四〔步步娇〕："把这盏许亲酒又不敢慢俄延，则素（索）扭回头刚刚的咽。"

［6］　浇奠：旧时祷告神灵时或祭祖时，将酒杯中酒浇地，以示虔诚。

［7］　厮爱：相爱。厮，元、明曲中"相"字皆作"厮"。

神天，教俺也频频的勤相见。

说明

商挺的这三首小令都是描写情爱的。但笔墨、格调可分为两种类型。“带月披星担惊怕”和“闷酒将来刚刚咽”二曲活泼辛辣，充满了世俗化的情调，曲辞也极为口语化，有着民间俚歌的风味。“月缺花残人憔悴”一曲则遣词温润，情感表现含蓄委婉，它以情景相融的艺术手法创造出一种幽伤的意境，富有婉约词的格调。同一题材，同一曲牌，却采用全然不同的手法，足见其雅俗兼擅的艺术造诣。

卢　挚

卢挚，作者介绍见前。

〔双调〕蟾宫曲

商女[1]

水笼烟明月笼沙[2]，淅沥秋风[3]，哽咽鸣笳[4]。闷倚篷窗[5]，动江天两岸芦花[6]，飞鹜鸟青山落霞[7]，宿鸳鸯锦浪淘沙[8]。一曲琵琶[9]，泪湿青衫[10]，恨满天涯[11]。

说明

元代散曲家与歌女交往密切，常相酬答，此曲即为赠歌女之作。曲中融古典诗词之名句，借咏景表达了对歌女遭遇的深深同情，也许是诗人正游宦在外，同是天涯流落，故两情相契，相互依恋感叹，读来颇为感人。

---

［1］　商女：即歌女。杜牧《泊秦淮》诗："商女不知亡国恨，隔江犹唱《后庭花》。"

［2］　水笼烟明月笼沙：皆化用杜牧《泊秦淮》"烟笼寒水月笼沙"句意。

［3］　淅沥：形容雨、雪、落叶的声音，象声词。

［4］　哽咽鸣笳：笳声凄恻，如同人悲哽。笳，我国古代北方民族的一种乐器，类似笛子。

［5］　篷窗：船篷上的窗。

［6］　动江天两岸芦花：意谓两岸的芦花在秋风中摇动，这句是化用白居易《琵琶行》诗"枫叶荻花秋瑟瑟"句意而来。

［7］　飞鹜鸟青山落霞：意谓鹜鸟飞翔在青山落霞之中，此句是化用王勃《滕王阁序》"落霞与孤鹜齐飞，秋水共长天一色"句意。

［8］　宿鸳鸯锦浪淘沙：意谓在浪飞闪烁的沙滩上，栖宿着一对对的鸳鸯。

［9］　一曲琵琶：化用白居易《琵琶记》歌女弹琵琶之意。

［10］　泪湿青衫：白居易《琵琶记》有"座中泣下谁最多，江州司马青衫湿"句。

［11］　恨满天涯：化用《琵琶记》"同是天涯沦落人"句意。意谓和商女一样，都有着不幸的遭遇。

〔双调〕寿阳曲

别珠帘秀[1]

才欢悦，早间别[2]，痛煞煞好难割舍[3]。画船儿载将春去也[4]，空留下半江明月。

说明

珠帘秀是元代著名演员，与当时的名士文人交往颇深，与卢挚的感情则更为深厚，两人相互酬答，留下了情感真挚、脍炙人口的佳作。此曲首三句明白如话，不加雕饰，深切地表现了卢挚对珠帘秀的挚爱之情，质朴、真率、明朗；后两句抒写别情，以景出之，情人随船而去，空留下半江明月，清冷、落寞，这一去，更将诗人内心往昔欢娱时如春般的温暖和明媚的生命之光一并带去了，构思巧妙，情感又非常炽烈。

---

[1] 珠帘秀：元代著名的杂剧演员，姓朱氏，排行第四，晚辈称之朱娘娘，与关汉卿、卢挚、冯子振都有很深的交情。元·夏庭芝《青楼集》赞扬她“杂剧为当今独步；驾头、花旦、软末泥等，悉造其妙”，是一位优秀的、深受当时观众拥戴与喜爱的女演员。

[2] 间别：离别、分手。

[3] 痛煞煞：极其痛苦。煞煞，语助词。

[4] 画船：装饰华丽的游船。

集评

吴梅曰：珠帘秀者，亦当时官伎，疏斋送别时，曾作〔双调〕落梅风一阕……。珠帘秀答之……其风致婉妙，有如此者。

——吴梅《顾曲麈谈》第四章《谈曲》

关汉卿

关汉卿，作者介绍见前。

〔仙吕〕一半儿

题情

云鬟雾鬓胜堆鸦[1]，浅露金莲簌降纱[2]，不比等闲墙外花。骂你个俏冤家[3]，一半儿难当一半儿耍。

碧纱窗外静无人[4]，跪在床前忙要亲，骂了个负心回转身[5]。虽是我话儿嗔，一半儿推辞一半儿肯。

银台灯灭篆烟残[6]，独入罗帏淹泪眼，乍孤眠好教人情兴懒。薄设设被儿单[7]，一半儿温和一半儿寒。

[1] 云鬟雾鬓：形容妇女头发的浓密卷曲如云，亦用于形容女子头发散乱蓬松。杜甫《月夜》诗："香雾云鬟湿，清辉玉臂寒。"

[2] 金莲：指女子缠过的小脚。《南史·齐东昏侯纪》："凿金为莲华以帖地，令潘妃行其上，曰：'此步步生莲花也。'"《西厢记》第三本第三折："金莲蹴损牡丹芽，玉簪抓住荼蘼架。"

[3] 俏冤家：古代男女恋人之间的昵称。

[4] 碧纱窗：用绿纱做的窗帘。李白《乌夜啼》："机中织绵秦川女，碧纱如烟隔窗语。"

[5] 负心：忘恩负义，多指男子对爱情不忠贞。《白雪遗音·马头调·痴心汉》："自古道，痴心的女子负心汉。"

[6] 银台：神话传说中的神仙居处，这里指女子的住处。篆烟：盘香的烟缕。秦观〔海棠春〕词："宝篆沉烟袅。"

[7] 薄设设：薄薄的。设设，语助词，无义。《拜月亭》三〔笑和尚〕："薄设设衾共枕空舒设。"《调风月》三〔尾〕："闪得我薄设设被窝里冷。"

多情多绪小冤家，迤逗得人来憔悴煞[1]。说来的话先瞒过咱。怎知他，一半儿真实一半儿假。

说明

这是一套组曲，它以同一曲调，反复填写，细腻地描绘一对青年男女之间的情爱生活，可分可合，分则独立成篇，合则也意脉相贯，这种表现体式在元曲中有个专门名词，称之为"重头"。这组套曲均以女子口吻表现青年男女之间从调情相爱到别后相思怨嗔的情爱生活，约分三个层次：第一曲写一个青年女子与情人之间的相爱欢情，前三句述其容貌、身份，后两句则表达其内心深爱的娇嗔神态；第二曲描述其欢会的情景，少年急不可耐，少女假意推辞，将少女内心那复杂的情感描摹得生动真切；三、四曲写别后相思，孤衾独枕，才欢悦又间别，少女由思生怨，惹得衣带宽，情悲切。整首组曲写得泼辣恣肆，生动形象，遣辞妖娇，情感直露，可谓本色当行，极尽散曲体性之特征。贯云石评关汉卿散曲"造语妖娆，如小女临杯，使人不忍对殢"(《阳春白雪序》)恐怕正指此类风格特性。

---

[1] 迤逗：挑逗、勾引的意思。《西厢记》第一本第二折〔醉春风〕："迤逗得肠荒，断送得眼乱，引惹得心忙。"煞：犹"死"之意，极言其程度之深。

〔商调〕梧叶儿

别情

别离易，相见难[1]，何处锁雕鞍[2]。春将去，人未还，这其间，殃及杀愁眉泪眼[3]。

说明

这首小令写别情亦具神韵，它不写相思之苦，也不言离别之悲，而是撷取李商隐“相见时难别亦难”之句意，着重写其内心之悔，悔不该当初不拴住其“雕鞍”，如今人不知何处，春又将去，人未回来，不禁恨爱交织，愁眉泪眼。此曲在元代即负盛名，周德清作《中原音韵》便将其作为〔梧叶儿〕曲调之“定格”，可见其艺术成就之高了。

集评

周德清曰：如此方是乐府，音如破竹，语尽意尽，冠绝诸词。妙在“这

---

[1] 别离易，相见难：两句化用唐代诗人李商隐《无题》诗中的句子：“相见时难别亦难，东风无力百花残。”

[2] 锁雕鞍：锁住雕了花的华丽的马鞍，意即阻止行人出发。柳永〔定风波〕：“早知恁么，悔当初，不把雕鞍锁。”

[3] 殃及杀：连累，牵连到。杀，通“煞”，语助副词。

其间”三字，承上接下，了无瑕玼。“殃及杀”三字，俊哉语也。有言六句俱对，非调也。殊不知第六句止用三字，歌至此，音促急，欲过声以听末句，不可加也。兼三字是务头，字有显对展才之调。“眼”字上声，尤妙，平声属第二着。

——元·周德清《中原音韵·作词十法·定格》

王世贞曰：元人曲如……“春将去，人未还，这其间殃及杀愁眉泪眼。”……情中悄语也。

——明·王世贞《艺苑卮言》附录一

〔双调〕沉醉东风

咫尺的天南地北[1]，霎时间月缺花飞[2]。手执着饯行杯[3]，眼阁着别离泪[4]。刚道得声保重将息[5]，痛煞煞叫人舍不得[6]。好去者[7]，望前程万里。

说明

这是一首送别曲，声情并茂，自古享有很高声誉。首二句以时空相对，言其离别之速；次二句言送别之情景，声泪俱下；末三句道珍重殷殷寄语，爽利快捷。全曲言送别却无缠绵凄婉之格调，悲咽痛楚之情尽情发露，又戛然而止，没有"杨柳岸，晓风残月"之落寞和空寂。这或许正是词、曲在体性上的区别。同为送别，柳永〔雨霖铃〕自有风韵，而汉卿〔沉醉东风〕也别有滋味。难怪有人评此作使柳词"不能专美于前"了。(梁乙真《元明散曲小史》)

---

[1] 咫尺：言距离很近。古代以八寸为咫。

[2] 霎时间月缺花飞：一会儿就要分离了。月缺花飞，比喻分离，与月圆花好意相反。

[3] 饯行：置酒送行。

[4] 阁：停、含，"阁"同"搁"。

[5] 将息：调养、休息。

[6] 痛煞煞：极度痛苦的样子。煞煞，非常。

[7] 好去者：即"好好地去吧"，有表示安慰、勉励的语气。白居易《南浦送别》诗："一看一肠断，好去莫回头。"者，语助词，无义。

〔双调〕沉醉东风

忧则忧鸾孤凤单[1]，愁则愁月缺花残[2]，为则为俏冤家[3]，害则害谁曾惯[4]，瘦则瘦不似今番，恨则恨孤帏绣衾寒[5]，怕则怕黄昏到晚。

说明

此曲写别后之孤凄和刻骨的相思。全曲无一景语，直抒胸臆，“忧、愁、害、瘦、恨、怕”多层次揭出其内心情感，塑造了一个笃于爱情，孤独无依的思妇形象。在艺术上此曲属重句体，通篇采用相同的句法和语气，反复铺排，从而使情感表现丰富淋漓，读来也音韵顺口，有较强的艺术感染力。

---

[1] 鸾孤凤单：鸾和凤都是雌雄偶居的禽鸟，人们用它们代称夫妻，鸾孤凤单比喻夫妻分离。卢绪《催妆》诗：“今日幸为秦晋会，早教鸾凤下妆楼。”典出《左传·庄公二十二年》。

[2] 月缺花残：意同“花好月圆”相反，指夫妻分离。

[3] 俏冤家：对所爱的人的亲昵称呼。

[4] 害：害相思。

[5] 孤帏绣衾寒：孤单的帐子，冰凉的绣花被子，喻一人独卧。

〔南吕〕一枝花

赠朱帘秀[1]

轻裁虾万须[2]，巧织珠千串。金钩光错落[3]，绣带舞蹁跹[4]。似雾非烟，妆点就深闺院[5]，不许那等闲人取次展[6]。摇四壁翡翠浓阴，射万瓦琉璃色浅[7]。

〔梁州〕富贵似侯家紫帐，风流如谢府红莲[8]，锁春愁不放双飞燕[9]。绮窗相近，翠户相连，雕栊相映，绣幕相牵。拂苔痕满砌榆钱[10]，惹杨花飞点如绵[11]。愁的是抹回廊暮雨萧萧[12]，恨的是筛曲槛西风剪剪[13]，

---

[1] 朱帘秀：元代著名的杂剧演员，排行第四，晚辈称之朱娘娘，与关汉卿、卢挚、冯子振等文人有过交往，元·夏庭芝《青楼集》评她“杂剧为当今独步；驾头、花旦、软末泥等，悉造其妙”。

[2] 虾万须：虾须为竹帘的别称，陆畅《帘》诗：“劳将素手卷虾须，琼室流光更缀珠。”马祖常《琉璃帘》：“吴侬巧制玉玲珑，翡翠虾须迥不同。”“轻裁虾万须”两句表面上是写珠帘的美丽和制作的精巧，同时也暗喻朱帘秀的妍美。

[3] 金钩：是指悬挂珠帘的吊钩。光错落：指金钩的光彩闪烁照映。

[4] 舞蹁跹：形容舞态轻盈。这一句和上句“金钩光错落”都是在形容朱帘秀光彩照人，舞姿优美。

[5] 妆点就：打扮好、穿戴好。

[6] 取次展：任意的展看。

[7] 摇四壁翡翠浓阴，射万瓦琉璃色浅：意谓朱帘秀一出场表演，就发出熠熠光彩，使得四周的琉璃瓦也黯然失色。

[8] 富贵似侯家紫帐，风流如谢府红莲：以侯家紫帐、谢府红莲衬托珠帘，暗寓朱帘秀的风流华贵。侯家、谢府，出处不详。

[9] 双飞燕：雌雄并飞之燕，此处谓朱帘秀多情。

[10] 拂苔痕满砌榆钱：擦除台阶上的青苔，又堆满了榆荚。砌，台阶。榆钱，榆荚似钱而小，故俗呼为榆钱。

[11] 惹杨花飞点如绵：意谓流言蜚语对朱氏的不停糟蹋。

[12] 抹回廊：雨淋湿长而弯曲的走廊。

[13] 筛曲槛：西风穿过曲折的栏杆。筛，漏、透。曲槛，曲折的栏杆。剪剪：风微而有寒意。韩偓的《夜深》诗云：“恻恻轻寒剪剪风，小梅飘雪杏花红。”

爱的是透长门夜月娟娟[1]。凌波殿前[2]，碧玲珑掩映湘妃面[3]，没福怎能够见。十里扬州风物妍，出落着神仙[4]。

〔尾〕恰便似一池秋水通宵展，一片朝云尽日悬。你个守户的先生肯相恋[5]，煞是可怜，则要你手掌儿里奇擎着耐心儿卷[6]。

说明

朱帘秀是当时著名的女演员，与关汉卿有过一段缠绵的情感经历，如今朱帘秀要嫁与杭州道士了，关汉卿依依惜别，题赠了此曲。朱帘秀又作“珠帘秀”，故此曲明写“珠、帘”，实写人，处处关合。全曲由三个曲子构成，首曲〔一枝花〕描写朱帘秀姿容的出众和技艺的高超，但全曲无一言言人，均以“珠帘”加以描摹，构思巧妙，比喻精致；次曲〔梁州〕为套曲主体，曲折诉说了他对朱帘秀的爱慕，也道出了如今爱而不能得的内心苦痛，同时又正面描写了朱帘秀的高洁品行和凄凉心境。末曲〔尾〕道珍别祝愿朱帘秀幸福，诀别之情尤为深切，尤其是对杭州道士的那一段告诫，更令人酸鼻。这是一首非常出色的套曲，感情奔放热烈、遣辞丽而不缛，其中“珠帘”与人妙合无垠的双关写法更令人叹为观止。

---

[1] 透：照彻。长门：汉宫名，原是汉孝武皇帝陈皇后罢退后居住的地方，后来泛指失宠后妃的居处，也比喻思妇怨女的住所，典见《汉书》卷九十七上《外戚传》。娟娟：美好的样子。

[2] 凌波殿：即凌波宫，唐代宫殿名。传说唐玄宗曾梦见凌波池龙女，并为她翻新曲，作《凌波曲》。后人以此喻指梦中遇仙，引申意也可比作恋情。典见宋代乐史《杨太真外传》。

[3] “碧玲珑掩映湘妃面”：意谓不能再相见的悲伤。玲珑，原为歌妓名，这里指朱帘秀。湘妃，湘水的女神娥皇、女英，相传为尧女舜妻，舜出巡死于苍梧，二人追之不及，相互恸哭，泪下沾竹，竹有斑点，又称湘妃竹，后人用此竹作帘，称为湘帘。典见晋代张华《博物志·史补》及梁朝任昉《述异记》卷上。

[4] 十里扬州风物妍，出落着神仙：意谓扬州风物美好，而朱帘秀伎艺超群出众，如同戏台上的神仙。杜牧《赠别》诗：“春风十里扬州路，卷上珠帘总不如。”出落，出现。

[5] 守户的先生：元代称道士为先生。朱帘秀后来嫁给了道士。

[6] 奇擎（qíng）：托举着，视为珍奇而爱惜地托于手上。

白　朴

白朴，作者介绍见前。

〔中吕〕阳春曲

题情

轻拈斑管书心事[1]，细摺银笺写恨词[2]，可怜不惯害相思。则被你个肯字儿，迤逗我许多时[3]。

从来好事天生俭[4]，自古瓜儿苦后甜，你娘催逼紧拘钳[5]。甚是严，越间阻越情忺[6]。

笑将红袖遮银烛[7]，不放才郎夜看书，相偎相抱取欢娱。止不过迭应举[8]，及第待何如[9]！

百忙里铰甚鞋儿样，寂寞罗帏冷篆香[10]，向前搂定可憎娘[11]。止不过赶

---

[1]　斑管：用斑竹做的笔杆，这里指毛笔。

[2]　银笺：洁白的信纸。

[3]　迤逗：迤，即拖（tuō），勾引，挑逗。

[4]　俭：约束、悭吝，意谓好事多磨。

[5]　紧拘钳：紧紧地加以约束管制。

[6]　情忺（xiān）：尽情欢悦。忺，惬意。

[7]　红袖：红色的衣袖。欧阳修〔玉楼春〕：“栏干倚遍重来凭，粉泪偷将红袖印。”

[8]　迭应举：屡次参加科举考试。

[9]　及第：参加科举考试而被录中。

[10]　篆香：盘香的喻称。秦观〔海棠春〕词有：“宝篆沉烟袅”，也指盘香的烟缕。

[11]　可憎娘：最亲爱的美人，是男女热恋中表示极度亲昵的反语。闵遇五注《西厢》云：“不曰可爱，而曰可憎，犹曰冤家，爱之极也，反语见意。”

嫁妆，误了又何妨。

说明

白朴〔阳春曲〕《题情》共有六首，此选第一、第四、第五、第六首。这四首情词均简淡、率直，明白如话，又热情奔放，富于情趣。第一首写小儿女与情人虽灵犀相通但又不来相会时的微妙心理；次曲写奶娘拘管，好事多磨，但“越间阻越情忺”，管束越严，情感越烈；后两首也富特色，分别从男女各自的角度写其欢会时的情景，“不放才郎夜看书”，“及第待何如”，一个天真、娇嗔的形象呼之欲出，“止不过赶嫁妆，误了又何妨”，男子情急难捺的形象也跃然纸上。

集评

沈雄曰：余阅元曲，……白仁甫《题情》〔阳春曲〕云：“笑将红袖遮银烛”……其情致不减于词也。

——清·沈雄《柳塘词话》卷一

吴梅曰：仁甫著有《天籁阁集》，博学多才，不仅以词曲名世。……其〔阳春曲〕二支……“笑将红袖遮银烛……”，第二支云：“百忙里铰甚鞋儿样……”可谓妙绝。

——吴梅《顾曲麈谈》第四章《谈曲》

姚 燧

姚燧，作者介绍见前。

〔越调〕凭阑人

马上墙头瞥见他[1]，眼角眉尖拖逗咱[2]。论文章他爱咱，睹妖娆咱爱他[3]。

说明

此曲脱胎于白居易乐府诗《井底引银瓶》："妾弄青梅凭短墙，君骑白马傍垂杨；墙头马上遥相顾，一见知君即断肠。"但小令写得更为清新、活泼，将一对小儿女之间的爱恋描摹得纯乎天籁，而无一丝尘埃。才子自信风流，佳人天真烂漫，虽短短四句，却已沁人心脾，如饮清泉。

[1] 马上墙头：比喻男女私情。白居易新乐府诗《井底引银瓶》："妾弄青梅凭短墙，君骑白马傍垂杨；墙头马上遥相顾，一见知君即断肠。"又元代白朴根据白居易诗编有杂剧《裴少俊墙头马上》，演述裴少俊与李千金墙头马上相见，互相爱慕、私自结合的故事。

[2] 拖逗：同"迤逗"，挑逗的意思。

[3] 妖娆：妩媚娇好。王实甫《西厢记》第一本第四折："妖娆，满面儿扑堆着俏。"

〔越调〕凭阑人

寄征衣[1]

欲寄君衣君不还，不寄君衣君又寒。寄与不寄间，妾身千万难[2]。

说明

征夫词在我国古代文学中是比较常见的，尤以唐代为盛，且从边塞立功的昂扬之情的抒写逐渐转向以闺中思妇的口吻表现离情别绪。唐人有云："闺中少妇不知愁，春日凝妆上翠楼。忽见陌头杨柳色，悔教夫婿觅封侯。"（王昌龄《闺怨》）又云："打起黄莺儿，莫叫枝上啼。啼时惊妾梦，不得到辽西。"（金昌绪《春怨》）这种捕捉情感的瞬间变化和表现其内心的微妙心理遂成此类题材之"定格"。姚燧的这首小令即是如此，它将闺中少妇欲寄征衣时的微妙情绪把握得十分准确：寄征衣担心其一时不回，不寄征衣又恐其衣单身寒。其实，征夫回返与否不是征夫所能决定，更非有否冬衣，但这种表现却把一个痴情娇性的少妇形象刻画得惟妙惟肖，娇憨有趣。

[1] 征衣：戍边将士所穿的衣服。

[2] 妾：古代妇女自谦的称呼。

集评

吴梅曰：姚牧庵燧，以古文词名世，曲则不经见。顾其所作，亦婉丽可诵。其《寄征衣》〔凭阑人〕曲……深得词人三昧。

——吴梅《顾曲麈谈》第四章《谈曲》

马致远

马致远，作者介绍见前。

〔双调〕寿阳曲

从别后，音信杳，梦儿里也曾来到。问人知行到一万遭，不信你眼皮儿不跳。

心间事，说与他，动不动早言两罢。罢字儿磣可可你道是耍[1]，我心里怕那不怕？

说明

马致远的这两首〔寿阳曲〕，描写情爱极富情趣。第一曲言别后相思，自从分别后，音信全无，这一位女子醒时梦里都想念着他，她逢人便问其音讯，一副情急难捺的神态呼之欲出，末句“不信你眼皮儿不跳”更将其调皮娇嗔的形象表现了出来。第二曲则撷取情爱生活中的一个小小断面：男子假欲绝情。以此描绘那女子的娇嗔、天真和纯洁。这两首小令感情纯朴，语言朴实，使人解颐。

[1] 磣可可：磣（chěn上），原意是食物中渗入沙土。此比喻不舒服。

王实甫

王实甫，一说名德信，大都（今北京市）人。约与关汉卿同时，元代著名杂剧家。所作杂剧今知十四种，现存《西厢记》、《破窑记》、《丽春堂》三种，《芙蓉亭》、《贩茶船》各存一折曲辞。明·贾仲明增补《录鬼簿》，作〔凌波仙〕评其云：“作词章风韵美，士林中等辈伏低。新杂剧，旧传奇，《西厢记》天下夺魁。”明·朱权《太和正音谱》评其作品“如花间美人”，又云：“铺叙委婉，深得骚人之趣。极有佳句，若玉环之出浴华清，绿珠之采莲洛浦。”散曲今存小令一首，套数二。

〔中吕〕十二月过尧民歌

别情

自别后遥山隐隐[1]，更那堪远水粼粼[2]。见杨柳飞绵滚滚[3]，对桃花醉脸醺醺[4]。透内阁香风阵阵[5]，掩重门暮雨纷纷[6]。　怕黄昏忽地又黄昏[7]，不销魂怎地不销魂[8]。新啼痕压旧啼痕，断肠人忆断肠人[9]。今春，香肌瘦

[1] 遥山隐隐：远山隐约、不分明的样子。

[2] 粼粼：水清澈纹细的样子。

[3] 杨柳飞绵：柳絮杨花若飞若舞。

[4] 对桃花醉脸醺醺：桃花绯红，好像人喝醉酒后的红脸庞。此处暗用崔护《题都城南庄》诗：“去年今日此门中，人面桃花相映红。人面不知何处去，桃花依旧笑春风。”

[5] 内阁：闺阁、内室。

[6] 重门：庭院深处之门。李清照〔念奴娇〕：“萧条庭院，又斜风细雨，重门须闭。”

[7] 忽地：忽然地，表示时间过得很快。

[8] 销魂：一作“消魂”。旧谓人的精灵为魂，因过度刺激而神思茫然，仿佛魂将离体，多用以形容悲伤愁苦时的情状。江淹《别赋》：“黯然魂销者，唯别而已矣。”

[9] 断肠人：形容悲痛到极点的人。蔡琰《胡笳十八拍》：“空断肠兮愔愔。”

几分，搂带宽三寸[1]。

说明

善写情爱的王实甫不仅写出了美艳凄恻的爱情名剧《西厢记》，其散曲在描述离情别绪上也别有风味，虽然其散曲留存不多，但这首〔十二月过尧民歌〕《别情》却也可看出其不凡的艺术功力。朱权评王实甫曲如“花间美人”，观此曲亦然。此曲为带过曲，〔十二月〕和〔尧民歌〕二曲如词之上下阕，细腻生动地描摹了少妇独居香闺的“别情”，〔十二月〕重写景，景色空寂凄迷，极尽绵长忧伤之致，末“暮雨纷纷”推出“重门”“内阁”中的思妇。〔尧民歌〕不着景语，直抒胸臆，且句式连环，如珠落盘，将春闺思妇之情抒写得淋漓酣畅。整首曲浑然一体，一气呵成，允为抒情名作。

---

〔1〕 香肌瘦几分，搂带宽三寸：身体瘦了几分，衣带宽了三寸。香肌，比喻女性的肌体。搂带，用丝编织的衣带。

珠帘秀

珠帘秀，元代女演员，本姓朱，珠帘秀为其艺名，擅演花旦等角色。《青楼集》评其“杂剧为当今独步；驾头、花旦、软末泥等，悉造其妙”。当时名公文士多有推重。后辈艺人以朱娘娘称之。散曲今存小令、套曲各一。

〔双调〕寿阳曲

答卢疏斋[1]

山无数，烟万缕，憔悴煞玉堂人物[2]。倚篷窗一身儿活受苦[3]，恨不得随大江东去。

说明

珠帘秀与翰林学士卢挚曾有过一段恋情，但最终分手，这分手之因绝不是出于两人间之感情，而或许是由于社会地位之悬殊才使其劳燕分飞。临别之际，卢挚曾有赠曲，曲云：“才欢悦，早间别，痛煞煞好难割舍。画船儿载将春去也，空留下半江明月。”情调凄恻，感情真挚。此曲

---

[1] 卢疏斋：名挚，字处道，一字莘老，号疏斋，又号嵩翁，涿郡（今河北涿县）人。至元五年进士，翰林学士，著有《疏斋集》，是元代著名散曲家，与朱帘秀交好，曾作〔寿阳曲〕《别珠帘秀》。

[2] 玉堂人物：指卢疏斋。玉堂，古代翰林院的别称，宋以后称翰林院为玉堂。卢疏斋于至元五年中进士，官翰林，故称。

[3] 篷窗：船窗。

为珠帘秀的酬答曲，开首两句境界空阔，渲染出别时之空寂，次写卢挚，“憔悴煞”一句极言其体贴入微，末二句又转向自身，随船远去离别心爱之人，真是“活受苦”，还不如“随大江东去”，一死了之。其情决绝，可观其两人情意之深了。

贯云石

贯云石，作者介绍见前。

〔南吕〕金字经

蛾眉能自惜[1]，别离泪似倾，休唱阳关第四声[2]。情，夜深愁寐醒。人孤另，萧萧月二更[3]。

泪溅描金袖[4]，不知心为谁。芳草萋萋人未归[5]。期，一春鱼雁稀[6]。人憔悴，愁堆八字眉[7]。

说明

贯云石情词以婉约见胜，清新俊逸，又缠绵悱恻。此二首〔金字经〕均写闺妇离情，第一曲分写别时境况和别后凄凉，尤以别后凄凉的描写

---

[1] 蛾眉：一作“娥眉”，女子长而美的眉毛。《诗·卫风·硕人》：“螓首娥眉。”《离骚》：“众女嫉余之蛾眉兮。”亦借为美人的代替。能：只、仅。自惜：自我悲伤、自己同情自己。

[2] 阳关第四声：唐代诗人王维作诗《送元二使安西》有“劝君更进一杯酒，西出阳关无故人”句，后人根据这首诗作琴曲《阳关三叠》，表达离情别绪。白居易《对酒》：“相逢切莫推辞醉，听唱阳关第四声。”第四声即“西出阳关无故人”也。

[3] 萧萧：形容月色清寂疏淡。

[4] 金袖：绣了金线的衣袖。

[5] 萋萋：茂盛的样子。《楚辞·招隐士》：“王孙游兮不归，春草生兮萋萋。”

[6] 鱼雁：代称书信。典分别见古乐府《饮马长城窟行》与《汉书》卷五十四《苏武传》。秦观〔鹧鸪天〕词：“一春鱼雁无消息，千里关山劳梦魂。”

[7] 八字眉：“八”字形状的眉毛样式，唐宋以后流行。

更见情韵，夜深独寐，因思绪纷乱而睡而复醒，唯见二更明月寂寞冷落地悬挂中天。后曲诉别后思恋，功力显现于遣辞，如以“稀”状思妇企盼之切，以“堆”描摹其内心之愁苦，全曲熔铸古语，温润自然，洵为言情高手。

〔中吕〕红绣鞋

挨着靠着云窗同坐，偎着抱着月枕双歌[1]，听着数着愁着怕着早四更过[2]。四更过情未足，情未足夜如梭[3]。天哪！更闰一更儿妨甚么[4]！

说明

此曲在风格上属“俚俗”一格，然也清丽自然，不刻意为“俗”，在贯云石曲中乃别为一种风格。曲写男女欢会，云窗同坐，月枕双歌，但“夜如梭”、“情未足”，小令所着力表现的正是这种欢会的惬意和夜阑的惊恐，将一对小儿女的心理状态揭示得惟妙惟肖而又别开生面。曲中前三句用反复体，如珠玉落盘，既声韵铿锵，更情韵悠长，三、四、五句又用顶真体，如贯珠一线，末二句更将气氛推向高潮，以直呼苍天的语气，吐露出一个微小的愿望，幽默、俏皮，令人忍俊不禁。《乐府群珠》收此曲题为“欢情”，诚哉斯语。

---

[1] 月枕：形如月牙的枕头。

[2] 听着数着愁着怕着：听谯鼓，数更声，愁分离，怕天明。

[3] 情未足夜如梭：意谓情意绵绵，而夜如梭飞速而过。

[4] 闰一更：延长一个时辰。这句话是作者的幻想，意谓既然有闰年、闰月、闰日，也不妨有一个闰更。

〔双调〕清江引

惜别

玉人泣别声渐杳[1]，无语伤怀抱。寂寞武陵源[2]，细雨连芳草，都被他带将春去了。

若还与他相见时，道个真传示[3]：不是不修书，不是无才思，绕清江买不得天样纸[4]。

说明

贯云石重于感情，尝自言："少年与朋友知契，每别辄缱绻数日。"（《堂斋文集》卷九）而与情人惜别就更不堪其情了。这两首小令都是表现远游在外的男子惜别玉人之后的感情。前曲以濛濛烟雨衬托别情，末句以"玉人"带将春去，抒写其内心的空寂、落寞。后曲别开生面，写其托友人向情人递口信，委婉巧妙地表达自己的相思之情，尤以结句"绕清江买不得天样纸"为全曲之眼，想象奇特，夸张合理，非常妥帖地表现了自己对爱人那天一样辽宽深广的思恋之情。

---

[1] 玉人：容貌美丽的人。《晋书·卫玠传》："总角，羊车入市，见者皆以为玉人。"谢枋得《蚕妇吟》："不信楼头杨柳月，玉人歌舞未曾归。"杳（yǎo），遥远。

[2] 武陵源：指桃花源，即今湖南常德桃源境。桃花源是陶渊明创作出的理想王国，典出《桃花源诗并记》。

[3] 真传示：确实的口信。

[4] "绕清江"句：走遍清江。清江，水名，在今江西省中部。清江水清澈纯净，这一带居民都以造纸业为生，造纸业很发达、有名。天样纸，天一般大的信纸。

郑光祖

郑光祖，作者介绍见前。

〔双调〕蟾宫曲

梦中作

半窗幽梦微茫，歌罢钱塘[1]，赋罢高唐[2]。风入罗帏，爽入疏棂[3]，月照纱窗。缥缈见梨花淡妆[4]，依稀闻兰麝余香[5]。唤起思量，待不思量，怎不思量[6]。

说明

此曲写梦中幽会，写得虚无缥缈，清幽脱俗。尤其“缥缈见梨花淡妆，依稀闻兰麝余香”二句将梦中情人描摹得楚楚动人又恍惚迷离，末三句以反复体更使情感表现深沉、悠长。郑光祖曲以清丽见长，此曲可作代表。

---

[1] 歌罢钱塘：《春渚纪闻》载有南齐钱塘名妓苏小小〔蝶恋花〕词，其中有“妾本钱塘江上住，花落花开，不管流年度”之句，本句所吟即苏小小事，宋·郭茂倩《乐府诗集》卷八十五《杂歌谣辞》有古辞《苏小小歌》。

[2] 高唐：战国时宋玉曾作《高唐赋》，言楚襄王游高唐时，梦中与神女欢会事。

[3] 疏棂：间隔较大的窗户。

[4] 缥缈见梨花淡妆：仿佛看见女子梨花般素洁的衣妆。白居易《长恨歌》：“玉容寂寞泪阑干，梨花一枝春带雨。”缥缈，依稀、仿佛。

[5] 兰麝余香：兰花与麝香的香味。

[6] 唤起思量，待不思量，怎不思量：引起思念，想要不去思念，却又怎能不思念。

曾　瑞

曾瑞，作者介绍见前。

〔南吕〕骂玉郎过感皇恩采茶歌

闺中闻杜鹃

无情杜宇闲淘气[1]，头直上耳根底[2]，声声聒得人心碎。你怎知，我就里[3]，愁无际。　帘幕低垂，重门深闭。曲阑边，雕檐外，画楼西，把春酲唤起[4]，将晓梦惊回。无明夜[5]，闲聒噪，厮禁持[6]。　我几曾离、这绣罗帏？没来由劝我道“不如归”！狂客江南正着迷[7]，这声儿好去对俺那人啼！

说明

这首小令以代言体的形式，将闺中思妇对杜鹃啼声的心理反应和感受作为贯串全曲的中心内容，突出了杜鹃“声声聒得人心碎”，并作了酣畅淋漓、新奇尖新的表现，非常巧妙、真切地表现了思妇内心那种既思念又怨恨的微妙情感，读来使人忍俊不禁。全曲由三支小令构成，三曲

[1]　杜宇：即杜鹃，俗曰其叫声听起来像“不如归去，不如归去！”

[2]　头直上：头顶上。

[3]　就里：内心深处。

[4]　春酲（chéng）唤起：将喝醉了酒般的春情引发出来。酲，喝醉了酒神志不清的样子。

[5]　无明夜：没有白天与黑夜。

[6]　厮禁持：一直纠缠、折磨着（我）。厮，互相。禁持，折磨、纠缠。

[7]　狂客：指远在他乡的爱人。

之意脉贯通，一气呵成，〔骂玉郎〕曲末“愁无际”引出〔感皇恩〕曲开首之“帘幕低垂，重门深闭”，又由〔感皇恩〕末之杜鹃“不如归去”的“闲聒噪”转入末曲怨恨之情的发泄。这一发泄之辞别开生面，新颖独特，曾被明人李开先誉为“豹尾”。整首带过曲细腻生动，明白如话，活脱脱地描画出了一个恩怨兼有、爱恨交织、娇嗔并存的思妇形象。是元散曲中非常出色的一首尖新泼辣的闺情曲。

集评

李开先曰：世称诗头曲尾，又称豹尾，必须急并响亮，含有余不尽之意。作词者安得豹尾，满目皆狗尾耳！……诗人多而好句尚少，词尾不尤为难事耶！据所见并平日所作交录之，所见则俟法眼，而拙作只可入肉眼耳。刘廷信〔南吕〕尾：“几回好梦添凄楚……。”……又曾瑞卿〔南吕〕尾《闺中闻杜宇》：“我几曾离，这绣罗帏？没来由劝我道‘不如归’。狂客江南正着迷，这声儿好去对俺那人啼！”

——明·李开先《词谑·论词尾》

〔中吕〕山坡羊

妓怨

春花秋月[1]，歌台舞榭[2]，悲欢聚散花开谢[3]。恰和协[4]，又离别。被娘间阻郎心趄[5]，离恨满怀何处说。娘，毒似蝎，郎，心似铁。

说明

此曲写“妓怨”，却不似一般闺情曲那样着墨，“歌台舞榭”明其地址，“悲欢聚散花开谢”又协妓家身份；男女相欢以“恰和协”，处处点题；“娘间阻郎心趄”更是妓女情爱之中的常见苦恼。总之，作者同写情爱曲，闺情有闺情的笔法，妓怨则又呈现妓怨的独特，表现了作者对生活把握的准确。

---

[1] 春花秋月：李煜〔虞美人〕词：“春花秋月何时了，往事知多少。”此为化用。

[2] 歌台舞榭：歌舞的楼台。榭，高台上的建筑物。辛弃疾〔永遇乐〕《京口北固亭怀古》词：“舞榭歌台，风流总被雨打风吹去。”

[3] 悲欢聚散花开谢：意谓人生悲欢离合，就如同花开花落一般。

[4] 恰：刚刚、正当的意思。

[5] 间阻：阻挠、扰乱。趄（qiè）：趑趄，且前且却，犹豫不进。张载《剑阁铭》：“一人荷戟，万夫趑趄。”

范居中

范居中，字子正，号冰壶，杭州人。居中精神秀爽，学问赅博，善琴和书法，其父为名儒，远近皆知其父子才名。元大德间（1297—1307）其妹被召赴都，居中随行，但终才高不遇，郁郁病卒于家。曾与施君美等合作杂剧《鹔鹴裘》，今不传。散曲亦工，尤擅南北合套。今唯存套数一。

〔正宫〕金殿喜重重（南）

秋思

风雨秋堂，孤枕无眠，愁听雁南翔。风也凄凉，雨也凄凉，节序已过重阳。盼归期何期何事归未得？料天教暂尔参商[1]。昼思乡夜思乡，此情常是悒怏[2]。

〔赛鸿秋〕（北）想那人妒青山愁蹙在眉峰上，泣丹枫泪滴在香腮上，拔金钗划损在雕阑上[3]，托瑶琴哀诉在冰弦上[4]。无事不思量，总为咱身上。争知我懒贪书，羞对酒，也只为他身上。

〔金殿喜重重〕（南）凄怆，望美人兮天一方[5]。漫想像赋高唐[6]，梦到

---

［1］ 料天教暂尔参（shēn）商：估计是老天教暂且分别。料，料想、估计。暂尔，暂且。参商，三星宿名。参宿在西，商（辰）宿在东，两星此出则彼没，两不相见，故因此比喻人分离不得相见。曹植《与吴季重书》："面有逸景之速，别有参商之阔。"杜甫《赠卫八处士》："人生不相见，动如参与商。"

［2］ 悒（yì）怏：忧闷不乐的样子。

［3］ 拔金钗划损在雕阑上：用金钗在栏杆上刻下记号，计算着情人离开的时间。

［4］ 冰弦：传说由冰蚕丝制的琴弦。

［5］ 望美人兮天一方：意谓恋人远在天涯。《诗经·秦风·蒹葭》："所谓伊人，在水一方。"

［6］ 赋高唐：楚宋玉作《高唐赋》，写楚襄王梦中与神女欢会的事。后世也因此称男女欢会之处叫高唐，或叫巫山、阳台。

他行，身到他行，甫能得一霎成双。是谁将好梦都惊破，被西风吹起啼螀[1]。恼刘郎害潘郎[2]，折倒尽旧日豪放。

〔货郎儿〕（北）想着和他相偎厮傍，知他是千场万场。我怎比司空见惯当寻常？才离了一时半刻，恰便似三暑十霜[3]。

〔醉太平〕（北）恨程途渺茫，更风波零瀼[4]。我这里千回百转自彷徨，撇不下多情数桩：半真半假乔模样，宜嗔宜喜娇情况，知疼知热俏心肠。

〔尾声〕往事后期空记省，我正是桃叶桃根各尽伤[5]。

〔赚〕（南）终日悬望，恰原来捣虚撇抗[6]。误我一向，到此才知言是谎。把当初花前宴乐，星前誓约，真个崔张不让[7]，命该雕丧。险些病染膏肓[8]，此言非妄。

〔怕春归〕（北）白发陡然千丈[9]，非关明镜无情，缘愁似个长。相别时多，相见时难，天公自主张。若能够相见，我和他对着灯儿深讲。

〔春归犯〕（南）自想，但只愁年华老，容颜改，添惆怅。蓦然平地，

---

[1] 螀（jiāng）：寒蝉。

[2] 刘郎、潘郎：在表达爱情内容的元代散曲里，刘郎、潘郎常用以指情郎。刘郎，即刘晨，他与阮肇人天台采药，见两绝色女子，便留居此处。居半年，阮、刘思乡心切，求归。至家后始知子孙几代，已十世矣。典见《太平广记》卷六十一《天台二女》。潘郎，即潘岳，晋代文学家。《世说新语·容止》：“潘岳妙有姿容，好神情，少时挟弹出洛阳道，妇人遇者莫不连手共萦之。”注引《语林》：“安仁至美，每行，老妪以果掷之满车。”又见《晋书·潘岳传》。

[3] 三暑十霜：三个夏天，十个秋天，言谓时间很长。

[4] 零瀼（ráng）：零落、沦落之意。

[5] 桃叶桃根：郭茂倩《乐府诗集》四五《清商曲辞·桃叶歌》：“桃叶，子敬妾名，缘于笃爱，所以歌之。”又，《乐府诗集》卷七十梁费昶：《行路难》：“君不见长安客舍门，倡家少女名桃根。贫穷夜纺无灯烛，何言一朝奉至尊。”

[6] 捣虚撇抗：本言抓住薄弱环节，乘虚而人，语出《史记·孙武传》。这里有虚情假意、玩弄花招之意。

[7] 崔张不让：不亚于崔莺莺与张生的爱情。崔莺莺与张生故事见王实甫《西厢记》。

[8] 膏肓：病情严重。《左传·成公十年》：“疾不可为也。在肓之上，膏之下，攻之不可，达之不及，药不至焉。”

[9] 白发陡然千丈：这句系化用唐代诗人李白《秋浦歌》“白发三千丈，缘愁似个长”的诗意。

反生波浪。最莫把青春弃掷，他时难算风流账。怎辜负银屏绣褥朱幌[1]？才色相当，两情契合非强，怎割舍眉南面北成撇漾[2]？

〔尾声〕（南）动止幸然俱无恙，画堂内别是风光，散却离忧重欢畅。

说明

这是一个南北合套曲，散曲兴起北方，所用大多为北方的曲调，元统一中国后，南北曲调才始融合，据《录鬼簿》载："以南北调合腔，自和甫（即沈和）始，如《潇湘八景》、《欢喜冤家》等曲，极为工巧。"范居中约与沈和同时，这首《秋思》也采用南北合套，在艺术上是非常成功的。在中国古代抒情体文学中，描写离情可要算散套最为深切细腻了。此套曲抒写客寓北方的游子秋夜孤眠，思念着远在南方家乡的爱人。但此曲并非纯然自抒怀抱，其形式结构带有明显的虚构色彩：作者或正或侧，或写实或幻想，或议论或叙述，从多层面多角度展示了人物的内心世界，表达了复杂微妙的情感。

[1] 银屏绣褥朱幌：镶银的屏风、锦绣的被褥、红色的幔帷。

[2] 撇漾：抛弃的意思。

周文质

周文质，作者介绍见前。

〔正宫〕叨叨令

悲秋

叮叮当当铁马儿乞留玎琅闹[1]，啾啾唧唧促织儿依柔依然叫[2]。滴滴点点细雨儿淅零淅留哨[3]。潇潇洒洒梧叶儿失流疎刺落[4]。睡不着也末哥[5]，睡不着也末哥。孤孤另另单枕上迷飏模登靠[6]。

说明

此曲在艺术上特点有三：一是叠字和象声词的大量运用，充分地渲染了一种秋夜独有的声音，产生使人燥心、令人烦闷的环境氛围，且用词生动，形象。二是较多地运用元代的民间俗语入曲，使整首曲鲜嫩活泼，富有生机，又恰与主人公那辗转反侧的烦闷心理相一致。三是着力于蓄势，连续四句连壁对，描摹景色，声文并茂，接着又连唱“睡不着也末哥”作进一步渲染，最后点出孤枕独眠，一路铺叙最终有了落脚。

---

［1］ 铁马儿：或作铁马、铁、簷马儿，指古代建筑悬于屋簷间的金属小片，风起则相击成声。孟昉《月乐》：“风弄虚簷铁马鸣。”乞留玎琅：金属小片在风吹时所发出的声音。

［2］ 依柔依然：形容蟋蟀鸣叫的声音。

［3］ 哨：应为“潲”（shào），雨点被风吹得斜洒。

［4］ 失流疎刺：又作失留疎刺、赤留束刺、吸里忽刺、吸溜疏刺等，象声词，形容风、水声。

［5］ 也末哥：又作也么哥、也波哥、也么歌，宋元时口语，用作语尾助词，表声无义，约相当于今天歌词里的咿呀咳、呀呼咳这类词的用法。

［6］ 迷飏（diū）模登：又作迷丢没邓、迷飏没腾，意谓迷迷糊糊，形容精神迷惘。

乔　吉

乔吉，作者介绍见前。

〔越调〕小桃红

效联珠格[1]

落花飞絮隔朱帘，帘静重门掩[2]。掩镜羞看脸儿䜣[3]，䜣眉尖，眉尖指屈将归期念。念他抛闪，闪咱少欠，欠你病厌厌。

说明

乔吉尝云，作散曲要“凤头、猪肚、豹尾”，要求起首美丽，中间浩荡，结尾响亮。此曲咏闺情即符合这要求：开首“落花飞絮隔朱帘，帘静重门掩”，落花飞絮，春将归去，此景最易怀人，而此时之闺妇正孤独地锁闭在隔帘重门之内。中间五句描摹细腻、生动，羞看棱镜，举手算归程，念其抛闪，从行为到心理细微表出。末句“欠你病厌厌”结得响亮，将闺妇由思而怨，爱恨交织的心理以娇憨之语一言出之，生动、形象。另外，全曲采用联珠体，累累然如贯珠，音韵和谐，引人入胜。

---

[1]　联珠格：修辞学上辞格之一，也叫“顶针”，用前文的结尾（词语或句子）作下文的起头，使语句递接紧凑而生动畅达。

[2]　重门：一门一道的门。李清照词〔念奴娇〕：“萧条庭院，又斜风细雨，重门须闭。”

[3]　䜣（qiàn）：美貌。

〔越调〕天净沙

即事

莺莺燕燕春春[1]，花花柳柳真真[2]。事事风风韵韵[3]，娇娇嫩嫩，停停当当人人[4]。

说明

此曲纯用“叠字体”，盖仿效宋李清照〔声声慢〕词，易安词云：“寻寻觅觅，冷冷清清，凄凄惨惨戚戚。”此曲则通篇用叠字，如珠走盘，音韵非常谐美，将一个女子的体貌风韵描摹得真切、生动、可感。首句言其天真活泼，次句言其婀娜多姿，三、四句喻其风韵娇美，末句作结：一个端庄无可挑剔的可意美人。

[1] 莺莺燕燕：比喻天真活泼的少女。姜夔〔踏莎行〕：“燕燕轻盈，莺莺娇软，分明又向华胥见。”

[2] 真真：真真是画中美人，后人以她比喻美女。唐代杜荀鹤《松窗杂记》载：进士赵颜得一妇人图，妇曰真真，赵日夜不停地对画呼唤，妇从画出，遂与赵结为夫妻。

[3] 风风韵韵：形容风度、韵致，多指妇女的神态。《晋书·桓石秀传》：“石秀幼有令名，风韵秀彻。”

[4] 停停当当：收拾得端端正正，打扮得标标致致。人人：人儿。

集评

陈廷焯曰："寻寻觅觅，冷冷清清，凄凄惨惨戚戚"，易安隽句也。"莺莺燕燕……""娇娇嫩嫩"四字尤不堪。乔梦符效之，丑态百出矣。

——清·陈廷焯《白雨斋词话》卷九

〔双调〕新水令

闺丽

绣闺深培养出牡丹芽，控银钩绣帘不挂。莺燕游上苑，蝶梦绕东华[1]。富贵人家，花阴内柳阴下。

〔乔木查〕忽地迎头见咱[2]，娇小心儿里怕。厌地回身拢鬓鸦[3]，傍阑干行又羞，双脸烘霞[4]。

〔搅筝琶〕我凝眸罢[5]，心内顽麻[6]。可知曲江头三次遗鞭[7]，我粉墙外几乎坠马[8]。人说观自在活菩萨[9]，堪誇。普陀山几时曾到他[10]，更隔着海角

[1] 蝶梦：即梦蝶。《庄子·齐物论》："昔者庄周梦为胡蝶，栩栩然胡蝶也；自喻适志与，不知周也；俄然觉，则蘧蘧然周也。"后因用"梦蝶"为浮生梦幻之意。《梨园按试乐府新声·马致远〈夜行船〉套曲》："百岁光阴一梦蝶。"东华：即东华帝君、东王公，古代神话中的男神，《太平广记》载，东王公与西王母共理二炁（气），并分别掌管男仙、女仙的名籍。

[2] 忽地：意谓忽然地、突然地。周密〔凤栖梧〕词："忽地香来无觅处。"

[3] 厌地：亦作"淹的"、"厌的"，忽然的意思。鬓鸦：乌黑的鬓发。

[4] 双脸烘霞：两边脸颊通红，如红霞一般。烘，焚烧。

[5] 凝眸：两眼紧盯，注视。

[6] 顽麻：顽涎，比喻羡慕、希望得到的情状。

[7] 曲江头三次遗鞭：意谓极其羡慕、痴呆的样子。曲江头，即曲江池，故址在今陕西西安市东南，本天然池沼，汉武帝造宜春苑于此，以池水曲折，故名曲江。唐时为著名的游览处，每年中和（二月初一）、上巳（三月初三）等节日，自帝王将相至商贾庶民，莫不毕集。元代石君宝作杂剧《李亚仙花酒曲江池》，写妓女李亚仙同世家子郑元和相爱的故事，其中有郑元和痴看李亚仙而遗落马鞭的情节。

[8] 粉墙外几乎坠马：白居易《井底引银瓶》诗："墙头马上遥相顾，一见知君即断肠。"后来白朴根据诗意，作杂剧《墙头马上》，演李千金与裴少俊越墙相恋，私自结合的故事。

[9] 观自在活菩萨：即观音菩萨，佛教大乘菩萨之一，本译作观世音，因唐人避"世"字讳，略称观音，玄奘译《心经》时，改译观自在。一般塑像和图像都画成女相。古代文学作品常用观音来形容绝色女子。

[10] 普陀山：在浙江省东北部海中，佛教圣地。唐大中十二年（公元 858 年）日本僧人慧锷最初于此留观音像造寺，后因《华严经》有善财参观音于普陀洛伽之说，遂称普陀。

天涯。

〔甜水令〕他秋水回波[1]，春山摇翠[2]。芳心迎迓[3]，彼此各承答。诗句传情，琴声写恨，衷肠牵挂，许多时不得欢洽。

〔雁儿落〕斗的满街里闲嗑牙[4]，待罢呵如何罢。空揣着题诗玉版笺[5]，织锦香罗帕。

〔得胜令〕我是个为客秀才家，你是个未嫁女娇娃。不是将海鹤儿相埋怨[6]，休把这纸鹞儿厮调发[7]。若是真么，回与我句实成的话。天那，送了人呵不是耍！

〔离亭宴煞〕只因你赡不下解合的心肠儿叉[8]，不是我口不严俫扬的风声儿大。伫头凭阑，一日三衙。唱道成时节准备着小意儿妆虾[9]。不成时怎肯呆心儿跳塔[10]。哎，你个吃戏冤家[11]，来来来将人休量抹[12]。我不是琉璃井底鸣蛙[13]，我是个花柳营中惯战马[14]。

---

[1] 秋水回波：用眼回望的意思。秋水，形容女子眼睛清澈明亮，如同秋水一般。

[2] 春山摇翠：谓春山之容，其色如黛绿，比喻妇女的眉目。王实甫《西厢记》第四本："俺小姐这些时春山低翠，秋水凝眸。"

[3] 迎迓（yà）：迎接。

[4] 嗑（kè）牙：闲谈，多话。

[5] 玉版笺：即玉版纸，一种光洁匀厚的白棉纸，供书画用。费著《笺纸谱》："笺纸有玉板……玉版、贡余，杂以旧布破履乱麻为之。"

[6] 海鹤儿：犹云好孩儿，是对亲爱者的昵称。

[7] 调发：撩拨，引惹的意思。

[8] 赡不下：供养不下的意思。赡，供给人财物之谓。解合的心肠儿叉：意谓愁肠百结。叉，缠束的意思。

[9] 妆虾：谓装作干虾的样子，讥人曲背，低首下心奉承人的姿态。《太平乐府》卷八乔梦符散套〔一枝花·杂情〕："曹大家卖杏虎，裴小蛮学撒撇，温太真索妆虾。"

[10] 跳塔：冒险。

[11] 吃戏冤家：吃戏，也作吃喜，可爱；冤家，对情人的昵称。

[12] 量抹：小瞧、看不起。

[13] 琉璃井底鸣蛙：意谓徒有其表、中看不中用。琉璃，一种矿石质的有色半透明体材料。

[14] 花柳营：指娼妓聚居之处，俗称风月场所。花柳，旧时指娼妓。

说明

这首套曲一反乔吉散曲往常的清丽蕴藉，以浅俗语言描述了一对才子佳人邂逅相遇并相爱的风流韵事，情调尖新佻达，极富世俗气息。整首套曲由七个曲子构成，〔新水令〕描摹少女的富贵娇美，点明了他们相遇在游春路上；〔乔木查〕写其相遇，从动作、表情、神态各方面揭示了少女的娇羞之态；接着〔搅筝琶〕一曲写其自己的反应，如果说少女乃娇羞可掬，那这男子便是大胆直露了，他凝神细观，不觉“曲江头三次遗鞭”，“粉墙外几乎坠马”，为这赛过菩萨的美女深深倾倒；〔甜水令〕写其“诗句传情，琴声写恨”；〔雁儿落〕又写流俗非议；〔得胜令〕写少女开始退却，男子则怨恨其反悔，“天哪，送了人呵不是耍”，极富情趣；末曲进一步表现男子的内在心理，尤以结语之故意吹嘘以显其老辣更具神韵。全曲格调轻松活泼，富于喜剧性，将一对小儿女的短暂恋情描写得细腻生动，令人忍俊不禁。

赵善庆

赵善庆，作者介绍见前。

〔双调〕落梅风

秋晴

秋声定[1]，微雨歇，透疏棂纸窗风裂[2]。孤灯儿似知愁恨切[3]，照离人半明半灭。

说明

此曲写一场秋雨之后离人的感受。秋雨绵密，常是离情的引发物，秋雨虽歇，但举目犹是落寞萧索。闺中离妇唯有孤灯相伴，“孤灯儿似知愁恨切，照离人半明半灭”，想象奇特，构思新颖，使全曲笼罩在一种忧伤凄清的氛围之中。

---

[1] 定：静止，停歇。

[2] 透疏棂纸窗风裂：意谓秋风穿透稀疏的窗格子，将窗纸吹碎了。疏棂（líng）：稀疏的窗格子。

[3] 切：深。

张可久

张可久，作者介绍见前。

〔黄钟〕人月圆

春晚次韵

萋萋芳草春云乱[1]，愁在夕阳中[2]。短亭别酒[3]，平湖画舫，垂柳骄骢[4]。一声啼鸟，一番夜雨，一阵东风。桃花吹尽，佳人何在，门掩残红[5]。

说明

这首小令曲表现一种凄婉的别情。萋萋芳草，夕阳西坠，作者在暮春时节又一次来到当年与情人惜别的地方，往事历历：短亭饯别，平湖画舫，垂柳骄骢，三句鼎足对不着情语，但当年之依依惜别之境宛然在目。接着又连用三句对偶，啼鸟、夜雨、东风，仍作白描，然诗人思绪已从往事中猛然惊醒，眼前唯是"桃花吹尽，佳人何在，门掩残红"。此三句从崔护诗意中化出，但情调更为凄切。全曲感情跌宕，时空跳跃，但过渡自然，不落痕迹，深具匠心。

---

[1] 萋萋：茂盛的样子。崔颢《黄鹤楼》诗："晴川历历汉阳树，芳草萋萋鹦鹉洲。"

[2] 夕阳：在这里是双关意，一指傍晚的太阳，古人词曲多有害怕夕阳黄昏一类的描写，因为黄昏易引起人们寂寞孤独之感；二指夕阳亭，故址在今洛阳市西，汉晋时为饯别之所。

[3] 短亭：古时设在路旁的亭舍，常用作饯别处。李白〔菩萨蛮〕："何处是归程？长亭更短亭。"

[4] 骄骢（cōng）：矫健的青白色的马，也泛指马。

[5] 桃花吹尽，佳人何在，门掩残红：唐诗人崔护《题都城南庄》诗云："去年今日此山中，人面桃花相映红。人面不知何处去，桃花依旧笑春风。"这几句化用崔护诗意。

集评

张德瀛曰：张小山乔梦符小令并称，然张之小令远轶梦符之上。如〔双调〕水仙子云："绣床人困，玉关梦回，锦字书迟。"〔黄钟〕人月圆云："桃花吹尽，佳人何在，门掩残红。"……皆能丰约中度，旋复回环，宜其居关、马诸人之上。

——清·张德瀛《词征》卷六

〔双调〕殿前欢

离思

月笼沙[1]，十年心事付琵琶[2]。相思懒看帏屏画，人在天涯。春残豆蔻花[3]，情寄鸳鸯帕，香冷荼蘼架[4]。旧游台榭，晓梦窗纱。

说明

此曲诉离情。“月笼沙，十年心事付琵琶”，起唱以一个朦胧凄恻的意境表现了一段缠绵的相思之情，十年，形容相思之悠长。次二句谓“懒看帏屏画”，因为思念之人“远在天涯”。接着三句鼎足对，亦情亦景，抒写了青春年华逝去的叹惜之情。结以梦境，梦中他们又在旧游台榭相携相伴，但醒来唯见东方泛白，风吹窗纱，与起首“月笼沙”的意境前后照应。全曲表达了一种幽幽的伤感之情，创造了一个缥缈凄切的意境。

---

[1] 月笼沙：语出唐代诗人杜牧《泊秦淮》：“烟笼寒水月笼沙，夜泊秦淮近酒家。”表现一种朦胧空寂的意境，以渲染离思。

[2] “十年心事”句：谓十年相思之情寄予琵琶声声中。唐·白居易《琵琶行》：“弦弦掩抑声声思，诉尽平心不得志。低眉信手续续弹，说尽心中无限事。”此用其意。

[3] 豆蔻花：一种常绿草本植物，初夏开花，其花开比喻春已残。

[4] 荼蘼架：荼蘼，一种可供观赏的植物，亦初夏开花。也称“酴醿”，宋·苏轼《酴醿花菩萨泉》诗：“酴醿不争春，寂寞开最晚。”

〔中吕〕朝天子

春思

见他，问咱[1]，怎忘了当初话。东风残梦小窗纱，月冷秋千架。自把琵琶，灯前弹罢。春深不到家。五花，骏马[2]，何处垂杨下[3]。

说明

此曲亦写离情，然主要选取闺妇内心的幽怨加以描摹抒写。“见他，问咱”三句，极为口语化，是说“我见了他，一定要当面责问（你）为何忘却以前的山盟海誓”。然而相见无期，眼前之境颇为凄恻，东风残梦，月冷秋千，灯下琵琶，一种无聊慵懒的情景跃然纸上。“春深不到家”既扣合春思，又语用双关，故结句便直写怨情。

---

[1] 咱：第二人称“你”。《留鞋记》三〔中吕〕粉蝶儿：“我这里昼忘餐，夜废寝，把咱牵挂。”

[2] 五花，骏马：即五花马。五花马是一种毛色斑驳的马。李白《将进酒》：“五花马，千金裘，呼儿将出换美酒，与尔同销万古愁。”

[3] 何处垂杨下：王维《少年行》：“相逢意气为君饮，系马高楼垂杨边。”冯延巳〔蝶恋花〕：“百草千花寒食路，香车系在谁家树。”这是化用两者的句意。意谓意中人不知在什么地方寻花问柳、寻欢作乐。

〔双调〕折桂令

西陵送别[1]

画船儿载不起离愁[2]，人到西陵，恨满东州[3]。懒上归鞍，慵开泪眼[4]，怕倚层楼。春去春来，管送别依依岸柳[5]。潮生潮落，会忘机泛泛沙鸥[6]。烟水悠悠。有句相酬，无计相留。

说明

此为送别曲，送者为一男子，或为作者自己，但行人又是谁呢？曲中没有明说，或友人，或情人，然从曲中之缠绵看，当以情人为是。首句从李易安词句化出，亦清俊警策，写尽离人之痛。“人到西陵，恨满东州”，总提别时情伤，“懒上”三句则细微表出，写别离情况，感人心脾。次四句扇面对（第一对第三句，第二对第四句）工整秀雅，言

[1] 西陵：在今浙江省萧山市西二十里，临运河，为水陆要冲。

[2] 画船儿载不起离愁：意谓愁极重。李清照〔武陵春〕：“只恐双溪舴艋舟，载不动，许多愁。”

[3] 东州：地名，即绍兴。绍兴在唐宋时叫越州，因其在浙东，故称东州。

[4] 慵（yōng）开：懒睁。

[5] 管送别依依岸柳：古人送别，常有折柳相送习惯。李商隐《离亭赋得折杨柳》：“为报行人休尽折，半留相送半迎归。”刘禹锡《杨柳枝词》：“长安陌上无穷树，唯有杨柳管别离。”

[6] 会忘机泛泛沙鸥：忘却机心的沙鸥在水中漂浮。《列子·黄帝》：“海上之人有好鸟者，每旦之海上从鸥鸟游。鸥鸟之至者百数而不止。其父曰：‘吾闻鸥皆从汝游，汝取来吾玩之。’明日之海上，鸥鸟舞而不下也。”辛弃疾〔哨遍〕：“看一时鱼鸟忘情喜，会我已忘机更忘己，又何曾物我相视。”泛泛，漂浮的样子。《楚辞·卜居》：“将泛泛若水中之凫乎？”此言其别后孤独，唯与忘机之沙鸥相伴。

别后之凄凉。结三句更是情韵悠悠，“有句相酬，无计相留”，一种落寞无奈的况味弥漫全曲。这首送别曲格调沉雄，情韵深长，颇富感染力。

〔越调〕凭阑人

江夜

江水澄澄江月明[1]，江上何人搊玉筝[2]？隔江和泪听，满江长叹声[3]。

说明

此曲写江上月夜听筝，引起心灵感叹。筝声何以动人？作者何以感喟？均未点明，是曲中离思勾起怀人之念？或然有之，故且将此曲列入“情爱篇”。全曲先写江景月色，烘染一种幽清孤寂之氛围，次以设问引起弹筝之音，末二句写听曲感受，以“和泪听”、“长叹声”点明筝声之幽怨和内心之共鸣。整首小令清新脱俗，明白如话，具有强烈的艺术感染力。

集评

朱权曰：蒋康之，金陵人也。其音属宫，如玉磬之击明堂，温润可爱。癸未春，渡南康，夜泊彭蠡之南。其夜将半，江风吞波，山月衔岫，四无人

---

［1］　澄澄：清澈明净的样子。

［2］　何人搊玉筝：什么人在弹玉筝。搊（chōu）：用五指抽弹。筝，古弦乐器。

［3］　满江长叹声：意谓玉筝之声凄凉感人，引起了作者同情感叹。

语，水声淙淙，康之扣舷而歌“江水澄澄江月明”之词，湖上之民，莫不拥衾而听，推窗出户见听者杂合于岸。少焉，满江如有长叹之声。自此声誉愈远矣。

——明·朱权《太和正音谱·知音善歌者三十六人》

徐再思

徐再思，作者介绍见前。

〔中吕〕阳春曲

闺怨

妾身悔作商人妇[1]，妾命当逢薄倖夫[2]。别时只说到东吴[3]，三载余，却得广州书[4]。

说明

这首小令写闺怨直截了当，无丝毫含蓄蕴藉，体现了元散曲的风格。此曲从白居易《琵琶行》诗意化出，描写一个商人妇空守闺房的幽怨。尤其后三句“别时只说到东吴，三载余，却得广州书”别开生面，令人玩味。

---

〔1〕 妾身悔作商人妇：意从白居易《琵琶行》诗句“门前冷落车马稀，老大嫁作商人妇。商人重利轻别离，前月浮梁买茶去”中化出。

〔2〕 薄倖夫：负心的丈夫，薄情的人。

〔3〕 东吴：古地名。三国吴因地处江东，亦称东吴。这里泛指太湖流域全境。

〔4〕 书：信。

〔越调〕凭阑人

春愁

前日春从愁里得，今日春从愁里归。避愁愁不离，问春春不知。

说明

此曲题为《春愁》，"春愁"便不离须臾，因春而得愁，愁未随春去，问春不语，愁绪无边。这种重复字面、反复咏唱的手法散曲中称为"嵌字体"。同时，此曲虽为短小的小令词，但结构非常绵密，"春从愁里得"，"春从愁里归"，两句以"前日""今日"相系言其春愁之悠长，"避愁愁不离，问春春不知"则分写"愁"、"春"，极言其春愁缠绕之痛、之密，而以"春不知"结束暗含化愁无方，确有"含有余不尽之意"。令人怅惘感叹。

〔双调〕蟾宫曲

春情

平生不会相思，才会相思，便害相思。身似浮云[1]，心如飞絮[2]，气若游丝[3]。空一缕余香在此，盼千金游子何之[4]。证候来时[5]，正是何时？灯半昏时，月半明时。

说明

此曲为甜斋散曲中情歌名篇，描摹初恋少女的相思之情可谓入木三分，且极具神韵。开首三句连用三"相思"，一气贯注，明白如话，将少女初尝相思况味细细表出。次三句鼎足相对，以博喻手法形容其相思"症候"，"身似浮云"状其神态，"心如飞絮"表其心理，"气若游丝"概其身体，形象地显示了少女的相思之苦和思恋之深。次二句又以工整的对偶句，一言自己之孤寂，一言恋人之远游，点明相思苦痛之由来。末四句自问自答，连用四"时"，以"灯半昏时，月半明时"收束。全曲自然天成，纯是天籁，浅显率真，可谓本色当行。

---

[1] 身似浮云：意谓害相思时身体像浮云一样，飘飘忽忽不定。

[2] 心如飞絮：意谓心像飞舞的柳絮，到处牵情。

[3] 游丝：比喻因相思而成疾，气微力弱的境况。

[4] 千金游子：一掷千金的游子，这里是指恋人。

[5] 证候：发病的症状。这里指害相思病的时候。

集评

褚人获曰：徐甜斋咏《相思》〔清江引〕……，又有《春情》〔折桂令〕……。其得相思三昧者与？

——清·褚人获《坚瓠壬集》卷三《相思词》

〔双调〕清江引

相思

相思有如少债的[1]，每日相催逼。常挑着一担愁[2]，准不了三分利[3]。这本钱见他时才算得。

说明

用比喻的手法表现相思之苦是比较常见的。但整首曲纯用喻体，却并不多见。此曲别出心裁，将相思之苦比成“欠债”，具体可感，生动形象。开首两句言相思犹如债务之累，日日有人催逼，无法躲闪。次二句言相思之久长，且无利可得，“准不了三分利”，谓利钱也无法偿还，故利上加利，相思乃日甚一日。结句更饶有机趣，将相思之情的急切难捺描摹得生动有趣。

［1］ 少债：负债、欠债。

［2］ 一担愁：形容愁思之重。元代市语常用担儿形容重。

［3］ 准不了：还不到。准，折、抵。关汉卿《窦娥冤·楔子》：“与我家做个媳妇，就准了这四十两银子，岂不两得其便。”

高克礼

高克礼，字敬臣，号秋泉，河间（今河北河间县）人。荫官至庆元理官，为政清静，简约自处。与乔吉友善，小曲乐府，均颇工巧，亦有时名。散曲今存小令四首。

〔越调〕黄蔷薇过庆元贞

燕燕别无甚孝顺[1]，哥哥行在意殷勤[2]。三纳子藤箱儿问肯[3]，便待要锦帐罗帏就亲。　　諕得我惊急列蓦出卧房门[4]，他措支剌扯住我皂腰裙[5]。我软兀剌好话儿倒温存[6]："一来怕夫人，情性哏[7]，二来怕误妾百年身。"

---

[1]　燕燕：这里指的是关汉卿杂剧《诈妮子调风月》中的女主人公燕燕。《调风月》写一婢女燕燕奉命伺候小千户，被小千户污辱，小千户又同另一女子结婚，燕燕当众对小千户的丑行进行了揭露。

[2]　哥哥行：犹言"在哥哥那里"。行（háng），在宋元人口语里，人称、自称后面常用一"行"字，关汉卿杂剧《望江亭》杂剧一〔柳叶儿〕："我到你行求丸散，你则与他这一服灵丹。"

[3]　三纳子藤箱儿问肯：《诈妮子调风月》中的官家公子用三纳子与藤箱儿作为礼物，赠予燕燕求婚。三纳子，疑为玉纳子之误，玉纳子是一种饰物。问肯，古代男家向女方求婚的一种礼节。

[4]　惊急列蓦出卧房门：意谓吓得我惊慌失措，逃出卧房。惊急列：惊慌、急忙的样子。

[5]　措支剌：比喻惊惶失态的样子。《调风月》四〔得胜令〕："燕燕不是石头镌铁头做，教我死临侵身无措，错支剌心受苦。"错、措，同音通用。

[6]　软兀剌：一作"软答剌"、"软剌答"，软弱无力的样子。《鸳鸯被》第二折〔小梁州〕："早吓的束手儿脚儿软剌答，怎抬踏，好着我便心似热油煠。"温存：安慰。司空图《修史亭》诗："渐觉一家看冷落，地炉生火自温存。"

[7]　情性哏：即"情性狠"。哏，同"狠"。

说明

高克礼的这首带过曲撷取了关汉卿杂剧《诈妮子调风月》中的一个片段，所以有一定的故事性和戏剧性，这一片段大致为：丫环燕燕受夫人差遣，侍候一个探亲的小千户，小千户垂涎于燕燕的貌美，进行引诱，并要燕燕带他到卧房小坐，燕燕无奈，只得领他而去。带过曲的叙述便从这里开始。此曲特色有三：一是形象鲜明，既峻拒千户又扣合奴婢身份；二是动作性强，与戏剧片段相吻合；三是语言俚俗，如同口语，增强了行为的真实性，也酷肖燕燕的身份声口。

吕止庵

吕止庵，作者介绍见前。

〔仙吕〕后庭花

西风黄叶疏，一年音信无。要见除非梦[1]，梦回总是虚。梦虽虚，犹兀自暂时节相聚[2]，近新来和梦无[3]。

说明

本篇言相思，以梦境相会绾合，层层转折，句句出新，愈转愈痛，始至绝望。“西风黄叶疏”，该是回归之时，但“一年音信无”，一转；“要见除非梦”，二转；然“梦回总是虚”，三转；“梦虽虚”，毕竟梦中犹相会，四转；但“近新来和梦无”，五转，相思至极而至绝望。全曲正是这种层层转折的抒写，将闺妇内心情感作了细腻独特的表现，可谓匠心独具，别出心裁。以梦言相思，这已是古代诗词中的常见现象了，唯有出新，才能成功，此曲即是一例。

---

[1] 要见除非梦：范仲淹〔苏幕遮〕：“黯销魂，追旅思，夜夜除非，好梦留人睡。”

[2] 犹兀自：“还”的意思，又作由自、由子、犹古子、由兀自等，宋元时口语。

[3] 近新来和梦无：此句化用赵佶〔燕山亭〕《北行见杏化》“怎不思量，除梦里有时曾去。无据，和梦也新来不做”之词义。

〔仙吕〕醉扶归

有意同成就[1]，无意大家休。几度相思几度愁，风月虚遥授[2]。你若肯时肯不肯时罢手[3]，休把人空迤逗[4]。

说明

这首小令直以口语出之，用少女直诉的口吻嗔怨男子的反复无常，语言本色，情感真切，描摹了一个性格爽直的少女形象，无一丝一毫的忸怩作态。

---

［1］ 成就：促成婚姻，也叫成合，或叫合成。《张生煮海》第一折〔金盏儿〕：“既蒙小娘子俯允，只不如今夜便成就了。”

［2］ “风月”句：风月指男女情爱事。遥授，远远地给予。

［3］ 你若肯时肯不肯时罢手：意谓你若是同意与我成亲，那就答应下来；要是不情愿，那就算了吧。

［4］ 迤逗：挑逗、逗引。

查德卿

查德卿，作者介绍见前。

〔仙吕〕一半儿

拟美人八咏·春妆

自将杨柳品题人，笑撚花枝比较春。输与海棠三四分[1]，再偷匀[2]。一半儿胭脂一半儿粉。

说明

〔一半儿〕《拟美人八咏》共有《春梦》、《春困》、《春妆》、《春愁》、《春醉》、《春绣》、《春夜》、《春情》八首小令，《中原音韵》等谓“临川陈克明所作”，《太平乐府》则属查德卿，《全元散曲》亦将其归查氏名下，此从《全元散曲》。《春妆》一曲描摹女子春日对镜梳妆的情态，开首三句言女子容貌之艳丽，但不作直面描摹，却以杨柳、花枝、海棠作比，形象可感，表现女子对自身娇容的自信。末二句别开生面，承上句“输与”作生发，描写女子要与海棠争春，一种风流自赏、娇美可爱的少女情态呼之欲出。

---

[1] 海棠：唐玄宗以“海棠睡未足”比喻杨贵妃醉态，后来人们用海棠比喻杨妃，也用以比喻美女。

[2] 偷匀：偷偷地涂脂抹粉。

集评

周德清曰：〔一半儿〕《春妆》……。一样八首，临川陈克明所作，俊词也。此调作者虽众，音律独先。

——元·周德清《中原音韵·作词十法·定格》

王世贞曰：元人曲中如……“笑撚花枝比较春，输与海棠三四分。再偷匀，一半儿胭脂一半儿粉。”情中冶语也。

——明·王世贞《艺苑卮言》附录一

吴梅云：临川陈克明作《美人》〔一半儿〕八咏，周德清击节叹赏曰：此调作者固多，此公音律独合，所以为不可及也。……（《美人八咏》）却能道出美人风韵，所以可贵。克明于元人中不甚著称，而词之佳妙若此，亦足见元人于此道之用力至深也。

——吴梅《顾曲麈谈》第四章《谈曲》

吴西逸

吴西逸，作者介绍见前。

〔双调〕寿阳曲

四时

萦心事[1]，惹恨词，更那堪动人秋思。画楼边几声新雁儿，不传书摆成个愁字[2]。

说明

元人散曲中较多咏写四时的组曲，分写春夏秋冬，但在写法上，一般都非为写景，而往往以情词表达特殊的季节特征。此曲即然，这是吴西逸“四时”曲中的第三首，即咏“秋”，作者以秋景为背景，抒写少妇的伤离之情。突出了使人动离愁的“秋景”和北雁南飞的“雁字”，秋景撩人离思，雁儿本为信使，如今则摆成个“愁”字，移情入景，自然生动。

---

［1］ 萦：缠绕。

［2］ 不传书：古有雁足传书的说法，典见《汉书·苏武传》。摆成个愁字：大雁飞行时，常摆成“一”字形或“人”字形队伍前进，因称“雁字”。朱熹《次韵择之进贤道中漫成》诗：“据鞍又向冈头望，落日天风雁字斜。”

朱庭玉

朱庭玉，生平不详。散曲今存小令四首，套数二十二。

〔大石调〕青杏子

送别

游宦又驱驰[1]，意徘徊执手临岐[2]，欲留难恋应无计。昨宵好梦，今朝幽怨，何日归期。

〔归塞北〕肠断处，取次作别离[3]。五里短亭人上马[4]，一声长叹泪沾衣，回首各东西。

〔初问口〕万叠云山，千重烟水，音书纵有凭谁寄？恨萦牵，愁堆积，天天不管人憔悴。

〔怨别离〕感情风物正凄凄，晋山青，汾水碧。谁返扁舟芦花外，归棹急，惊散鸳鸯相背飞。

〔擂鼓体〕一鞭行色苦相催，皆因些子[5]，浮名薄利。萍梗飘流无定迹，好在阳关图画里。

〔催拍子带赚煞〕未饮离杯心如醉，须信道送君千里。怨怨哀哀，凄凄苦苦啼啼。唱道分破鸾钗，丁宁嘱咐好将息。不枉了男儿堕志气，消得英雄眼中泪。

---

[1] 游宦：也作宦游，在外求官或做官。唐·杜审言《和晋陵陆丞早春望》："独有宦游人，偏惊物候新。"

[2] 临岐："岐"同"歧"，到岐路处，此指分手的路口。

[3] 取次：任意，随便。宋·黄庭坚《次韵裴仲谋同年》："烟沙篁竹江南岸，输与鸬鹚取次眠。"

[4] 五里短亭：古代为行人休息，五里设一短亭，十里设一长亭。庾信《哀江南赋》："十里五里，长亭短亭。"

[5] 些子：一些，喻小或少。如元人称小巧之盆景为"些子景"。（见刘銮《五石瓠·盆景》）

说明

这是一首离别曲，男主人公为仕途奔波，女主人公出门相送，五里一短亭，十里一长亭，他们依恋不舍，难舍难分。由此生出许多对追逐浮名薄利的感慨。全曲由六首曲子组成，从将别想到别后之思念，又从游宦之人怨别，写到闺中少妇之伤离，层层推进，回环往复，极尽缠绵伤离之情。“伤离别”是中国古典文学最为常见的主题之一，散曲中的此类作品也比比皆是，且形成了散曲自身的独特个性。此曲在艺术上的成就正典型地表现了这一内涵。全曲显豁直露，不求含蓄蕴藉，曲中情感发露之语触目皆是，如“幽怨”、“长叹”、“憔悴”、“悽悽”、“怨怨哀哀”、“悽悽苦苦啼啼”等。清人黄周星《制曲枝语》云：“曲之体无他，不过八字尽之，曰‘少引圣籍，多发天然’而已。”此曲可谓得之。

李致远

李致远，生平不详。元代杂剧家、散曲家。著有杂剧《还牢末》，散曲今存小令二十六首，套数四。

〔越调〕天净沙

离愁

敲风修竹珊珊[1]，润花小雨斑斑[2]，有恨心情懒懒。一声长叹，临鸾不画眉山[3]。

说明

这是一首短小精悍的离情曲。开首三句鼎足相对，言女主人公倚窗独坐，百无聊赖，望着窗外稀疏的修竹和斑斑的小雨，翠竹扶疏，细雨绵绵，正是撩人愁思啊。后二句“一声长叹，临鸾不画眉山”，点明题意，原来是女主人公晨起无聊，任眉山淡淡，鬓云乱乱，正思恋着远方的恋人呢！

---

[1] 珊珊：本形容衣裙玉佩的声音，这里指风吹修竹发出的声音。

[2] 斑斑：斑驳，斑斑点点。

[3] 鸾：镜子。眉山：指妇女的眉毛。

杨朝英

杨朝英，作者介绍见前。

〔中吕〕阳春曲

浮云薄处朣胧日[1]，白鸟明边隐约山[2]。妆楼倚遍泪空弹，凝望眼，君去几时还。

说明

本篇言离情，描摹一个离情正苦、妆楼颙望的深闺女子。开首两句写景，境界辽阔，意境清冷，衬托女主人公内心的空寂寥落。

[1] 朣胧：朦胧不明的样子。

[2] 白鸟：鸥。“白鸟明边”意谓白鸟飞翔至极远处。

宋方壶

宋方壶，作者介绍见前。

〔仙吕〕一半儿

别时容易见时难[1]，玉减香消衣带宽[2]。夜深绣户犹未拴[3]，待他还，一半儿微开一半儿关。

说明

此曲清新流丽，纯为天籁，将一相思女子因思恋而衣带渐宽，迫切期待恋人相见欢会的情状刻画得生动有趣。尤其是末三句“犹未拴，待他还，一半儿微开一半儿关”，更为传神，但从上句“玉减香消”可知，此已非为首次，其相思苦痛也便可想而知了。

---

[1] 别时容易见时难：语本李煜〔浪淘沙〕词：“独自莫凭栏，无限江山，别时容易见时难，流水落花春去也，天上人间。”

[2] 玉减香消：意谓因相思而消瘦。

[3] 绣户：装饰华美的房间，这里指女子的闺房。拴：关上门，插上闩。

周德清

周德清，作者介绍见前。

〔越调〕柳营曲

有所思

燕子来，海棠开，西厢尚愁音信乖[1]。问柳章台[2]，采药天台[3]，归去却伤怀。恰嗔人踏破苍苔[4]，不知他行出瑶阶[5]。见刚刚三寸迹[6]，想窄窄一双鞋。猜，多早晚到书斋[7]。

---

[1] 西厢尚愁音信乖：西厢是张生与莺莺私会的地方。元稹《莺莺传》："是夕红娘复至，持彩笺以授张，曰'崔所命也'。题其篇曰《明月三五夜》。其词曰：'待月西厢下，迎风户半开。拂墙花影动，疑是玉人来。'……既望之夕，张因梯其树而逾焉。"又见董解元《西厢记》和王实甫《西厢记》。音信乖，没有音信。《西厢记》中，莺莺的丫环红娘为崔、张传达音信，促成了两人的自由结合。

[2] 问柳章台：章台柳代指青楼女子。唐代孟棨《本事诗·情感》云天宝末进士韩翃负才名，与妓柳氏相爱悦。后韩翃出为淄青节度使候希逸从事，柳氏留居都下。三年后，韩题〔章台柳〕词远寄柳氏："章台柳，章台柳，昔日青青今在否？纵使长条似旧垂，也应攀折他人手。"柳氏以〔杨柳枝〕词相答："杨柳枝，芳菲节，可恨年年赠离别。一叶随风忽报秋，纵使君来岂堪折。"后历经艰难，柳氏同韩翃团圆。宋元阙名戏文《韩翃章台柳》、钟嗣成《寄情韩翃章台柳》杂剧都演此事，前剧今仅存残曲六支，后剧今佚。又，古以章台喻游冶的场所，典见《汉书》卷七十六《张敞传》。

[3] 采药天台：刘晨、阮肇进天台山采药，得与仙女成姻缘。典见《太平广记》卷六十一《天台二女》。

[4] 嗔（chēn）：怒。

[5] 瑶阶：用美玉砌成的台阶。这里指女子的住处。

[6] 刚刚：刚有、只有的意思。关汉卿《窦娥冤》第一折〔赚煞〕："刚刚扯的一把，也不消这等使性，平空地推了我一交。"三寸迹：谓女子小脚在台阶上的脚印。三寸，形容女子足小。

[7] 多早晚：什么时候的意思，估量时间之语。白朴《墙头马上》第二折〔梁州第七〕："梅香，这早晚多早晚？"

说明

这首小令曲好似一个相思小品。秀才在“燕子来，海棠开”的春天与一女子相爱，苦于无信使传递，两情尚未欢娱。他愁思难抑，出门寻花问柳，但归来犹然伤怀，不能平抑对少女的思恋。不料他一走开，少女却来相会，失却了一次欢会的机会。望着少女留下的三寸足迹，秀才懊恼不已，他猜想着不知少女何日再来。全曲纯用赋体，叙述流畅，本色自然。

集评

王骥德曰：词曲本文人能事，亦有不尽然者。周德清撰《中原音韵》，下笔便如葛藤。所作“宰金头黑脚天鹅”〔折桂令〕、“燕子来，海棠开”〔寨儿令〕(即〔柳营曲〕)、“脸霞、鬓鸦”〔朝天子〕等曲，又特警策可喜，即文人无以胜之，是殊不可晓也。

——明·王骥德《曲律》卷三《杂论》上

钟嗣成

钟嗣成，作者介绍见前。

〔南吕〕骂玉郎过感皇恩采茶歌

寄别

长江有尽愁无尽，空目断楚天云[1]。人来得纸真实信，亲手开，在意读[2]，从头认。　织锦回文[3]，带草连真[4]。意诚实，心想念，话殷勤[5]。佳期未准[6]，愁黛常颦。怨青春[7]，捱白昼，怕黄昏。　叙寒温，问原因，断肠人寄断肠人。锦字香沾新泪粉，彩笺红渍旧啼痕[8]。

说明

此曲名为《寄别》，乃表现两地相思的鸿雁传信。首曲言闺妇思远，

---

[1]　楚天：古时长江中下游一带属楚国，故用以泛指南方。辛弃疾〔水龙吟〕《登建康赏心亭》词："楚天千里清秋，水随天去秋无际。"

[2]　在意：认真、仔细的意思。

[3]　织锦回文：在锦缎上织成的回文诗。据说前秦窦滔久客不归，其妻苏蕙织成一幅锦缎，上面有诗二百余首，八百四十字，纵横反复均成句意，借以表达思念之忧。典见《晋书》卷九十六《列女传·窦滔妻苏氏》。

[4]　真：楷体字。

[5]　殷勤：情意恳切深厚。司马迁《史记·司马相如列传》："相如乃使人重赐文君侍者，通殷勤。"

[6]　佳期：男女的约会。《楚辞·九歌·湘夫人》："与佳期兮夕张。"

[7]　青春：指春季，因春季草木一片青葱，故称"青春"。杜甫《闻官军收河南河北》诗："青春作伴好还乡。"

[8]　彩笺红渍旧啼痕：意谓彩色信纸上的红渍印，正是写信时留下的泪痕。彩笺，精美的彩色纸张，供写信、题诗等用。

忽得来信，心中激动不已，曲中以“亲手开，在意读，从头认”三句细微地表现其内心激动之情。次曲写闺妇读信，但“佳期未准”又添愁绪，于是眉黛不展，黄昏难熬。末曲则写闺妇复信，“断肠人寄断肠人”一句，情真意切。全曲由接信、读信、复信三事勾连，层次井然，情感真率，深切地表现了思妇独守闺房的相思情状。

倪瓒

倪瓒，作者介绍见前。

〔双调〕水仙子

东风花外小红楼[1]，南浦山横眉黛愁[2]。春寒不管花枝瘦[3]，无情水自流。檐间燕语娇柔，惊回幽梦，难寻旧游，落日帘钩。

吹箫声断更登楼[4]，独自凭栏独自愁[5]。斜阳绿惨红消瘦[6]，长江日际流[7]。百般娇千种温柔，金缕曲新声低按[8]，碧油车名园共游[9]，绛绡裙罗袜

［1］ 红楼：华美的楼房，旧时常指富家女子的住处。李白《侍从宜春苑奉诏赋》："东风已绿瀛洲草，紫殿红楼觉春好。"韦庄《长安春》诗："长安春色本无主，古来尽属红楼女。"

［2］ 南浦山横眉黛愁：意谓南岸的青山像美女青黛色的愁眉。南浦，泛指送别的地方。屈原《九歌·河伯》："子交手兮东行，送美人兮南浦。"南朝梁·江淹《别赋》："送君南浦，伤如之何。"也可直接解作紧蹙双眉的女子。古人常用"山"来形容女子的眉毛。杜牧《少年行》："豪持出塞节，笑别远山眉。"眉黛，常常也用来指代妇女。

［3］ 春寒不管花枝瘦：意谓初春寒冷，花也显得瘦弱。

［4］ 吹箫声断：典见《列仙传》，言萧史吹箫，与弄玉成夫妻，双双随凤凰而去。这里指意中人已经走了。

［5］ 独自凭栏独自愁：意谓孤独一人，凭栏远眺，内心十分悲愁。李煜〔浪淘沙〕词："独自莫凭栏，无限江山，别时容易见时难。"

［6］ 绿惨红消瘦：即惨红愁绿。绿，绿叶，红，红花。李清照〔如梦令〕词："知否，知否，应是绿肥红瘦。"

［7］ 长江日际流：李白《送孟浩然之广陵》诗："孤帆远影碧空尽，惟见长江天际流。"此用李白句意。

［8］ 金缕曲：曲牌名。这里应为一首爱情歌曲。唐代杜牧《杜秋娘》诗："劝君莫惜金缕衣，劝君惜取少年时。"

［9］ 碧油车：有青绿色油车篷的车子。一般指华贵的车子。《南齐书·舆服志》"辇车"注："二宫御车，皆绿油幢，绛系络，御所乘双栋；其公主则碧油幢云。"张仲素《塞下曲》："猎马千群雁几双，燕然山下碧油幢。"

如钩[1]。

说明

这是两首别后相思曲，写得蕴藉深惋，情韵悠远，历来脍炙人口。第一曲开首四句写景，但景中寓情，语兼双关，人、景、情相融相契。后四句具体描写别情，燕语轻柔，反衬小楼独守，又惊回幽梦，难寻旧迹，醒来唯见一抹夕阳斜照帘钩。清幽落寞，凄恻感人。后曲开首两句直抒离情，登楼远望，凭栏独愁。次二句写景，然亦情景相融，斜阳、惨绿、残红、江水，点出离人心头幽思。末四句转入思忆，以往日之温馨反衬今日之凄凉。这两首相思曲，在艺术上颇为一致，情景妙合无垠，感情真实动人。另外，倪瓒精于绘画，此二曲亦可视作“曲中有画”的佳作了。

集评

贾仲明曰：（倪瓒）善琴操，精音律。所作乐府，有《送行》〔水仙子〕二篇，脍炙人口。

——明·贾仲明《录鬼簿续编》

---

[1] 绛纱裙：红色丝质的裙。罗袜如钩：形容女子足小。罗袜，用丝织成的袜子，作为妇女袜子的美称。曹植《洛神赋》：“体迅飞凫，飘忽若神。凌波微步，罗袜生尘。”

刘庭信

刘庭信，原名廷玉，行五，身长而黑，时称“黑锱五舍”，元末曲家，生平不详。明贾仲明《录鬼簿续编》称：“与余先人至厚。风流蕴藉，超出伦辈，风晨月夕，唯以填词为事。”明朱权《太和正音谱》评其词如“摩云老鹘”。散曲今存小令三十九首，套数七。

〔中吕〕朝天子

赴约

夜深深静悄，明朗朗月高，小书院无人到。书生今夜且休睡着，有句话低低道：半扇儿窗棂，不须轻敲，我来时将花树儿摇。你可便记着，便休要忘了，影儿动咱来到。

说明

此曲纯用白描，全以当日口语为之，自然、通俗、流利，将一俊俏、调皮、爽利的少女形象刻画得生动可感，呼之欲出。

〔双调〕折桂令

忆别

想人生最苦离别，唱到阳关，休唱三叠。急煎煎抹泪揉眵[1]，意迟迟揉腮撧耳[2]，呆答孩闭口藏舌[3]。情儿分儿你心里记着，病儿痛儿我身上添些，家儿活儿既是抛撇[4]，书儿信儿是必休绝，花儿草儿打听的风声[5]，车儿马儿我亲自来也。

说明

此为《忆别》组曲的第三首，亦写送别情状，着重于送别时的嘱咐叮咛，情真意切，思致缠绵细腻。尤以末二句“花儿草儿打听的风声，车儿马儿我亲自来也”，颇有机趣，表现了一个泼辣深情女子的神情风貌。

---

[1] 眵（chī）：眼睛分泌出的黄色粘液，俗称眼屎。

[2] 意迟迟：行为呆滞、缓慢的样子。揉腮撧（juē）耳：搔腮扯耳。

[3] 呆答孩：元代俗语。形容闷、发呆的样子。《西厢记》第四本第一折〔混江龙〕：“则索呆答孩倚定门儿待。”

[4] 抛撇：抛开不管。

[5] 花儿草儿：代指出卖色相的女人。这里指男子在外拈花惹草，另觅新欢。风声，即消息。

〔双调〕折桂令

忆别

想人生最苦离别，雁杳鱼沉[1]，信断音绝。娇模样甚实曾丢抹[2]，好时光谁曾受用，穷家活逐日绷拽[3]。才过了一百五日上坟的日月，早来到二十四夜祭灶的时节[4]。笃笃寞寞终岁巴结[5]，孤孤另另彻夜咨嗟[6]。欢欢喜喜盼的他回来，凄凄凉凉老了人也。

说明

此为《忆别》第四首，写别后境况。初春送别，转眼岁末，一年来女主人苦苦相思，但音讯断绝。空度年华，穷家过活，岁尾盼归，不见踪影。此曲以喟叹见胜，将相思况味与实际的生活内容相融和，表现独居生活的艰辛和凄凉。

---

[1] 雁杳鱼沉：形容没有书信传来。典见《汉书》卷五十四《苏武传》和古乐府《饮马长城窟行》。

[2] 丢抹：扭捏、害羞。

[3] 绷拽：拉紧，引申为对生活的勉强支撑。

[4] “才过了”二句：上坟，指寒食节、清明前二日，自冬至到寒食，正好一百五日。祭灶，古时认为灶君掌管一家祸福，故每年夏历腊月二十三或二十四日用纸马饴糖等送灶神上天，谓之送灶。《抱朴子·微旨》：“月晦之夜，灶神亦上天白人罪状。”

[5] 笃笃寞寞：谓徘徊、盘旋。巴结：形容辛苦、艰难、努力的样子。

[6] 咨嗟：叹惜。

〔双调〕水仙子

相思

秋风飒飒撼苍梧，秋雨潇潇响翠竹，秋云黯黯迷烟树[1]：三般儿一样苦，苦的人魂魄全无。云结就心间愁闷[2]，雨少似眼中泪珠[3]，风做了口内长吁。

说明

此曲题为《相思》，但曲中全无相思痕迹。首三句以极为工整的鼎足对，描摹秋景，飒飒秋风，潇潇秋雨，黯黯秋云，境界空阔寂寥，情于言外。中二句为承上启下，末三句全用比喻，又一鼎足对，以云、雨、风的可感形象表现其内心愁苦。刘庭信的闺情曲擅长于直抒胸臆，将一“情”字，写深写透，但此曲一反常态，以景写情，亦并不逊色。

---

［1］　秋云黯黯迷烟树：意谓黑沉沉的秋云和林间的烟雾凝结成迷迷茫茫的一片。黯黯，黑沉沉。

［2］　结就：结成。

［3］　少似：少于。

高　明

高明（？—1359），字则诚，号菜根道人。永嘉瑞安（今属浙江温州）人。元至正五年（1345）进士，历官处州录事，后调杭州任江浙行省丞相椽。后被解官，旅居四明（今宁波）栎社沈氏楼，闭门读书，以词曲自娱，于此时完成不朽名著《琵琶记》。高明学识渊博，词章斐然，作有《柔克斋集》，今多散佚，仅存五十余篇。其散曲今有小令二首，套数一。

〔商调〕金络索挂梧桐

咏别

羞看镜里花[1]，憔悴难禁架，耽阁眉儿淡了教谁画[2]。最苦魂梦飞绕天涯，须信流年鬓有华[3]。红颜自古多薄命，莫怨东风当自嗟。无人处，盈盈珠泪偷弹洒琵琶[4]。恨那时错认冤家，说尽了痴心话。

说明

此曲咏叹一位被人抛弃、独守空房的闺中少妇的内心幽思。开首三

---

〔1〕　镜里花：意谓女人的容貌。因为相思而憔悴不堪，不敢睹镜。温庭筠〔菩萨蛮〕词："照花前后镜，花面交相映。"

〔2〕　眉儿淡了教谁画：暗用张敞画眉的典故，典见《汉书》卷一七六《张敞传》，喻夫妻相爱。朱庆馀《近试上张水部》："妆罢低声问夫婿，画眉深浅入时无。"

〔3〕　流年：谓青春年华如流水易逝。鬓有华：两鬓有白发。

〔4〕　盈盈：泪满眼眶的样子。

句言愁容不整，花貌瘦损；中六句直抒离情，空房独守，鬓丝有华，魂梦飞越，珠泪暗弹；末二句则由思生怨，悔恨当时有眼无珠，以“说尽了痴心话”反衬如今孤苦寂寞，无处诉情。

无名氏

〔正宫〕叨叨令

不思量尤在心头记，越思量越恁地添憔悴[1]。香罗帕揾不住腮边泪，几时节笑吟吟成了鸳鸯配。兀的不盼杀人也么哥[2]，兀的不盼杀人也么哥，咱两个武陵溪畔曾相识[3]。

说明

无名氏作品在元散曲中出于两种类型的人物之手：一是民间稍有文墨者所为，有的甚至是直接从民歌中修饰润删而成；二是沉抑民间的落魄文人，这些人在当时俱非名公。此曲显然属于后者，全曲通俗本色，粗率质朴，描摹一个女子的相思之情，读来清新自然，颇有民歌风味。

---

[1] 恁地：如此，这般。

[2] 兀的：这、这般，为指示词。也么哥：宋元时口语，用作语尾助词，表声无义。

[3] 武陵溪畔：典见陶渊明《桃花源诗并记》，言桃花源在武陵，是文人的理想王国。此处武陵溪畔与原典意不同，似指刘晨、阮肇事。

〔正宫〕塞鸿秋

爱他时似爱初生月，喜他时似喜看梅梢月，想他时道几首西江月[1]，盼他时似盼辰钩月[2]。当初意儿别，今日相抛撇[3]，要相逢似水底捞明月。

说明

此曲言相思颇有特色，全曲基本上以“月”为韵脚，反复出现“月”字。且扣合句意，各言其“月”，爱他时言“初生月”，喜他时看“梅梢月”，盼他时盼“辰钩月”，此“月”为真实之“月”，而想他时道《西江月》，要相逢似“水底捞明月”，则又或为曲名，或为成语。这种以“月”相嵌的手法不仅使全曲音韵浏亮，且富蕴涵，因为“月”历来是言情的特殊意象，清澈明亮的月光不知逗引了多少相思之泪。

---

［1］ 西江月：唐代教坊曲名，后用为词牌。

［2］ 辰钩月：“辰钩”本形容切盼佳期之词，“盼辰钩”的省语。“辰钩”，水星，很难看见。也可指清晨如钩之残月，说明其盼望心切，彻夜无眠。

［3］ 抛撇：抛弃不管。

〔仙吕〕寄生草

他生的颜如玉，他生的脸衬霞，他生的腰肢一捻堪描画[1]，朱唇一点些娘大[2]。金莲半折凌波袜[3]，他生的庞儿丰韵可人憎[4]。不剌[5]，你眉儿淡了教谁画[6]。

动不动人前骂，动不动脸上抓，一千般做小伏低下[7]，但言便索和咱罢[8]，提着罢字儿奚落的人来怕[9]。你这忘恩失义俏冤家[10]，不剌，你眉儿淡了教谁画。

有几句知心话，本待要诉与他。对神前剪下青丝发，背爷娘暗约在湖山下。冷清清湿透凌波袜，恰相逢和我意儿差。不剌，你不来时还我香罗帕。

[1] 一捻（niǎn）：谓一握、一把，形容美人腰身之细。李白《少年行》："千金笑里面，一搦掌中腰。""捻"通"搦"。

[2] 些娘大：一点儿的意思。形容小事物时用之。

[3] 凌波袜：原用以形容洛水女神步履轻盈，后用"凌波袜"或"罗袜"作为妇女袜子的美称。典见三国魏曹植《洛神赋》。

[4] 可人憎：让人欢喜让人爱，此为爱极的反语。

[5] 不剌：曲中衬字，独立于上下两个分句之外，起音节和加强语义的作用，无义。

[6] 你眉儿淡了教谁画：此用张敞画眉的典故，见《汉书》卷七十六《张敞传》。

[7] 做小伏低下：意谓低三下四、卑恭忍让的样子。

[8] 但言便索和咱罢：一开口就叫着与我算了。罢，罢休，算了。

[9] 奚落：意谓讥笑、嘲弄。

[10] 失义：犹"负义"。俏冤家：对意中人的昵称。

说明

此三首〔寄生草〕都是以民歌式的语气、情感、曲辞来表现男女之情。首曲描摹少女容貌，以男子口吻；次曲亦以男子口吻，表现少女的娇嗔；末曲则以女子口气，表现一次约会未遇后女子的幽怨和愤恨。

〔中吕〕红绣鞋

窗外雨声声不住[1]，枕边泪点点长吁，雨声泪点急相逐。雨声儿添凄惨，泪点儿助长吁。枕边泪倒多如窗外雨。

说明

本篇言离情正苦，相思泪下，以雨声作背景。全曲紧扣雨声和泪点，回环往复，逐层对比：开首两句一言雨一言泪，两两相对。第三句总提，以拟人化手法将雨、泪二而为一。四、五句又两两相对，雨声添愁绪，泪点助长吁。末又总收一句，以夸张手法极言相思之痛。整首小令匠心独运，别开生面，颇富艺术的创造性。

［1］ 窗外雨声声不住：温庭筠〔更漏子〕："梧桐树，三更雨，不道离情更苦，一叶叶，一声声，空阶滴到明。"

〔中吕〕红绣鞋

一两句别人闲话，三四日不把门踏，五六日不来呵在谁家？七八遍买龟儿卦[1]，久已后见他么？十分的憔悴煞。

说明

这首小令写相思况味，将一个初尝失恋苦果的少女情态刻画得恰到好处。开首两句言失恋之因，第三句点染相思猜疑之情，四、五句将这猜疑外化为一种行为，相思情递进。末句点睛之笔，作一总收。此曲之特色主要在嵌字，由一至十（久、九谐音），顺畅夹入，又妙在恰到好处，而无硬凑之弊，从而使全曲结构紧凑，情感逐层递进。以数字入作品，这在古典诗歌中亦是常例，散曲尤甚，“嵌字”即为曲中巧体之一。

[1] 买龟儿卦：买卦占卜。古人以火灼龟壳，认为就其出现的裂纹形状，可以预测吉凶祸福。

〔中吕〕十二月过尧民歌

相思

看看的相思病成[1]，怕见的是八扇帏屏：一扇儿双渐小卿[2]，一扇儿君瑞莺莺[3]，一扇儿越娘背灯[4]，一扇儿煮海张生[5]。　一扇儿桃源仙子遇刘晨[6]，一扇儿崔怀宝逢着薛琼琼[7]，一扇儿谢天香改嫁柳耆卿[8]，一扇儿刘盼

---

[1]　看看："渐渐"、"慢慢"之意。

[2]　双渐小卿："小卿"亦作"苏卿"。故事大意为：庐州妓苏小卿与书生双渐相爱，两情绻缱，后因双渐赴京赶考，二人定情而别。茶商冯魁，乘机以三千银子买通鸨母，强买小卿。双渐状元及第后，寻访小卿，知被冯魁骗走，张帆追赶，至金山，见苏小卿题壁诗，便一日千里赶到临安，夺回苏卿，结为夫妇。双渐、苏卿故事在宋元间十分流行，也有许多以两人故事为内容的戏文、杂剧。

[3]　君瑞莺莺：张生与崔莺莺恋爱故事。事见唐代元稹的小说《会真记》。元代王实甫撰《西厢记》杂剧五本二十一折咏此事。

[4]　越娘背灯：宋代故事，云西洛杨舜俞夜行至郊外凤凰坡，至一茅舍投宿，见一女子衣衫褴褛，背灯而坐，此即越娘。原为丈夫死后，越娘受别人侮辱，自缢于凤凰坡松树林。越娘求舜俞改葬她于吉地，而后两人成人鬼夫妇。最终因人鬼异途，舜俞病，越娘辞去不再来。故事见刘斧的《青锁高议》别集卷三《越娘记》。宋元有阙名戏文《凤凰坡越娘背灯》、尚仲贤杂剧《凤凰坡越娘背灯》，均佚，后一剧仅存曲文一支。

[5]　煮海张生：故事见李好古杂剧《沙门岛张生煮海》，云潮州张羽寓居石佛寺，清夜抚琴引来龙女琼莲，两人倾慕，约为夫妻，定于中秋夜海上相会。至期，张生赴约，途中遇一道姑赠银锅金钱，嘱张生舀海水投钱于锅煎煮，必能如愿。张生如法煮海，制伏龙王，龙王遂招张羽为婿。

[6]　桃源仙子遇刘晨：指东汉刘晨、阮肇误入桃源，遇仙女成亲故事。元代有刘子一《刘晨阮肇误入桃源》杂剧，敷演其事。

[7]　崔怀宝逢着薛琼琼：崔怀宝与薛琼琼故事在宋元时十分流行。事见《丽情集》：琼琼为开元宫中第一筝手。清明日，上令宫妓踏青，狂生崔怀宝窃窥琼琼，悦之，后因乐供奉杨羔撮合，结成婚姻。……金院本中有《月下闻筝》一本；宋元佚名戏文有《崔怀宝月夜闻筝》，存残曲四十一支；元白朴有《薛琼琼月夜银筝怨》，今佚；元郑光祖有杂剧《崔怀宝月下闻筝》，亦佚。

[8]　谢天香改嫁柳耆卿：指柳耆卿与妓女谢天香相恋的故事。云柳耆卿热恋谢氏，不想进取功名，其友钱大尹把谢天香取回自己府中，逼柳耆卿上京应考，及第后，让他们两人成婚团圆。元关汉卿有杂剧《钱大尹智宠谢天香》演其事。

盼昧杀八官人[1]。哎！天公，天公！教他对对成，偏俺合孤另[2]。

说明

此曲写相思，别开生面地铺叙咏叹帏屏上的八则爱情故事，首尾则直抒胸臆。在艺术手法上纯用赋体，反复铺陈，直豁醒目。元张可久〔殿前欢〕《离思》云："相思懒看帏屏画，人在天涯。"情感同趋，但张曲蕴藉，此曲直露，体现了民间曲的淳朴、显露特色。

---

[1] 刘盼盼昧杀八官人：故事不详。金元本有《刘盼盼》，今佚。宋元佚名《刘盼盼》戏文，亦佚。元关汉卿有杂剧《刘盼盼闹衡州》，佚。

[2] 合孤另：应该孤孤单单。合，应该，理应。

咏景篇

元好问

元好问，作者介绍见前。

〔中吕〕喜春来

春宴

梅残玉靥香犹在[1]，柳破金梢眼未开[2]。东风和气满楼台，桃杏折[3]，宜唱喜春来。

说明

元好问〔喜春来〕《春宴》共有四首，均描摹春景，抒写春光明媚时的喜悦情怀。此为第二首，写早春景色，诗人紧扣初春之景致，梅香犹在、柳眼慵开、和煦东风、桃杏欲绽。展示了一幅冬去春来的和悦、明媚风光。遣辞清丽，描摹生动，表现了作者对大自然观察之细致。

---

[1] “梅残玉靥”句：谓早春残梅犹香。玉靥，本形容美人脸上的酒窝，此指洁白的梅花瓣。

[2] “柳破金梢”句：谓柳枝刚绽出嫩芽。金梢，金黄色的柳枝。眼未开，古人常以杨柳初生的柳叶比作美人睡眼欲展而非展。唐李商《二月二日》诗：“花须柳眼各无赖，紫蝶黄蜂俱有情。”

[3] 桃杏折：折，疑为“拆”之误。谓初春桃杏花苞裂开放。

刘秉忠

刘秉忠，作者介绍见前。

〔南吕〕干荷叶

干荷叶，色苍苍，老柄风摇荡。减了清香，越添黄。都因昨夜一场霜，寂寞在秋江上。

干荷叶，色无多，不奈风霜剉[1]。贴秋波，倒枝柯。宫娃齐唱采莲歌[2]，梦里繁华过。

说明

〔干荷叶〕据云乃秉忠自度曲，故缘题所赋，曲名〔干荷叶〕，即咏干荷叶也。此二曲一意贯之，第一曲写荷叶因风霜摧折，清香顿减，翠叶添黄，但犹然“老柄”摇荡，寂寞地挺立在秋江上。第二曲则写残荷终不耐霜风肆虐，叶贴秋波，枝柯横斜，结束了它那短暂的生命。二曲名为咏景，实已寓情于景，首曲以拟人笔法言干荷“寂寞在秋江上”，赋情妥帖，取意融洽。后曲“宫娃”二句更直陈感慨，“繁华”云何？言其昔日之风采也，“江南可采莲，莲叶何田田。”（汉相和歌辞《江南》）“吴姬越艳楚王妃，争弄莲舟水湿衣。”（王昌龄《采莲曲》）如今枝叶枯败，令人感喟。“梦里繁华过”，既指荷叶，亦叹人生。二曲语言明丽，赋情

[1] “不奈”句：奈，即耐；剉，锉的异体字，折伤，摧折。
[2] 宫娃：宫女。

真率，体现了元曲的风味。与李璟“菡萏香销翠叶残，西风愁起绿波间”（《摊破浣溪沙》）之含蓄蕴藉确有异趣。

集评

杨慎曰：元太保刘秉忠〔干荷叶〕曲……此秉忠自度曲，曲名〔干荷叶〕，即咏干荷叶，犹是唐词之意也。

——明·杨慎《词品》卷一〔干荷叶〕条

陆蓥曰：古人晓畅声律，因题成调。如李后主〔捣练子〕即咏捣练，刘太保〔干荷叶〕即咏荷叶。后人依样葫芦，借调命题。

——清·陆蓥《问花楼词话·寄调》

盍西村

盍西村，作者介绍见前。

〔越调〕小桃红

江岸水灯[1]

万家灯火闹春桥，十里光相照，舞凤翔鸾势绝妙[2]。可怜宵[3]，波间涌出蓬莱岛[4]。香烟乱飘，笙歌喧闹，飞上玉楼腰[5]。

说明

本篇咏写临川元宵灯节。作品极写灯节的热闹、华彩、美丽和新奇。描摹了一幅江岸观灯的风俗画面。全曲遣辞热烈，常用“闹”、“舞”、“翔”、“可怜”、“乱飘”、“喧闹”、“飞上”等字眼，渲染热闹场面，读来情景可感，如在眼前。

---

［1］ 江岸水灯：盍西村有一组咏景小令总题《临川八景》。包括《东城早春》、《西园秋暮》、《江岸水灯》、《金堤风柳》、《客船晚烟》、《戍楼残霞》、《市桥月色》、《莲塘雨声》八首。

［2］ 舞凤翔鸾势绝妙：此句描摹各种彩灯的飞动之势。凤、鸾，指凤形和鸾形彩灯。

［3］ 可怜：可爱。

［4］ 波间涌出蓬莱岛：蓬莱岛，传说中的仙岛。此句谓江上彩船与江岸彩灯交相辉映，犹如江中涌出仙岛一般。

［5］ 玉楼：仙人居处，亦可指华丽的高楼。

〔越调〕小桃红

杂咏

绿杨堤畔蓼花洲[1]，可爱溪山秀。烟水茫茫晚凉后，捕鱼舟，冲开万顷玻璃皱[2]。乱云不收，残霞妆就，一片洞庭秋。

说明

盍西村〔小桃红〕《杂咏》共有八首，此为第六首。此曲描绘洞庭秋景，开首两句写湖光山色，明丽秀美，中三句以一特写点染秋思，天气生凉，一叶渔舟冲开万顷玻璃，驶向湖心。末三句取境空阔，乱云不收，残霞斜照，妆点成一片空寂寥落的洞庭秋色。此曲画面优美，境界辽阔，但在这种空阔的境界中，不难感受到作者内心那淡淡的伤感情绪。

[1] 蓼花洲：蓼（liǎo）花，一种草本植物。

[2] 玻璃：比喻平滑光亮的水面。

胡祗遹

胡祗遹，作者介绍见前。

〔中吕〕阳春曲

春景

几枝红雪墙头杏[1]，数点青山屋上屏。一春能得几晴明？三月景，宜醉不宜醒。

残花酝酿蜂儿蜜，细雨调和燕子泥。绿窗春睡觉来迟，谁唤起？窗外晓莺啼。

一簾红雨桃花谢[2]，十里清阴柳影斜。洛阳花酒一时别，春去也，闲煞旧蜂蝶。

说明

胡祗遹《春景》三首清亮明丽，从三种不同的角度咏写了春色的风和日丽、百花竞艳和迷人风姿。首曲写晴明之春景，墙头红杏闹，青山隐约显，作者陶醉于春光之中，此“宜醉不宜醒”非独醉酒，亦醉春色也。次曲写春残，花残雨细，本为落寞之情，但作者并不以悲情出之，残花犹能酿蜜，细雨却能调泥，故而诗人高睡不起。末曲言春归，落英缤纷，绿柳成阴，春将归去，结句“闲煞旧蜂蝶”一句颇为传神，虽为

[1] 红雪：即杏花，形容花的繁茂，如堆琼砌玉的雪花一般。

[2] 红雨：指落花，形容落红缤纷。

喟叹之辞但不显忧伤。表现了作者仍以平和喜悦的心情看待春归。这三首小令曲取景细腻，赋情不俗，常能出人意表，道人所未能道。

集评

周德清曰：〔喜春来〕《春思》"闲花酝酿蜂儿蜜，细雨调和燕子泥。绿窗蝶梦觉来迟，谁唤起，帘外晓莺啼。"评曰："调"字、"迟"字，俱属阳，妙。"蜜"字去声，好，切不可上声。但要"唤"字去声，"起"字平、上皆可。

——元·周德清《中原音韵·作词十法·定格》

王　恽

王恽，作者介绍见前。

〔越调〕平湖乐

采菱人语隔秋烟[1]，波静如横练[2]。入手风光莫流转[3]，共留连，画船一笑春风面[4]。江山信美，终非吾土[5]，问何日是归年。

说明

本篇以咏景起始，以思乡毕曲，但咏景却非忆家乡之胜景，而是陈他乡之美丽，可谓别开生面，却又在情理之中。开首五句连续铺陈，描摹美景：秋烟霭霭，静江如练，画船美女，使人留连，作者从物景和美人两方面极写他乡之美。但至此作者笔锋一转，“江山信美，终非吾土”，情调转向低沉，“问何日是归年？”结句更为沉郁。此曲前半乐景，后半哀情，乐景哀情，相反相成，表现了浓浓的思乡之情。

---

[1]　采菱人语隔秋烟：谓隔着秋天轻柔的烟霭，传来了采菱女的笑语声。李白《采莲曲》：“若耶溪旁采莲女，笑隔荷花共人语。”

[2]　波静如横练：练，洁白的熟绢。谢朓《晚登三山还望京邑》诗：“余霞散成绮，澄江静如练。”此句从谢诗化出。

[3]　入手：犹言到手。

[4]　春风面：比喻女子娇好的面容。

[5]　江山信美，终非吾土：此化用王粲《登楼赋》：“虽信美而非吾土兮，曾何足以少留。”

卢　挚

卢挚，作者介绍见前。

〔双调〕湘妃怨

西湖

湖山佳处那些儿，恰到轻寒微雨时，东风懒倦催春事。嗔垂杨袅绿丝，海棠花偷抹胭脂。任吴岫眉尖恨[1]，厌钱塘江上词[2]，是个妒色的西施。

朱簾画舫那人儿[3]，林影荷香雨霁时，樽前歌舞多才思。紫云英琼树枝[4]，对波光山色参差。切香脆江瑶脍[5]，擘轻红新荔枝[6]，是个好客的西施。

苏堤鞭影半痕儿[7]，常记吴山月上时，闲寻灵鹫西岩寺[8]。冷泉亭偏费诗，看烟鬟尘外丰姿。染绛绡裁霜叶，酿清香飘桂子，是个百巧的西施。

---

［1］　吴岫：即吴山。在西湖东南，俗称城隍山。岫（xiù），峰峦。谢朓《郡内高斋闲望》诗："窗中列远岫。"

［2］　钱塘江上词：钱塘名妓苏小小有〔蝶恋花〕词："妾本钱塘江上住，花落花开，不管流年度。"

［3］　朱簾画舫：指装饰华丽的游船。

［4］　紫云英琼树枝：均指西湖湖滨的珍卉奇木。

［5］　江瑶脍：江瑶贝细切做成的菜。江瑶，江瑶贝，即干贝，一种名贵海味，浙江特产。脍，细切的肉。

［6］　擘（bò）：剖开，分开。白居易《秦中吟》："果擘洞庭橘，脍切天池鳞。"

［7］　苏堤："苏堤春晓"为西湖十景之一。

［8］　灵鹫西岩寺：灵鹫，飞来峰。西岩寺，即灵隐寺，寺前有冷泉亭。

梅梢雪霁月芽儿[1]，点破湖烟雪落时，朝来亭树琼瑶似。笑渔蓑学鹭鸶[2]，照歌台玉镜冰姿。谁僝僽鸱夷子，也新添两鬓丝[3]，是个淡净的西施。

说明

此组曲取苏轼“欲把西湖比西子，淡妆浓抹总相宜”诗意，细致描摹西湖的四季景色，第一曲写西湖春景，第二曲写夏日西湖，第三曲写西湖桂子飘香的秋景，末曲写西湖雪景。每一曲抓住最为典型的四季之景加以表现，贴切而富有情趣，尤其是每曲末句分别以“妒色的”、“好客的”、“百巧的”、“淡净的”的西施结束全曲，生动形象，将西湖的四季之景比作淡妆浓抹的西施在吸引游客，别有机趣，令人玩味不已。

---

[1] 月芽儿：新月。

[2] 笑渔蓑学鹭鸶：渔蓑，穿着蓑衣的渔人。此谓渔蓑积雪，如同捕鱼的鹭鸶。

[3] “谁僝僽”以下二句：此形容吴山积雪之景。吴山，一名胥山，在西湖东南，左带钱塘江，右瞰西湖，为杭州名胜。相传因纪念伍子胥而称“胥山”。《史记·伍子胥传》：“（伍）乃自刭死，吴王闻之大怒，乃取子胥尸盛以鸱夷革，泛之江中，吴人怜之，为立祠于江上，因命曰胥山。”故伍子胥亦称鸱夷子。僝僽（chán zhòu），憔悴，折磨。

关汉卿

关汉卿，作者介绍见前。

〔南吕〕一枝花

杭州景

普天下锦绣乡，环海内风流地。大元朝新附国[1]，亡宋家旧华夷[2]。水秀山奇，一到处堪游戏，这答儿忒富贵[3]。满城中绣幕风簾，一哄地人烟凑集[4]。

〔梁州〕百十里街衢整齐，万余家楼阁参差，并无半答儿闲田地[5]。松轩竹径，药圃花蹊，茶园稻陌，竹坞梅溪。一陀儿一句诗题，行一步扇面屏帏[6]。西盐场便似一带琼瑶[7]，吴山色千叠翡翠。兀良望钱塘江万顷玻璃[8]。更有清溪、绿水，画船儿来往闲游戏。浙江亭紧相对[9]，相对着险岭高峰长怪石，堪羡堪题。

〔尾〕家家掩映渠流水，楼阁峥嵘出翠微。遥望西湖暮山势，看了这

---

[1] 大元朝新附国：杭州原为南宋都城，元至元十六年（1279）灭南宋，杭州也归入元朝版图。关汉卿是于元灭南宋不久后来到杭州的，故云“新附国”。

[2] 华夷：指疆域，因其还包括少数民族地区，故云。

[3] 这答儿：这地方。

[4] 一哄地：热闹、喧哗的样子。

[5] 半答儿：半块、半片。

[6] “一陀儿”以下二句：谓杭州景处处堪题诗，步步能入画。一陀儿，也作“一坨儿”，“一坨”，一处、一块。

[7] 琼瑶：多用以比喻雪，白居易《西楼喜雪命宴》诗：“四郊铺缟素，万室甃琼瑶。”也指美玉。《诗·卫风·木瓜》：“投我以木桃，报之以琼瑶。”

[8] “兀良”句：兀良，表示指点或惊叹的语气词。玻璃，指碧波。

[9] 浙江亭：《乾道临安志》：“浙江亭在钱塘旧治南，到县一十五里。”

壁，觑了那壁，纵有丹青下不得笔[1]。

说明

杭州，历来是文人荟萃之地，杭州景的描摹赞美也代有名篇，白居易《钱塘湖春行》、苏轼《饮湖上初晴后雨》、柳永〔望海潮〕等均已脍炙人口，为人传颂不绝。关汉卿的这首套曲继承柳永慢词长于铺叙的传统，又结合散曲的体性特色，作出了更为细腻、酣畅的表现。全曲由三首令曲构成，以〔梁州〕为中心。首曲〔一枝花〕总提，开首一对句，极写杭州的风流锦绣，次二句点出时代特性，隐约中透出丝丝伤感。以下总提杭州的“水秀山奇”、“人烟凑集”，为后文定下基调。〔梁州〕一曲顺此作细致的描摹，或摹景，或感叹，一路写来，铺叙醒豁细致，且飞扬流动，色彩绚丽。〔尾〕一曲又作总收，末句“纵有丹青下不得笔”反用柳永〔望海潮〕“异日图将好景，归去凤池夸”句意，为读者留下想象余地，可谓更具神韵，令人神往，使人回味。

[1] 丹青：古代绘画中两种常用色，亦指绘画。

白　朴

白朴，作者介绍见前。

〔越调〕天净沙

春

春山暖日和风，阑干楼阁帘栊[1]，杨柳秋千院中。啼莺舞燕，小桥流水飞红[2]。

夏

云收雨过波添，楼高水冷瓜甜，绿树阴垂画檐。纱厨藤簟[3]，玉人罗扇轻缣[4]。

秋

孤村落日残霞，轻烟老树寒鸦，一点飞鸿影下。青山绿水，白草红叶黄花。

[1]　帘栊：窗上的帘子。李煜〔捣练子〕："无奈夜长人不寐，数声和月到帘栊。"

[2]　飞红：落花。辛弃疾〔祝英台近〕："断肠片片飞红，都无人管，更谁劝、啼莺声住？"

[3]　纱厨藤簟：纱厨，纱帐；藤簟（diàn），用藤编制的席子。

[4]　轻缣：轻柔的细绢夏装。缣（jiān），双丝的细绢。

冬

一声画角樵门[1]，半庭新月黄昏，雪里山前水滨。竹篱茅舍，淡烟衰草孤村。

说明

白朴〔越调〕天净沙共有两组八首咏写春夏秋冬四季。此选其中第一组。在元散曲中，以组曲的方式写四季景色是比较常见的，白朴的这一组曲是其中较有特色的一组。《春》一曲描摹了一幅风和日丽、生机盎然的春景图，葱翠的山峦，温暖的日光，和煦的春风，构成了画面的背景，小桥流水，啼莺燕舞，显现了大自然的生机和活力，庭院中，楼阁上，柳色青青，秋千荡荡，美人正嬉戏其中，所有这些都表现出了一派暖暖的、温馨的、明媚的春光。《夏》一曲作者不取夏日的闹热和燥烈，而取其宁静、素朴，表现夏日的清凉和爽快，云收雨过，楼高水冷，绿阴低垂，尤其是那身着轻绢、手摇罗扇的美人，更让人感受到了一种夏日特有的凉爽，着色淡雅，朴茂自然。《秋》一曲纯为咏景，不着一情语，共推出十一种极富秋意的景色构成了一幅典型的秋意图，冷落而不显肃杀。〔天净沙〕曲咏秋以马致远曲作为“秋思之祖”，但从白朴此曲可知，或许也对马致远有所影响。《冬》一曲写法近乎《秋》一曲，亦纯为咏景，画角谯门，黄昏新月，雪山水滨，淡烟衰草，……画面清寂、孤苦，为整组曲中最寥落者。

---

[1] 一声画角樵门：画角，古代军中用以报警的号角。樵门，一作“谯门”，观其与“画角”相连，疑是。谯门，也作谯楼，古时建筑在城门上用以瞭望的楼。周祈《名义考》：“古者为楼以望敌阵，兵列于其间，下为门，上为楼，或曰谯门，或曰谯楼也。”也称作“鼓楼”。

马致远

马致远，作者介绍见前。

〔越调〕天净沙

秋思

枯藤老树昏鸦，小桥流水人家，古道西风瘦马[1]。夕阳西下，断肠人在天涯[2]。

说明

这是一首元人小令之名篇，曾被人誉为“秋景之祖”。作者抓住深秋荒野的独特景物，将三组九个意象并列组合成一个独特的画面，创造了一种萧瑟苍凉的意境，又以“夕阳西下”为整体背景，深切地表达了天涯漂泊的游子情怀。整首小令情景妙合无垠，且构思巧妙，用语精当，允为抒情写景之上品。

集评

周德清曰：〔天净沙〕《秋思》……前三对，更“瘦马”二字去上，极妙。

[1] 古道：古老的驿路。李白《忆秦娥》：“乐游原上清秋节，咸阳古道音尘绝。”

[2] 断肠人：指漂泊天涯、悲痛异常之人。

秋思之祖也。

——元·周德清《中原音韵·作词十法·定格》

王世贞曰：元人曲如“枯藤老树昏鸦……。”景中雅语也。

——明·王世贞《艺苑卮言》

王国维曰：“枯藤老树昏鸦……，此元人马东篱〔天净沙〕小令也。寥寥数语，深得唐人绝句妙境。有元一代词家，皆不能办此也。

——王国维《人间词话》卷上

又曰：元人小令套数之佳，亦不让于其杂剧。……〔天净沙〕小令纯是天籁，仿佛唐人绝句。

——王国维《宋元戏曲考·元剧之文章》

吴梅曰：〔越调〕天净沙一支，直空今古。……明人最喜摹仿此曲，而终无如此自然，故余以为不可及者此也。

——吴梅《顾曲麈谈》第四章《谈曲》

〔双调〕寿阳曲

山市晴岚

花村外，草店西，晚霞明雨收天霁[1]。四围山一竿残照里[2]，锦屏风又添铺翠[3]。

说明

本篇是马致远“潇湘八景”之一，“潇湘八景”本为宋代宋迪的山水画，宋·沈括《梦溪笔谈》卷十七《书画》云：“度支远外郎宋迪工画，尤善为平远山水。其得意者有：《平沙落雁》《远浦归帆》《山市晴岚》《江天暮雪》《洞庭秋月》《潇湘夜雨》《烟寺晚钟》《渔村夕照》，谓之八景，好事者多传之。”此画在元代颇负盛名，元代散曲家多以此画意作咏景作品。马致远虽未标出“潇湘八景”名目，但八篇题目与此全同。此曲为马作之第一首，咏写雨收天晴时的山间暮景。开首三句点题，“花村”言其是山花盛开的山村，“草店”言其山村市集，而“外”“西”二方位语则指明作者所咏乃山村四围之辽阔场景。后二句纯为写景，四围山峦，落日西坠，青葱翠绿，宛如一幅天然屏帏。此曲短短数句，描摹了一幅山间暮景，景色秀美，色彩绚丽，且又充满了生机，表现了作者高超的艺术创造能力。

[1] 雨收天霁：雨止天放晴。霁（jì），雨雪停止，云雾散尽。

[2] 一竿残照里：谓夕阳西坠，与山峦仅一竿之遥。

[3] 锦屏风：比喻四周葱绿美丽的山岭。

〔双调〕寿阳曲

远浦帆归

夕阳下，酒旆闲[1]，两三航未曾着岸[2]。落花水香茅舍晚，断桥头卖鱼人散。

说明

本篇描绘了一幅渔人晚归图景，全曲作者着力点染“宁静”二字，摹写江村渔人的淡泊安宁的生活。一抹斜阳，温煦平和，酒旗在微风中轻轻飘荡，安闲宁静，天已临暮，渔船两两三三归来。渔舟归来，免不了一场忙碌的劳动和嘈杂的交易，作者有意省之略之，单取落花水香茅舍，以明其幽雅恬静，“断桥头卖鱼人散”，一“散”字避免了喧闹，且与上句相比并，烘托了温馨的渔居生活。“远浦帆归”一题，元人多有咏写，或闺情，或咏景，东篱此曲则以宁静生活为归趋，表现了作者的内心情感。

---

［1］　酒旆（pèi）：酒旗。

［2］　航：船。东汉张衡《思玄赋》：“譬临河而无航。”

〔双调〕寿阳曲

潇湘夜雨

渔灯暗，客梦回，一声声滴人心碎[1]。孤舟五更家万里，是离人几行情泪。

说明

此曲名为咏夜雨，实写离情，将雨丝、离情、泪珠融为一体，渲染了一种空寂落寞的氛围，抒写了一种冷落凄凉的情怀。首三句点题，“渔灯”点明潇湘，“客梦”点明“夜”，“一声声”句点明雨，短短三句，便使作品弥漫着一种拂之不去的沉沉愁绪。后二句进一步抒写这种情绪，“孤舟五更家万里”七字三意，孤舟既对应渔灯，又言其客中孤独，五更亦既对应“梦”，又明其夜之深，家万里则极言客旅之路远，颇有老杜“万里悲秋常作客，百年多病独登台”（《登高》）之作法。末句“是离人几行情泪”将雨、情、泪合而为一。全曲情调凄恻，言浅意深，富有诗意。

---

[1] “一声声”句：古人常以雨声表现离情。温庭筠〔更漏子〕：“梧桐树，三更雨，不道离情正苦。一叶叶，一声声，空阶滴到明。”李清照〔声声慢〕：“梧桐更兼细雨，到黄昏、点点滴滴。这次第，怎一个愁字了得！”

〔双调〕寿阳曲

江天暮雪

天将暮，雪乱舞，半梅花半飘柳絮[1]。江上晚来堪画处，钓鱼人一蓑归去[2]。

说明

古典诗词曲中的渔父形象常常是一种超尘脱俗、品格高洁的象征，是诗人内心追求自由人格的外化。此曲也描绘渔父形象，在咏景之中亦透现了渔父的顽强品格；天将暮，雪花纷飞，晚来之江景哪个最堪入画呢？一叶扁舟，青蓑绿笠，渔舟晚归。作者撷取此一形象，无疑体现了作者内心的向往和理想。

[1] “半梅花”句：此以柳絮、梅花比喻雪。《世说新语·言语》：“谢太傅（谢安）寒雪日内集，与儿女讲论文义。俄而雪骤，公欣然曰：‘白雪纷纷何所拟？’兄子胡儿曰：‘撒盐空中差可拟。’兄女（谢道韫）曰：‘未若柳絮因风起。’公大笑乐。”世称谢道韫为“咏絮才”。李煜〔清平乐〕：“砌下落梅如雪乱，拂了一身还满。”

[2] “钓鱼人”句：柳宗元《江雪》诗有“孤舟蓑笠翁，独钓寒江雪”句；张志和《渔父》有“青箬笠，绿蓑衣，斜风细雨不须归”句，此句从这些诗句中化出。

〔双调〕湘妃怨

和卢疏斋西湖[1]

春风骄马五陵儿[2]，暖日西湖三月时，管弦触水莺花市，不知音不到此[3]，宜歌宜酒宜诗[4]。山过雨颦眉黛，柳拖烟堆鬓丝[5]。可喜杀睡足的西施。

采莲湖上画船儿，垂钓滩头白鹭鸶。雨中楼阁烟中寺，笑王维作画师[6]。蓬莱倒影参差，熏风来至[7]，荷香净时。清洁煞避暑的西施。

---

［1］ 卢疏斋：卢挚，元代散曲家，有〔湘妃怨〕四首咏西湖，马致远有和卢挚咏西湖曲四首，此选其中一、二首。关于这组小令曲的产生，同时代曲家刘时中在其〔水仙操〕(即〔湘妃怨〕)《引》中有记载："'若把西湖比西子，淡妆浓抹总相宜。'玉局翁诗也。填词者窃其意，演作世所传唱〔水仙子〕四首，仍以西施二字为断章，盛行于歌楼乐肆间，每恨不能佳也。且意西湖西子，有秦无人之感。崧麓有樵者（〔即卢挚〕)，闻而是之，即以春夏秋冬赋四章，命之曰《西湖四时渔歌》。其约：首句韵以'儿'字，'时'字为之次，西施二字为句绝。然后一洗而空之。邀同赋，谨如约。"可见，刘时中与马致远是同约和作的。

［2］ 五陵儿：五陵，本指汉朝皇家墓地，即长陵、安陵、阳陵、茂陵、平陵。后以"五陵儿"、"五陵年少"指富家子弟。李白《少年行》："五陵年少金市东，银鞍白马度春风。"

［3］ "管弦触水"以下二句：谓美妙的乐声掠过水面，散人莺花丛中，这种美妙乐声非知音不能达此境界。

［4］ 宜歌宜酒宜诗：句式仿辛弃疾〔西江月〕《示儿曹，以家事付之》词："宜醉宜游宜睡。"

［5］ 山过雨颦眉黛，柳拖烟堆鬓丝：谓雨后青山如美人之眉黛，如烟柳丝如同美人堆云之发丝。

［6］ 笑王维作画师：王维（701—761)，唐代著名诗人、画家。其绘画苏轼赞其"诗中有画，画中有诗"，明董其昌将其推为"南宗"之祖，"文人之画，自王右丞始。"此句意为西湖美丽无比，王维笔下山水与此相比也难免受讥。

［7］ 熏风：东南风，和风。白居易《首夏南池独酌》诗："熏风自南至，吹我池上林。"

说明

此二首是马致远《和卢疏斋西湖》的前二曲，一咏西湖春景，一咏西湖夏景。两首小令均清丽流便，富有特色地描摹了西湖胜境。但在具体描写上各有异趣：首曲写春景，但不以摹写自然景物为主，全曲唯“山过雨”以下三句摹景，余者均为写人，风和日丽的西湖春景，正是游人如织之季，作者抓住这一特色，极力渲染了游湖赏春之人的热闹、欢欣，从而衬托了西湖春景的美妙，末句“可喜杀睡足的西施”承“颦眉黛”、“堆鬓丝”而来，生动有趣，令人解颐。后曲咏夏景则纯用赋体摹景，中以“笑王维作画师”一句相隔，使全曲避免了平直。末句“清洁煞避暑的西施”既承“熏风”、“荷香”，又点明咏西湖夏景之题意。

赵孟頫

赵孟頫（1254—1322），字子昂，号松雪道人。湖州（今属浙江）人。出身宋朝皇族，宋时曾任真州司户参军，元世祖时任兵部郎中，元延祐三年（1316）官翰林学士承旨。赵为元代著名书画家，传世之作为元代之冠。诗文也清邃奇逸，著有《松雪斋文集》。散曲今仅存小令二首。

〔仙吕〕后庭花

清溪一叶舟，芙蓉两岸秋。采菱谁家女，歌声起暮鸥。乱云愁，满头风雨，戴荷叶归去休[1]。

说明

此曲出自一位名画家之手，可谓"诗中有画"。全曲可分为两个画面：前四句一景，清溪中荡出一叶扁舟，荷塘中开满盛开的芙蓉，采莲女欢歌笑语，惊起了暮栖的鸥鹭。一静一动，境界幽清。后三句又一景，忽然乌云密布，风雨扑面而来，采莲女戴上荷叶，掉船归去。清趣逼真，纯为天籁。全曲纯然摹景造境，境界清幽灵秀，宁静致远，颇有唐人绝句风韵。

---

[1] 归去休：休，句末语助词，无义，相当于现代汉语中的"罢"、"了"等。李清照《玉楼春》词："要来小酌便来休，未必明朝风不起。"

贯云石

贯云石，作者介绍见前。

〔正宫〕小梁州

春

春风花草满园春，马系在垂杨。桃红柳绿映池塘，堪游赏，沙暖睡鸳鸯。〔么〕宜晴宜雨宜阴旸[1]，比西施淡抹浓妆[2]。玉女弹[3]，佳人唱，湖山堂上，直吃醉何妨。

夏

画船撑入柳阴凉，一派笙簧[4]。采莲人和采莲腔，声嘹亮，惊起宿鸳鸯。〔么〕佳人才子游船上，醉醺醺笑饮琼浆[5]。归棹晚，湖光荡，一钩新月，十里芰荷香[6]。

---

[1] 阴旸：即阴阳。旸（yáng），日出，晴天。

[2] 比西施淡抹浓妆：苏轼《饮湖上初晴后雨》："水光潋滟晴方好，山色空濛雨亦奇。欲把西湖比西子，淡妆浓抹总相宜。"

[3] 玉女：美女。

[4] 笙簧：簧管乐器声。

[5] 琼浆：美酒。《楚辞·招魂》："华酌既陈，有琼浆些。"

[6] 芰荷：出水的荷，指荷叶或荷花。屈原《离骚》："制芰荷以为衣兮，集芙蓉以为裳。"（芰，读 jì。）

秋

芙蓉映水菊花黄，满目秋光。枯荷叶底鹭鸶藏，金风荡[1]，飘动桂枝香。〔么〕雷峰塔畔登高望[2]，见钱塘一派长江。湖水清，江潮漾，天边斜月，新雁两三行。

冬

彤云密布锁高峰，凛冽寒风。银河片片洒长空，梅梢冻，雪压路难通。〔么〕六桥顷刻如银洞，粉妆成九里寒松。酒满斟，笙歌送，玉船银棹，人在水晶宫。

说明

贯云石隐居杭州有十年之久，“其在钱塘日，无日不游西湖。”（吴梅《顾曲麈谈》卷下）对西湖有着特殊的爱恋和深切的观察。此四曲咏写西湖四季之景，生动精致，情韵深厚，后人传唱不绝。《春》一曲突出春光的闹热、明快和游春人的欢欣、放浪。满园花草，青骢系柳，佳人弹唱，雅客狂饮，晴也好，雨亦罢，春色总不让西施美貌。《夏》一曲选取泛舟柳阴，莲歌悠扬，惊起鸳鸯，佳人才子，捧杯祝酒，直饮到红日西斜，

---

〔1〕 金风：秋风。古代以阴阳五行解释季节变化，秋属金，故云。戎昱《宿湘江》诗：“金风浦上吹黄叶，一夜纷纷满客舟。”

〔2〕 雷峰塔：西湖名胜之一，遗址在西湖南夕照山上。

直饮到新月升起。《秋》一曲则描摹秋色的淡雅高洁，芙蓉黄菊，桂枝飘香，一带江水，弯弯斜月，清雅宁静，有飘飘离世之态。《冬》一曲烘染满目银光雪景，凛冽寒风，雪洒长空，梅梢冻，路不通，结句“人在水晶宫”则又在这漫天寒雪中点出一场欢宴，与这清冷之景形成对比。整组曲着色多变，笔法通透，抓住最富典型的四季景色加以描摹，使人恍若身临其境而叹赏不已。

集评

姜南曰：近时人歌唱，或被之管弦，皆淫词艳曲，所谓使人闻之，丧其所守者。尝观元人乐府，有《四时行乐》〔小梁州〕词四阕，不过模写余杭西湖四时景象。比之一时其他词曲，犹为此善于彼，乃酸斋贯云石之作也。

——明·姜南《瓠里子笔谈·四时行乐》

〔双调〕清江引

咏梅

南枝夜来先破蕊[1]，泄漏春消息[2]。偏宜雪月交[3]，不惹蜂蝶戏。有时节暗香来梦里[4]。

说明

贯云石《咏梅》共有四首小令，分咏梅花的姿态、品性，此为第一首。咏写了梅花在冰雪严寒中率先泄漏春来的消息，但报春而不争春，与雪月相交，冰清玉洁的高贵品格，透露了作者的人格理想。全曲纯是咏景，层次井然，开首二句写其报春，次二句赞其品性，末句以梅花幽香入梦表现梅花的朦胧飘柔，含蓄蕴藉，富有诗意。贯酸斋以二十八岁之年华毅然辞去高官，隐居林泉，这幅梅花图轴无疑也是其人格品性的艺术再现。

---

[1] 南枝夜来先破蕊：谓梅花尚未全开，仅南枝因朝阳而先开。李峤《红梅》："大庾天寒少，南枝独早芳。"

[2] 泄漏春消息：言梅花开放，透露春来消息。杜甫《腊日》："侵陵雪色还萱草，泄露春光有柳条。"

[3] 偏宜雪月交：偏宜，最喜欢，最适宜。南朝梁·何逊《咏早梅》："衔霜当路发，映雪拟寒开。枝横却月观，花绕凌风台。"

[4] 暗香：宋·林逋《山园小梅》："疏影横斜水清浅，暗香浮动月黄昏。"宋·王安石《梅花》："墙角数枝梅，凌寒独自开。遥知不是雪，为有暗香来。"

〔双调〕清江引

立春

金钗影摇春燕斜[1]，木杪生春叶[2]。水塘春始波，火候春初热[3]。土牛儿载将春到也[4]。

说明

此曲写立春时节大地生绿，春光明媚和人们喜迎春来的古朴风情。在艺术上有两点值得注意：一是全曲写得热烈喧闹，充分渲染了春来时的外物变化和人们的情感变化，在用词上则以“生春叶”、“春始波”、“春初热”等突出了春来的万象更新。二是全曲纯用“嵌字体”，每句有一“春”字，本属“嵌字”，又据《至正直记》载，此曲乃酸斋席间所赋，“限‘金木水火土’五字冠于每句之首。”如此笔墨，颇类游戏，但作者凭借其高超的艺术造诣写来不落痕迹，丝丝入扣，令人赞叹不已。

---

[1] 金钗影摇春燕斜：金钗、春燕，均为妇女头饰，据说在立春时常戴之。《岁时广记》卷八引《荆楚岁时记》：“立春时悉剪彩为燕以戴之。……王沂公《春帖子》云：‘彩燕迎春人鬓飞，轻寒未放金缕衣。’又欧阳永叔云：‘不惊树里禽初变，共喜钗头燕已来。’郑毅夫云：‘汉殿斗簪双彩燕，并知春色上钗头。’皆春日帖子句也。”

[2] 木杪（miǎo）：树木的末梢。孙觌《西山超然亭》诗：“孤亭坐林杪，俯见飞鸟背。”

[3] 火候：此指气候。

[4] 土牛儿：即春牛，象征农事的土牛。旧时风俗，立春前一日有迎春仪式，由人扮演“勾芒神”，鞭土牛，并由地方官行香主礼，称之为“打春”。孟元老《东京梦华录》卷六《立春》云：“立春前一日，开封府进春牛入禁中鞭春，开封、祥符两县，置春牛于府前。至日绝早，府僚打春，如方州仪。府前左右，百姓卖小春牛。”

集评

孔齐曰：北庭贯云石酸斋，善今乐府，清新俊逸，为时所称。尝赴所亲某官燕，时正立春，座客以〔清江引〕请赋，且限“金木水火土”五字冠于每句之首，句各用“春”字。酸斋即题云：“金钗影摇春燕斜，木杪生春叶，水塘春始波，火候春初热，土牛儿载将春到也。”满座皆绝倒。盖是一时之捷才，亦气运所至，人物孕灵如此。

——元·孔齐《至正直记》卷一

张养浩

张养浩，作者介绍见前。

〔双调〕清江引

咏秋日海棠

宋玉每逢秋叹嗟[1]，见此应欢悦。恰被风吹开[2]，莫遣霜摧谢。有他那惜花人来到也。

睡起不禁霜月苦，篱菊休相妒。恰与东君别，又被西风误[3]。教他这粉蝶儿无是处。

说明

秋日海棠即“秋海棠”，是一种供观赏的草木植物，秋季开花，花淡红色。古人对于秋季开放的花，一般都偏爱菊花，但作者对秋海棠却情有独钟。此二曲一为海棠花开而欢悦，一为海棠花残而叹息，表现了作者深深的惜花、爱花之情。

---

[1] 宋玉每逢秋叹嗟：宋玉，战国时楚人。所作《九辩》有“悲哉！秋之为气也。萧瑟兮草木摇落而变衰。”后人遂有“宋玉悲秋”的说法。

[2] 恰：才，刚刚。

[3] “恰与东君别”二句：东君，春神。此二句化用贺铸〔踏莎行〕：“当年不肯嫁东风，无端却被秋风误”句意。

〔双调〕水仙子

咏江南

一江烟水照晴岚[1]，两岸人家接画檐。芰荷丛一段秋光淡[2]，看沙鸥舞再三，卷香风十里珠帘[3]。画船儿天边至，酒旗儿风外飐[4]，爱杀江南。

说明

张养浩是山东济南人，一生也主要是在北方。但偶到江南，却对江南之景赞不绝口，且描摹生动、妥帖。此曲八句除末句"爱杀江南"作主观评判外，余者纯是咏景。作者抓住最具江南特色的典型景物加以描绘，极写水乡的幽雅和城市生活的繁华。一江烟水、芰荷飘香、沙鸥翔舞、画船悠悠，写水、写水中花、水中船、水中鸟，突出了江南景色的秀美和富于生机，两岸人家。香风十里、酒旗斜矗，则写水边之人的生活，富足安逸，令人神往。最后逼出"爱杀江南"一句，可谓水到渠成，而无丝毫生硬之感。

---

[1] 晴岚：岚，本指山林中的雾气。此描摹阳光下水汽蒸腾、烟波迷漫的景象。

[2] 芰（jì）荷：指荷花或荷叶。

[3] 卷香风十里珠帘：唐·杜牧《赠别二首》："春风十里扬州路，卷上珠帘总不如。"此句从这化出。

[4] 飐（zhǎn）：风吹物使其颤动。唐·柳宗元《登柳州城楼寄漳汀封连四州》诗："惊风乱飐芙蓉水，密雨斜侵薜荔墙。"

〔双调〕折桂令

过金山寺[1]

长江浩浩西来，水面云山，山上楼台。山水相连，楼台相对，天与安排[2]。诗句成风烟动色，酒杯倾天地忘怀。醉眼睁开，遥望蓬莱[3]，一半儿云遮，一半儿烟霾[4]。

说明

此曲题为《过金山寺》，故全曲描写着力在"过"，即以远观为视角极写景色的辽阔雄伟和缥缈隐约。前六句境界开阔，气象雄浑，描摹了金山寺的地理位置，也许是诗人乘舟溯流而过，故眼前之景极为雄阔：长江浩荡，奔腾东去，水汽蒸腾，弥漫着耸立云山的金山寺，山上楼台相对，山水一体，恰似天籁，而非人为！"诗句成"二句作一跌宕，诗人面对如此雄阔之景，不禁心潮涌动，他咏诗高歌，举觞畅饮，真有惊天地、泣鬼神之概。末三句言醉眼矇眬，遥望金山寺，犹如蓬莱仙境，隐约显现于一片云霭烟霾之中。全曲气势阔大，境界雄浑，表现了张养浩散曲豪放恣肆的特色。

---

[1] 金山寺：在今江苏镇江西北金山上。殿宇楼台，倚山而建，为佛教名寺。主要建筑有楞伽台、观音阁、留云亭等。此曲《阳春白雪》题作《题金山寺》，赵天锡作。

[2] 天与安排：如上天安排一般。与，给，替。

[3] 蓬莱：本指仙境，引申为风景优美的地方。

[4] 烟霾（mái）：天空中混浊不清的样子。

集评

周德清曰：此词称赏者众。妙在“色”字上声以起其意，平声便属第二着。平声若是阳字，仅可，若是阴字，愈无用矣。歌者每歌“天地安排”为“天巧安排”，“失色”字为“用色”，取其便于音而好唱也，改此平仄，极是。然前引“云山”、“天地”，后说“云山失色”、“天地忘怀”，若此则损其意，失其对矣。“安排”上“天地”二字，若得去上为上，上去次之，余无用矣，盖务头在上。“失色”字若得去上为上，余者风斯下矣。若全句是平平上上，歌者不能改矣。呜呼！前辈尚有此失，后学可不究乎？

——元·周德清《中原音韵·作词十法·定格》

王世贞曰：元人曲如……“水面云山，山上楼台，山水相连，楼台上下，天地安排”。景中壮语也。

——明·王世贞《艺苑卮言》附录一

乔　吉

乔吉，作者介绍见前。

〔双调〕水仙子

吴江垂虹桥[1]

飞来千丈玉蜈蚣，横驾三天白螮蝀[2]，凿开万窍黄云洞[3]。看星低落镜中，月华明秋影玲珑。赑屭金环重[4]，狻猊石柱雄[5]，铁锁囚龙[6]。

说明

此曲描摹吴江垂虹桥雄姿，写得壮阔雄伟，笔力矫健。开首三句鼎足对，用“博喻”修辞法大笔勾画垂虹桥的形象，气象不凡，又比喻妥帖。中二句别具境界，月华明，星落镜中，秋影玲珑，空阔、清幽，富有诗情画意；“赑屭”二句作近景描摹，歇拍“铁锁囚龙”则又以如椽之笔写出垂虹桥横越河面的风姿。

---

［1］　垂虹桥：江苏吴江的一座名桥，有七十二桥洞，俗称长桥，桥上有垂虹亭。

［2］　三天白螮蝀（dì dōng）：三天，道家称清微天、禹余天、大赤天为“三天”。佛教则称欲界、色界、无色界为“三天”。此泛指高空。李白《秋日登扬州西灵塔》：“万象分空界，三天接画梁。”螮蝀，虹。

［3］　黄云洞：桥洞。

［4］　赑屭（bì xì）：一作赑屃，本为蠵龟的别名，《本草纲目·介部一》：“蠵龟，赑屭。赑屭者，有力貌，今碑趺象之。”碑趺为碑下的石座，此“赑屭”即指龟形石座，上有铜环作为装饰。

［5］　狻猊（suān ní）：即狮子。

［6］　铁锁囚龙：言垂虹桥横跨河上，就如锁住了蛟龙一般。

〔双调〕水仙子

重观瀑布

天机织罢月梭闲[1]，石壁高垂雪练寒[2]。冰丝带雨悬霄汉[3]，几千年晒未干。露华凉人怯衣单[4]。似白虹饮涧，玉龙下山，晴雪飞滩。

说明

此曲写瀑布，纯用比喻，想象奇特，气势恢宏，造语夸张，形象可感。开首两句极写其高，如天机织成，似石壁垂练。次二句又极写其古远，“几千年晒未干”一句颇富情趣，又通俗自然，不落俗套。“露华”句写瀑布之清寒凌人。末三句更是连用三比喻，描摹瀑布的动态。全曲气韵流动，一气呵成，将瀑布之壮美雄伟直陈于读者目前。明·朱权在《太和正音谱》中曾这样评乔吉散曲：“乔梦符之词，如神鳌鼓浪”，又“若天吴跨神鳌，噀沫于大洋，波涛汹涌，截断众流之势。”衡之此曲，确颇为精当。

---

[1] 天机：传说中织女的布机。

[2] 雪练：洁白的绢布。谢朓《晚登三山还望京邑》：“余霞散成绮，澄江静如练。”

[3] 霄汉：霄，云霄；汉，天河；连用指高空。杜甫《巴西驿亭观江涨》诗：“霄汉愁高鸟，泥沙困老龙。”

[4] 露华：露水，此指飞溅的瀑布水滴。

〔双调〕殿前欢

登江山第一楼[1]

拍阑干[2]，雾花吹鬓海风寒，浩歌惊得浮云散。细数青山，指蓬莱一望间[3]。纱巾岸[4]，鹤背骑来惯[5]。举头长啸，直上天坛[6]。

说明

登临之作常常是以抒怀为主体的，景为宾，情为主。此曲题为《登江山第一楼》，但登楼所见及楼阁本身俱属陪宾，作者借登楼之举抒写其内心的豪迈逸兴，超尘出世，淋漓酣畅。表现了作者一种理想的心灵境界。

---

[1] 江山第一楼：不详待考。或谓指镇江北固山甘露寺内的多景楼。元代周权《多景楼》诗："谁言宇宙无多景，今见江山第一楼。"

[2] 拍阑干：南宋辛弃疾〔水龙吟〕《登建康赏心亭》："江南游子，把吴钩看了，阑干拍遍，无人会，登临意。"此用其意。

[3] 指蓬莱一望间：蓬莱，传说中的海上仙山。此句谓作者希望求道升仙，与仙山仅一望之遥了。

[4] 纱巾岸：古代男子以纱巾束发，将纱巾掀起露出前额，称之为"岸帻"。帻（zé），头巾。表现态度洒脱、不拘束。孔融《与韦端书》："不得复与足下岸帻广坐，举杯相于（与）。"

[5] 鹤背骑来惯：骑鹤是成仙者的典型形象。此句谓惯常来只想过那种超尘脱俗、不求名利的自由自在生活。

[6] 直上天坛：天坛，一般指古代帝王祈天求雨之处。此比喻超脱尘世的理想境界。

苏彦文

苏彦文，生平不详。元·钟嗣成《录鬼簿》谓其有"'地冷天寒'〔越调〕及诸乐府。"今唯见套数一。

〔越调〕斗鹌鹑

冬景

地冷天寒，阴风乱刮，岁久冬深，严霜遍撒，夜永更长、寒浸卧榻。梦不成，愁转加。杳杳冥冥，潇潇洒洒。

〔紫花儿序〕早是我衣服破碎，铺盖单薄，冻的我手脚酸麻。冷弯做一块，听鼓打三挝[1]。天哪，几时捱的鸡儿叫更儿尽点儿煞[2]。晓钟打罢，巴到天明，划地波查[3]。

〔秃厮儿〕这天晴不得一时半霎，寒凛冽走石飞沙。阴云黯淡闭日华，布四野，满长空，天涯。

〔圣药王〕脚又滑，手又麻，乱纷纷瑞雪舞梨花。情绪杂，囊箧乏[4]。若老天全不可怜咱，冻钦钦怎行踏[5]？

---

［1］ 挝（zhuā）：击，打；此作量词，鼓打三挝，即时已三更。

［2］ 更儿尽点儿煞：古时计时一夜分五更，一更分五点，此句指夜尽天亮。

［3］ 划地波查：划（chǎn）地，平白地，无端；波查，犹磨折，艰辛。

［4］ 囊箧乏：即囊中羞涩。

［5］ 怎行踏：怎么出去走动。

〔紫花儿序〕这雪袁安难卧，蒙正回窑[1]，买臣还家[2]，退之不爱[3]，浩然休誇，真佳[4]。江上渔翁罢了钓槎，便休题晚来堪画[5]。休强呵映雪读书[6]，且免了这扫雪烹茶。

〔尾声〕最怕的是檐前头倒把冰锥挂，喜端午愁逢腊八[7]，巧手匠雪狮儿一千般成。我盼的是泥牛儿四九里打[8]。

说明

此套曲写“冬景”别开生面，全曲围绕雪对寒士生活的影响尽情铺叙，不赏“雪”的雅致，不喜“雪”的风姿，而是专写其对寒士生活的折磨。整首套曲由六支曲子组成，层次非常清晰，开首二曲写雪中寒夜境况，地寒天冻，愁梦不成，铺盖单薄，巴望天明；次二曲写白日苦寒，阴云惨淡，飞沙走石，乱雪纷飞，囊中羞涩；末二曲则直抒胸臆，一曲

[1] 蒙正回窑：吕蒙正，北宋人，曾三次入相，年青时家境贫寒，住在洛阳城外破窑中。宋元戏曲中多根据其未发达时事迹敷衍成戏者，如关汉卿、王实甫均有《吕蒙正风雪破窑记》杂剧，今佚。元散曲中常用此典描写贫士生活。

[2] 买臣还家：买臣，朱买臣，西汉人。未达时，常靠卖薪度日。此句谓雪这般大，买臣也该回家了。

[3] 退之不爱：退之，韩愈，字退之，唐代文学家。曾因谏迎佛骨而被贬为潮州刺史，途中曾作《左迁至蓝关示侄孙湘》诗，其中有“雪拥蓝关马不前”句。故云“退之不爱”。

[4] 浩然休誇，真佳：浩然，孟浩然，唐代诗人，据说其喜踏雪寻梅作诗，此反用其意，故云“休誇、真佳”。

[5] 江上渔翁罢了钓槎，便休题晚来堪画：此二句从晚唐郑谷《雪中偶题》“江山晚来堪画处，渔人披得一蓑归”中化出。钓槎（chá），钓鱼筏。

[6] 映雪读书：传说晋人孙康好学而家贫，无钱买灯油读书，于冬夜利用雪的反光照明读书。

[7] 腊八：腊八节，原为佛教节日，相传夏历十二月初八是释迦牟尼成道日，故佛寺于是日庆贺。后演化成一种民俗节日。

[8] 泥牛儿四九里打：泥牛儿，即春牛，古时有迎春鞭春牛之俗。见贯云石〔双调〕清江引《立春》注［4］。四九，古时把冬至以后的八十一天分为“九九”，认为“九尽寒尽”，四九约在立春之前数日。

用典抒情，一曲直写其喜恶。层层写来，笔笔铺叙，写出了一个寒士的艰辛和生活的磨难。全曲用词本色，尽情发露，深具散曲恣肆放逸的风格特色。

赵善庆

赵善庆，作者介绍见前。

〔双调〕沉醉东风

秋日湘阴道中[1]

山对面蓝堆翠岫[2]，草齐腰绿染沙洲。傲霜橘柚青，濯雨蒹葭秀[3]。隔沧波隐隐江楼。点破潇湘万顷秋，是几叶儿传黄败柳。

说明

此曲写秋景却无萧瑟之感，诗人漫步于湘阴道中，举目四望，见山峦青翠，沙洲绿染，“傲霜橘柚青，濯雨蒹葭秀”，不仅对仗工整，且紧扣秋景，橘柚青黄，果实丰满，傲霜于秋风之中，蒹葭秀逸，清新爽朗，挺立于雨后的湘江边上。诗人眼光由远而近，又由近及远，由江边之蒹葭，诗人远眺对岸高楼，隐隐约约，映显于万顷卷波之中。末二句最具神韵，诗人忽见江边几株垂柳已露枯萎之态，这不正好点缀着这江边秋景吗？“点破”一语颇值玩味，确乎抓住了秋天草木寥落的季节特征，又将诗人内心那瞬间感受抒写得生动细腻。全曲境界开阔高远，色彩也清新幽雅，给人以一种秋景爽朗的艺术感受。

---

［1］ 湘阴：今属湖南，在湘江下游，濒临洞庭湖。

［2］ 岫（xiù）：峰峦。谢朓《郡内高斋闲望》：“窗中列远岫。”

［3］ 濯（zhuó）雨：被雨水洗涤。

张可久

张可久，作者介绍见前。

〔中吕〕普天乐

西湖即事

蕊珠宫，蓬莱洞[1]。青松影里，红藕香中。千机云锦重，一片银河冻[2]。缥缈佳人双飞凤，紫箫寒月满长空[3]。阑干晚风，菱歌上下，渔火西东。

说明

此曲写西湖月夜。诗人以丰富的想象，妥帖的比喻将现实中的西湖月色和幻想中的神奇世界融为一体。开首两句将人们引入一个虚无缥缈的境界，写出了西湖月色的清寒、神秘。次二句实写，青松影摇，红藕飘香。接着四句又虚写，将西湖波光、箫声描摹得生动可感，又充满了奇思异想。结三句又复实写。整首小令虚实相间，想象奇特，写出了月色中西湖的美好风景。

---

[1] 蕊珠宫，蓬莱洞：均为道教传说中的仙宫和仙山。在元曲中泛指天上的宫殿和风景优美的地方。此比喻西湖风景之美。

[2] 千机云锦重，一片银河冻：此以织女织成的千重云锦映在银河上比喻西湖水面映出的波光。

[3] “缥缈佳人”二句：谓湖上之箫声引发了诗人遐想，好似双骑飞凤的仙女在月空中吹奏一般。

〔中吕〕红绣鞋

天台瀑布寺[1]

绝顶峰攒雪剑[2]，悬崖水挂冰帘，倚树哀猿弄云尖[3]。血华啼杜宇[4]，阴洞吼飞廉[5]。比人心山未险！

说明

此曲以瘦硬的笔法、冷峻的格调极写天台山和天台飞瀑的奇险。在层次上约分两层：前五句突出天台飞瀑之险。山峰如雪剑，悬崖挂冰帘，既点明天台山之险，又揭出飞瀑之高，峻峭冷邃，寒气逼人。“倚树”一句以猿猴哀鸣攀援树梢进一步烘托此种意境。杜宇声声凄切，阴洞风吹如吼，更进一层，有声有色，阴森可畏。末句“比人心山未险”笔锋急转，从对山势险峻的咏叹转向对人情的鞭挞，设喻新奇，意味深长，令人叹为观止。

---

[1] 天台瀑布寺：天台，山名，在今浙江天台县北。山中有方广寺，寺旁有瀑布，高数十丈，为“天台八景”之一。曾被宋书法家米芾题为“第一奇观”。

[2] 绝顶峰攒雪剑：天台绝顶名华顶峰，高峭险峻，冬天积雪，如雪剑直刺云天。

[3] 弄云尖：谓猿猴攀援峰顶之树，好似在逗弄云尖。

[4] 血华啼杜宇：杜宇，杜鹃鸟，传说古蜀国君主望帝死后化为杜鹃，啼声悲切凄厉，泣出皆血。典出《成都纪》。

[5] 飞廉：古代神话中的风神。屈原《离骚》：“前望舒使先驱兮，后飞廉使奔属。”

〔中吕〕喜春来

永康驿中[1]

荷盘敲雨珠千颗，山背披云玉一蓑。半篇诗景费吟哦，芳草坡，松外采茶歌。

说明

这是一首即景小令曲，通篇除“半篇诗景费吟哦”外，纯为写景，且不着一“情语”，但读罢此曲，诗人内心之恬淡、悠然、轻松愉快的心境已溢于言表。全曲写了诗人在永康因雨阻小憩于驿中，近看一方荷塘，远观山峦云雾，忽传来轻快的采茶歌声，他便即时即景，写下了这一首淡雅、清新的作品。

[1] 永康：县名，今属浙江省。

〔中吕〕红绣鞋

西湖雨

删抹了东坡诗句[1]，糊涂了西子妆梳[2]，山色空濛水模糊[3]。行云神女梦[4]，泼墨范宽图[5]，挂黑龙天外雨。

说明

此曲写西湖雨景，但除末句“挂黑龙天外雨”之外，未正面表现西湖雨景，而是或化用前人诗句，或用典。由于东坡本有咏西湖名诗，范宽本擅泼墨山水，故未写雨，但西湖之雨仍清晰可感，可谓“不着一字，尽得风流”。

---

[1] 删抹了东坡诗句：东坡《饮湖上初晴后雨》有云：“水光潋滟晴方好，山色空濛雨亦奇。”此只写雨，不写晴，无“水光潋滟”之景，故云“删抹了”。

[2] 糊涂了西子妆梳：西子，西施；苏轼《饮湖上初晴后雨》有“欲把西湖比西子”句，将西湖比作西施；此写西湖之雨，故云“糊涂了”。

[3] “山色”句：此用苏轼《饮湖上初晴后雨》诗句。

[4] 行云神女梦：此似用宋玉随侍楚襄王游云梦事。用以表现雨中西湖的云气缭绕。

[5] 泼墨范宽图：泼墨，中国画的一种技法，笔势豪放，墨如泼出。相传唐代画家王治每于酒酣后作泼墨画。范宽，北宋著名画家，擅长山水画。

徐再思

徐再思，作者介绍见前。

〔中吕〕朝天子

西湖

里湖，外湖[1]，无处是无春处。真山真水真画图，一片玲珑玉。宜酒宜诗，宜晴宜雨[2]，销金窝锦绣窟[3]。老苏，老逋，杨柳堤梅花墓[4]。

说明

徐再思是写情高手，颇多言情佳作。其写景之作也别有风味，风格俊爽，妩媚动人。此曲咏写西湖美景，却不落俗套。作者每每从大处落笔，以自身之感受入景，读来唯觉满目春色，撩人心动。如“无处是无春处”，连用两“无”字写尽西湖春光，“一片玲珑玉”则又将湖面风光大笔晕染；“宜酒宜诗，宜晴宜雨”二句写出了西湖的迷人风姿，让

[1] 里湖，外湖：西湖以孤山、白堤、苏堤分隔为外西湖、里西湖、后西湖、小南湖及岳湖。

[2] 宜晴宜雨：苏轼《饮湖上初晴后雨》：“水光潋滟晴方好，山色空濛雨亦奇。欲把西湖比西子，淡妆浓抹总相宜。”此用其诗意。

[3] 销金窝锦绣窟：谓杭州物产茂盛，供人消费挥霍。“销金窝”一作“销金锅”，周密《武林旧事》卷三“西湖游幸”条载：“西湖天下景，朝昏晴雨，四序总宜。……大贾豪民，买笑千金，呼卢百万，以至痴儿骏子，密约幽期，无不在焉。日糜金钱，靡有纪极。故杭谚有‘销金锅儿’之号，此语不为过也。”

[4] “老苏”以下三句：老苏，即苏轼，曾两度任杭州知府，疏浚西湖，同时筑了一道堤岸，广种杨柳，人称“苏堤”，即曲中所谓“杨柳堤”；老逋，即北宋诗人林逋，隐于杭州孤山，种梅养鹤，死后葬于此地。

人联想，动人情思。不仅景色如此，杭城西湖之物华诗人仅以“销金窝”、“锦绣窟”一语出之，概括也极为精当。末三句以东坡苏堤、老逋孤山为局部表现，如同镶嵌在这“一片玉”之上的两颗珍珠，点缀了西湖胜景的高雅情趣。全曲笔墨简淡，风格豪爽，酣畅淋漓地表现了西湖风光。

〔中吕〕普天乐

垂虹夜月[1]

玉华寒，冰壶冻[2]。云间玉兔[3]，水面苍龙[4]。酒一樽，琴三弄[5]，唤起凌波仙人梦[6]，倚阑干满面天风。楼台远近，乾坤表里，江汉西东。

说明

此为甜斋组曲《吴江八景》中的第一首，《八景》为：《垂虹夜月》、《太湖春波》、《龙庙甘泉》、《洞庭白云》、《前村远帆》、《雪滩晚钓》、《华岩晚钟》、《西山夕照》。此曲写吴江垂虹桥月夜景色，将月、桥、人紧紧地融合在一起，情韵悠长，气势雄伟，想象奇特，充满着神秘缥缈的浪漫情调。首二句写月光，次二句相对，一写月，一写桥，月色皎洁，清晖笼括，桥似苍龙，横跨江面，朦胧中透出豪爽，神秘中又真切动人。接着"人"进入画面，良宵美景，把酒赏月，琴声悠悠，逸兴飞越，诗人凭栏眺望，仿佛看到了女神凌波微步，款款飘来，一阵微风吹来，又

---

[1] 垂虹：垂虹桥，江苏吴江的一座名桥，号称"江南第一桥"，桥上共有七十二洞，俗称长桥。因桥形似虹，故名。今已不存。

[2] 玉华寒，冰壶冻：玉华、冰壶，均指月光，比喻月色皎洁明净。

[3] 云间玉兔：传说月中有白兔，故称月亮为玉兔。

[4] 水面苍龙：指吴江垂虹桥。唐・杜牧《阿房宫赋》："长桥卧波，未雨何龙。"

[5] 三弄：即演奏三支曲。

[6] 唤起凌波仙人梦：曹植在《洛神赋》中说他曾于洛川边梦见洛水女神"凌波微步"、"罗袜生尘"，飘然而来。此用其意。

宜人乐心，令人心旷神怡。最后三句鼎足相对，写出江面的辽阔，将月夜垂虹笼罩在一片由天地江月组成的无限宇宙之中。全曲格调清雅，境界迷离恍惚，充满了诗情画意，引人入胜，令人流连。

〔中吕〕普天乐

西山夕照

晚云收，夕阳挂，一川枫叶，两岸芦花。鸥鹭栖，牛羊下。万顷波光天图画，水晶宫冷浸红霞[1]。凝烟暮景[2]，转晖老树，背影昏鸦[3]。

说明

这是徐再思《吴江八景》的最后一支曲子。描摹了一幅景色优美、色彩绚丽的风景画。开首四句两两相对，三字对写天边夕阳暮云，四字对写地上枫叶芦花，对仗工整，色彩鲜明，夕阳如火，枫叶似血，浓浓的晚霞，淡淡的芦花，组成了一个对比强烈而又谐调的画面。接着“鸥鹭栖，牛羊下”二句以鸟儿归巢、牛羊牧归使画面增添了温情和活力。“万顷波光”二句承“两岸芦花”而来，写出了湖面夕照的迷人风姿。末三句鼎足相对，以细腻的笔触描摹了这幅“西山夕照图”的局部画面：暮霭淡淡，树桠生晖，昏鸦披金（夕照）。从而极为成功地完成了这一幅优美雅致的夕照图轴。

---

［1］　水晶宫冷浸红霞：水晶宫，传说中的龙宫。此句是诗人看到晚霞倒映水中而引起的联想。

［2］　凝烟暮景：指飘忽淡淡的暮霭。王勃《滕王阁序》：“烟光凝而暮山紫。”此化用其意。

［3］　背影昏鸦：谓老鸦背着夕阳，两翅间闪出明亮的日光。王昌龄《长信秋词》：“玉颜不及寒鸦色，犹带昭阳日影来。”

〔双调〕蟾宫曲

西湖寻春

清明春色三分[1]：湖上行舟；陌上游人；一片花阴，两行柳影，十里莎裀[2]。不要多骰排一品[3]，休嫌少酒止三巡[4]。处处开樽，步步寻春。花下归来，带月敲门[5]。

说明

本篇写西湖春景和春游盛况。一开首便化用东坡"春色三分，两分尘土，一分流水"句，但变感伤情调为愉悦氛围，湖上舟、路上人、四围景，构成了西湖那浓浓的春意和繁喧的乐游。食要上品，酒要适量，因为西湖三景本自醉人，且"处处开樽，步步寻春"。末二句"花下归来，带月敲门"既通俗平易，又极富雅趣，将西湖春游之盛、景色之迷人表现得酣畅淋漓。

---

[1] 春色三分：化用苏轼〔水龙吟〕《次韵章质夫杨花词》："春色三分，两分尘土，一分流水。"此则以"湖上行舟"、"陌上行人"和花阴、柳影、莎裀为三分春色。

[2] 莎裀（suō yīn）：莎，莎草，即香附子；裀，同"茵"。此言连绵不绝的莎草好似织成了十里绿茵。

[3] 不要多骰排一品：骰，同"肴"；一品，第一等。

[4] 三巡：三次，三遍。

[5] 带月敲门：唐·贾岛《题李凝幽居》："鸟宿池边树，僧敲月下门"，此用其意。

王仲元

王仲元，杭州人，与钟嗣成相交，著有杂剧三种：《于公高门》、《袁盎却坐》、《私下三关》。散曲今存小令二十一首，套数四。

〔中吕〕普天乐

春日多雨

树杈枒[1]，藤缠挂。冲烟塞雁，接翅昏鸦[2]。展江乡水墨图，列湖口潇湘画。过浦穿溪沿江汉，问孤航夜泊谁家？无聊倦客，伤心逆旅，恨满天涯。

说明

此曲前半写景，后半抒情，由景及情，最后落实到羁旅愁怀。前六句写景，连用三组对偶，且字数递增，句式多变，可谓摇曳多姿，开首三字对言树、言藤，次四字对言塞雁、言昏鸦，颇有东篱"枯藤老树昏鸦"之意味，但描摹更为细腻，更为真切。"展江乡"两句相对，极为工整，不仅总提一路景致，且为后文抒情伏笔。"过浦穿溪沿江汉"一句即承此而来，最后复三个并列短句收束全曲，由"无聊"到"伤心"复到"恨满"，深切地表现了天涯孤旅的落寞和惆怅。全曲结构工整、遣词雅致，有较强的艺术感染力。

[1] 杈枒（chā yā）：也作杈丫，查牙，槎牙，楂丫，树歧枝错出貌。

[2] 接翅昏鸦：形容昏鸦成群，乱飞争翅的景象。

景元启

景元启，生平不详。现存小令十五首，套数一。

〔双调〕殿前欢

梅花

月如牙，早庭前疏影印窗纱[1]。逃禅老笔应难画[2]，别样清佳。据胡床再看咱[3]，山妻骂[4]："为甚情牵挂？"大都来梅花是我，我是梅花。

说明

此曲咏梅颇有意趣，一是突出月下梅影，让冰清玉洁之梅花与月光的澄澈清晖融和一体，此即所谓"别样清佳"；二是物我两忘，物我合一，诗人观梅、赏梅竟至于与梅化而为一，"大都来梅花是我，我是梅花"，此种赏梅可谓虚静澄澈，相看不厌；三是幽默谐谑，山妻之"骂"，别具风味，既点明诗人赏梅之专注、之醉痴，又使全曲充满了散曲独有的那种"蒜酪"意味，令人解颐，忍俊不禁。

---

［1］　疏影：既指梅花，也形容梅花枝干横逸疏朗。宋代姜夔咏梅花取题即为《疏影》。

［2］　逃禅老笔：南宋词人杨无咎（1097—1171），字补之，清江人。以画梅名世，亦工词，词集即名《逃禅词》，"逃禅老笔"或指此。

［3］　据胡床再看咱：据，靠；胡床，交椅；咱，无义，语尾助词。

［4］　山妻：旧时隐士自称其妻为"山妻"，也用为自称其妻的谦词。

吴西逸

吴西逸，作者介绍见前。

〔中吕〕红绣鞋

忆西湖

花院小低低朱户[1]，酒旗摇簇簇香车[2]，市桥官柳暗西湖。杯浮金潋滟[3]，寺现玉浮图[4]，莺花谁是主[5]？

说明

这首小令写诗人印象中的西湖之春。朱户花院，酒旗香车，市桥官柳，点染出西湖春来时的景象。人们赏湖游春，寻山问寺，杯中酒潋滟泛金波，寺中塔高高耸起。末句一问“莺花谁是主？”别有意味，这春天的主人是谁呢？诗人没作回答，但从曲中那“簇簇香车”、“低低朱户”和“杯浮金潋滟”句不难看出，这春天的主人正是那些快乐的游湖赏春人。

---

[1] 朱户：指富贵人家。

[2] 簇簇香车：簇簇，拥挤的样子；香车，装饰豪华的车子，李清照〔永遇乐〕：“元宵佳节，融和天气，次第岂无风雨。来相召，香车宝马，谢他酒朋诗侣。”

[3] 杯浮金潋滟：黄酒从酒杯中满溢的样子。潋滟，水满貌。辛弃疾〔西江月〕《寿祐之弟，时新居落成》：“一杯潋滟泛金波。”

[4] 玉浮图：白色的佛塔。浮图，即浮屠。

[5] 莺花谁是主：莺、花喻春光，此句意谓谁是春天的主人。

〔越调〕天净沙

闲题

江亭远树残霞，淡烟芳草平沙，绿柳阴中系马。夕阳西下，水村山郭人家。

说明

吴西逸的这首〔天净沙〕《闲题》明显地有摹仿马致远〔天净沙〕《秋思》的痕迹，东篱珠玉在前，为后人的写作既树立了范本，也增添了难度。此曲纯为写景，短短二十八字中容纳了十二种景物，在手法上同样也为意象叠加。较之东篱之作，其格调没有那么冷清凄恻，画面景色迷人，清佳幽雅，也不失为一幅优美雅致的风景小品画。

张鸣善

张鸣善，作者介绍见前。

〔双调〕落梅风[1]

咏雪

漫天坠，扑地飞，白占许多田地。冻杀吴民都是你，难道是国家祥瑞？

说明

张鸣善此曲名为《咏雪》，实为讥刺之作，故全篇全不取历来文人咏雪的雅致赞誉之辞，直陈胸臆，语含双关。开首三句以“漫天坠，扑地飞”描写大雪飞舞的险恶天气，“白占”一语双关，既点出雪花的颜色，更指斥雪白白地占去了许多田地。后二句更具笔力，几作愤怒斥责之状，“冻杀吴民都是你！”情感可谓激越，末句一反传统的“祥瑞”之说，以反诘语气出之，愈显沉郁。

---

[1] 此曲《尧山堂外纪》无曲牌，《全元散曲》收此曲标“失宫调牌名”。据徐沁君先生考，“按之曲律，实为〔双调·落梅风〕”。今从之。（见《元曲鉴赏辞典》第九百九十一页，蒋星煜主编，上海辞书出版社。）

集评

蒋一葵曰：张士诚据苏府，其弟士德，攘夺民地，以广园囿。侈肆宴乐，席间无张明善（鸣善）则弗乐。一日雪大作，士德设盛宴，张女乐，邀明善咏雪。明善倚笔题……书毕士德大愧，卒亦莫敢谁何。

——明·蒋一葵《尧山堂外纪》卷七十六

杨朝英

杨朝英，作者介绍见前。

〔双调〕清江引

秋深最好是枫树叶，染透猩猩血。风酿楚天秋，霜浸吴江月[1]。明日落红多去也。

说明

此曲写深秋景色，却无萧索之感，诗人饱含情感地咏叹了江南秋景的美丽。开首两句色彩浓艳，以“猩猩血”喻满山遍野之红叶，着色艳丽，比喻妥帖，又以“最好是”一句作由衷赞叹；次二句工整凝练，极具功力，将江南秋景作大笔渲染，描摹了一幅境界开阔的秋江霜月图，风、霜、江、月浑然合一，颇富诗情画意。末句“明日落红多去也”微露伤感惋惜之情，但仍然没有消却全曲所蕴涵的那种由江南秋景所引起的豪情逸兴。

---

[1] 风酿楚天秋，霜浸吴江月：此二句互文见义，楚天，泛指南方的天空；吴江，泛指江南一带。

周德清

周德清，作者介绍见前。

〔正宫〕塞鸿秋

浔阳即景

长江万里白如练[1]，淮山数点青如淀[2]；江帆几片疾如箭，山泉千尺飞如电。晚云都变露，新月初学扇[3]，塞鸿一字来如线。

说明

此曲特色凡四：一是全曲合则咏浔阳江山全景，远近高低，光声色态，无不具备，可谓气象万千又雄奇壮阔；分则每句一景，各有异彩，可谓匠心独具。二是全曲对仗工整，除末句外，上六句两两合璧相对，又连绵形成连璧对、联珠对，此种技巧机心颇显作者艺术功力。三是全曲除“晚云都变露”句外，纯用比喻，且新奇妥帖，别有佳趣，长江白如练、淮山青如淀，江帆疾如箭、山泉飞如电，新月圆如扇、塞鸿来如线。四是曲中喜嵌数字，万里、数点、几片、千尺、一字等，增添了形象感。总之，此曲在艺术上可谓炉火纯青，有很强的艺术感染力。

---

［1］　练：白色的熟绢布。谢朓《晚登三山还望京邑》诗：“余霞散成绮，澄江静如练。”

［2］　淀：可作染料的蓝汁，泛指蓝色，亦作“靛”。

［3］　新月初学扇：谓新出月亮，如团扇般盈圆。班婕妤《怨歌行》：“裁成合欢扇，团团似明月。”

钟嗣成

钟嗣成，作者介绍见前。

〔南吕〕骂玉郎过感皇恩采茶歌

春

梅花漏泄阳和信[1]，才残腊又新春。东风北岸冰消尽，元夜过，社日临，中和近[2]。天气氤氲[3]，花柳精神。驾香轮，驰玉勒[4]，醉游人。清明过了，飞絮纷纷，隔孤村，闻杜宇[5]，怨东君[6]。叹芳辰，已三分，二分流水一分尘[7]。寂寂落花伤暮景，萋萋芳草怕黄昏[8]。

说明

这是一首带过曲，由三支曲子组成。钟嗣成以这曲调分咏四季之景，总题《四时佳兴》。此曲咏春，结构层次非常明晰，〔骂玉郎〕一曲为迎春，〔感皇恩〕一曲为赏春，〔采茶歌〕一曲则为惜春。层次井然，从三种角度咏叹了春来又春去的全过程。

---

［1］　梅花漏泄阳和信：言梅花最早泄漏春的消息。阳和，即春天。

［2］　“元夜过”以下三句：元夜，元宵夜。社日，指春社，立春后第五个戊日，是祭土神的日子。中和，中和节，农历二月初一。

［3］　氤氲（yīn yūn）：云烟弥漫貌。张九龄《湖口望庐山瀑布》：“灵山多秀色，空水共氤氲。”

［4］　驾香轮，驰玉勒：香轮，华丽的车子。玉勒，镶玉的马笼头，代指华贵的坐骑。

［5］　杜宇：即杜鹃鸟。

［6］　东君：春神。

［7］　“叹芳辰”以下三句：化用苏轼〔水龙吟〕《次韵章质夫杨花词》“春色三分，二分尘土，一分流水”句意。

［8］　萋萋芳草怕黄昏：刘安《招隐士赋》：“王孙游兮不归，春草生兮萋萋。”萋萋，茂盛貌。

倪瓒

倪瓒，作者介绍见前。

〔越调〕小桃红

一江秋水澹寒烟，水影明如练。眼底离愁数行雁，雪晴天，绿苹红蓼参差见[1]。吴歌荡桨，一声哀怨，惊起白鸥眠。

说明

这是一首写景之作。倪瓒既是曲家，又是著名的画家，故其写景之作充满了诗情画意，体现了作者独特的匠心。此曲写雪后秋江图，秋江白净如练，水面云气缭绕，一行飞雁凌空，江边青苹红蓼参差，色彩明丽，格调清雅。末三句吴歌声声，小舟荡荡，惊起鸥眠，又以一个动态的形象使整个画面显出动感。全曲动静得兼，虚实相生，体现了一个画家独特的创作视角和艺术表现力。

[1] 红蓼（liǎo）：一种草本植物。

嘲戏篇

杜仁杰

杜仁杰，字仲梁，号止轩，原名之元，字善夫。济南长清人。金末与麻革、张澄隐居内乡山中，诗篇倡和。元初屡征不起，子元素仕元，任福建闽海道廉访使，仁杰以子贵，赠翰林承旨，资善大夫，卒谥文穆。杜仁杰性善谑，学识渊博，诗有《善夫先生集》一卷。散曲今存小令一首，套数三和部分残曲。

〔般涉调〕耍孩儿

庄家不识构阑[1]

风调雨顺民安乐，都不似俺庄家快活。桑蚕五谷十分收，官司无甚差科[2]。当村许下还心愿，来到城中买些纸火。正打街头过，见吊个花碌碌纸榜，不似那答儿闹穰穰人多[3]。

〔六煞〕见一个人手撑着椽做的门，高声的叫“请请”，道“迟来的满了无处停坐”。说道“前截儿院本《调风月》，背后么末敷演《刘耍和》[4]。”高声叫“赶散易得，难得的妆哈[5]。”

---

[1] 庄家不识构阑：庄家，庄家汉，即农民。构阑，也作勾栏、构栏，宋元时代搬演杂剧和各种伎艺的固定场所，内设有戏台、戏房（后台）、神楼、腰棚等，如同今日之剧场。

[2] 官司无甚差科：指政府的差役、租税不重。

[3] “见吊个”两句：花碌碌纸榜，当时演出时挂在街头的演出广告；那答儿，那边，那里。

[4] 前截儿院本《调风月》，背后么末敷演《刘耍和》：院本，金元时的一种演出形式，体裁与宋杂剧相似，是宋杂剧向元杂剧的过渡形式。演出时有五个脚色：副净、副末、引戏、末泥、装孤。一般是表演内容比较短小的滑稽戏。《调风月》当是当时常演的院本剧目。么末，即杂剧，因杂剧在演出中常于后段，故名。（见周贻白《释〈庄家不识勾栏〉》）刘耍和本为金元间著名演员，其故事后被编入杂剧之中，如高文秀就有《黑旋风敷演刘耍和》剧（今佚）。敷演，即扮演、表演之意。

[5] 赶散易得，难得的妆哈：赶散，赶场围观的散乐演出；妆哈，一作妆合，妆喝，意为喝彩、捧场。此二句意为平时赶场的散乐演出易得，值得喝彩的勾栏演出是难得的。此为吸引观者的语言。

〔五煞〕要了二百钱放过咱，入得门上个木坡，见层层叠叠团圞坐。抬头觑是个钟楼模样，往下觑却是人旋窝。见几个妇女向台儿上坐。又不是迎神赛社，不住的擂鼓筛锣[1]。

〔四煞〕一个女孩儿转了几遭，不多时引出一伙。中间里一个央人货，裹着枚皂头巾顶门上插一管笔，满脸石灰更着些黑道儿抹。知他待是如何过？浑身上下，则穿领花布直裰[2]。

〔三煞〕念了会诗共词，说了会赋与歌，无差错。唇天口地无高下，巧语花言记许多。临绝末，道了低头撮脚，爨罢将么拨[3]。

〔二煞〕一个妆做张太公，他改做小二哥，行行行说向城中过。见个年少的妇女向帘儿下立，那老子用意铺谋待取做老婆。教小二哥相说合，但要的豆谷米麦，问甚布绢纱罗[4]。

〔一煞〕教太公往前挪不敢往后挪，抬左脚不敢抬右脚，翻来覆去由他一个。太公心下实焦燥，把一个皮棒槌则一下打做两半个。我则道脑袋天灵破，则道兴词告状，刬地大笑呵呵[5]。

---

[1] 〔五煞〕写庄家人交钱入勾栏后所见到的勾栏形式。木坡，观众的看席；钟楼，亦为看台，面对舞台，这种形式或是神庙剧场中舞台正对神殿在勾栏中的移用。台儿，当是舞台靠后位置，是伴奏乐曲的女艺人坐的，称乐床。无名氏《蓝采和》剧："我方才开了勾栏门，有一个先生坐在乐床上，我便道：'先生，你去神楼上或是腰棚上那里坐。这里是妇女每做排场的坐处。'"做排场，即剧中司乐，今称"场面"。迎神赛社，旧时的一种民间习俗，每逢神诞日，便敲锣打鼓迎神出庙，周游街巷。

[2] 〔四煞〕全曲写正式开演之前的一个滑稽小段，通常主要是一个滑稽逗笑的小丑角色（即"央人货"，犹言殃人货，害人精），曲中以庄家人的口吻描绘"央人货"的脸谱、物饰、穿戴等。直裰，长袍。

[3] 〔三煞〕接上一曲子，进一步表现这一段滑稽演唱。临绝末，临近结束；低头撮脚，合脚低头，准备退场；爨罢将么拨：上一段演出称之为爨（cuān），结束后开始表演正戏，即院本和杂剧。么，指杂剧。

[4] 〔二煞〕全曲写《调风月》的演出，共有三个角色：张太公、小二哥和年轻妇女。铺谋，设计撮合。

[5] 〔一煞〕续写《调风月》的演出，张太公要小二哥去说合，受到小二哥作弄，急得他将皮棒槌都打成两半。庄家人以为打破脑袋要告官兴状了，不料台上反而大笑起来。皮棒槌，也称磕瓜，演出时打诨用的道具，用软皮棉絮制成棒槌，打时不痛。刬（chǎn）地，反而。

〔尾〕则被一胞尿，爆的我没奈何。刚捱刚忍更待看些儿个，枉被这驴颓笑杀我[1]。

说明

杜仁杰〔耍孩儿〕《庄家不识构阑》是一首元散曲中的名篇，它以通俗、生动的语言描述了一个庄家人进城看戏的情境，读来诙谐有趣，生动活泼。全套曲共有八首曲子，首曲〔耍孩儿〕和次曲〔六煞〕写庄家人看到勾栏前的热闹景象；〔五煞〕一曲从庄家人眼中所见生动地描摹勾栏的环境、布局；从〔四煞〕到〔一煞〕则表现庄家人所看到的演出过程；〔尾〕一曲收束有趣，言庄家人因尿憋难忍，只得退场。整首套曲谐谑风趣，以庄家人的口吻述写他所不熟悉的剧场情景，既时出笑料洋相，又充分采用庄家人所独特的视角、语汇，嘲弄而不刻薄，戏谑而不丑化，可谓“谑而不虐”。其语言运用更富妙趣，拙朴、生动、活泼、粗率，使全曲平添许多谐谑和轻松，徐渭有云：“常言俗语，扭作曲子，点铁成金，信是妙手。”(《南词叙录》）此曲可谓得之。另外，这首套曲也是一份极为难得的剧场史资料，具有较高的史料价值，为我们提供了一个生动可感的剧场形态，所以弥足珍贵。

---

[1] 驴颓：驴子的雄性生殖器，为骂人语。

王和卿

王和卿，作者介绍见前。

〔仙吕〕醉中天

咏大蝴蝶

蝉破庄周梦[1]，两翅驾东风。三百座名园一采个空。难道风流种[2]，唬杀寻芳的蜜蜂。轻轻的飞动，把卖花人搧过桥东。

说明

王和卿“滑稽佻达”(《辍耕录》卷二十三)，其曲作也充满谐趣。这首〔醉中天〕《咏大蝴蝶》以极度夸张的笔墨，神奇幻诞的想象将蝴蝶之大描摹到近乎荒诞的程度，然读来仍并不以为怪，反觉生动有趣，令人忍俊不禁。或谓此曲乃嘲讽关汉卿之寻芳采花，亦谓此曲更是为当时“花花太岁”、“权豪势要”画像。其实真不必坐实，此乃和卿曲作之常例，是其性格的文学复现，其中实无太多深意的。

---

[1] 蝉破庄周梦：蝉破，一作弹破、挣破。庄周，战国时代的哲学家、思想家。庄生梦蝶故事见《庄子·齐物论》：“昔者庄周梦为胡蝶，栩栩然胡蝶也。自喻适志与！不知周也。俄然觉，则蘧蘧然周也。”此借庄周梦被挣破形容蝴蝶之大，别无寓意。

[2] 风流种：指风流放浪、迷恋女色之人。

集评

陶宗仪曰：大名王和卿，滑稽佻达，传播四方。中统初，燕市有一蝴蝶，其大异常。王赋〔醉中天〕小令……由是其名益著。

——元·陶宗仪《辍耕录》卷二十三

徐𤊹曰：元王和卿与关汉卿俱以北调相高，偶见大蝴蝶飞过，和卿赋……汉卿遂罢咏。和卿此词，妙处在结语。然宋谢无逸《蝴蝶》诗云："江天春暖晚风细，相逐卖花人过桥。"时有"谢蝴蝶"之称。和卿袭其意耳。

——明·徐𤊹《徐氏笔精》卷五

王骥德曰：咏物毋得骂题，却要开口便见是何物。不贵说体，只贵说用。佛家所谓不即不离，是相非相，只于牝牡骊黄之外，约略写其风韵，令人仿佛中如灯镜传影，了然目中，却摸捉不得，方是妙手。元人王和卿《咏大蝴蝶》……只起一句，便知是大蝴蝶，下文势如破竹，却无一句不是俊语。

——明·王骥德《曲律》卷三《论咏物第二十六》

〔双调〕拨不断

大鱼

胜神鳌[1]，夯风涛[2]，脊梁上轻负着蓬莱岛[3]。万里夕阳锦背高[4]，翻身犹恨东洋小，太公怎钓[5]？

说明

此曲造语诙谐，想象奇崛，以极度夸张的笔墨描写鱼之巨大。开首三句落笔不凡，以神话作素材表现鱼之硕大，“胜神鳌”一句便令人结舌，“脊梁上轻负蓬莱岛”，一“轻”字潇洒轻俊，写大鱼之神力无比。“万里”二句笔墨之夸张，简直已臻登峰造极，末句“太公怎钓”别有意趣，云其“豹尾”也实不为过！全曲充满着神奇夸诞，化虚为实，联想丰富，堪称佳作。

---

[1] 神鳌：传说中的海上大龟。《列子·汤问》载：渤海之东有五座仙山，随波涛上下浮动，天帝忧其流失，遂命十五巨鳌分班顶住。

[2] 夯风涛：砸碎风涛。夯（hāng），冲撞。

[3] 蓬莱岛：传说中的海上仙山。

[4] 锦背：华美的鱼脊梁。

[5] 太公怎钓：太公，姜太公吕尚，相传其曾垂钓磻溪，周文王遇之，载与俱归。

卢 挚

卢挚，作者介绍见前。

〔双调〕蟾宫曲

沙三伴哥来嗏[1]，两腿青泥，只为捞虾。太公庄上，杨柳阴中，磕破西瓜。小二哥昔涎剌塔[2]，碌轴上淹着个琵琶[3]。看荞麦开花，绿豆生芽。无是无非，快活煞庄家。

说明

本篇生动诙谐，犹如一幅充满俚俗之趣的农村风俗画。作品描写了这样一个画面：两个田家少年沙三、伴哥，捞虾归来，两腿青泥，来到太公庄上瓜田，急不可耐地剖瓜分食，另一小孩小二哥躺在碌磨上，口水直流地看着他们。此曲之特点一在于形象生动谐趣，二在于语言俚俗诙谐，尤为“碌轴上淹着个琵琶”更为生动有趣。

[1] 沙三伴哥来嗏：沙三、伴哥，北方农村中对小孩的一般称呼，元曲中常用；嗏，语助词，同“者”。

[2] 昔涎剌塔：元代民间口语，约略是口中流涎、脏兮兮之意。

[3] 碌轴上淹着个琵琶：言小二哥口中流涎，脏兮兮地躺在碌轴上。碌轴，即碌碡，用以滚压土地，碾脱谷粒的石滚；琵琶，指农村少年较瘦，肚子凸起，肋骨显露，躺着犹如一个琵琶，是一种夸张的形象描摹。

关汉卿

关汉卿，作者介绍见前。

〔仙吕〕醉扶归

秃指甲

十指如枯笋，和袖捧金樽[1]，搊杀银筝字不真[2]。揉痒天生钝[3]，纵有相思泪痕，索把拳头揾[4]。

说明

元散曲中颇多滑稽戏谑的游戏之作，务在调笑陶写，虽为游戏，但滑稽佻达，诙谑幽默，别有一番情趣。这类作品中以咏物调笑之作最多。此曲咏“秃指甲”，别有机趣，全曲六句，除首句直指外，余五句均不着形相，但令人绝倒，捧金樽不露纤指，搊杀银筝调不准，揉痒不锋利，拭泪得拳头，可谓字字不露指甲，却句句指向秃指，游戏之作确乎是“运以绝圆之机”（王骥德《曲律》）。

---

［1］ 金樽：酒杯。李白《前有樽酒行》：“春风东来忽相过，金樽渌酒生微波。”

［2］ 搊杀银筝字不真：言因指甲秃，故弹奏银筝也音调不准。搊（chōu），用手指弹乐器。

［3］ 钝：不锋利。

［4］ 索把拳头揾：索，须、得；揾（wèn），擦拭。辛弃疾〔水龙吟〕《登建康赏心亭》：“倩何人唤取，红巾翠袖，揾英雄泪？”

集评

周德清曰：〔醉扶归〕《秃指甲》……“笋”字若得去声字，好。“字”、“不”二字去上声，便不及前词（指白朴〔醉中天〕《佳人脸上黑痣》）音律。余无玼第四句、末句是务头。

——元·周德清《中原音韵·作词十法·定格》

王世贞曰：元人曲如……“挡杀银筝韵不真，揉痒天生钝。纵有相思泪痕，索把拳头揾。”谑中巧语也。

——明·王世贞《艺苑卮言》附录一

王骥德曰：俳谐之曲，东方滑稽之流也。非绝颖之笔，绝俊之笔又运以绝圆之机，不得易作。着不得一个太文字，又着不得一句张打油语。须以俗为雅，而一语之出，辄令人绝倒乃妙。元人《嘲秃指甲》……《中原音韵》及弇州皆极赏之，然首语及“揉痒天生钝”句，尚觉着相。

——明·王骥德《曲律》卷三《论俳谐》

吴梅曰：又官大用（误，即关汉卿）〔醉扶归〕……词中“指如”、“杀银”、“把拳”六字，皆为阳上与阴平相连；“字不真”为阳去阴上阴平相连，皆是务头也。

——吴梅《顾曲麈谈·论北曲作法》

〔中吕〕朝天子

从嫁媵婢[1]

鬓鸦，脸霞，屈杀了将陪嫁。规模全是大人家[2]，不在红娘下。巧笑迎人，文谈回话，真如解语花[3]。若咱，得他，倒了葡萄架[4]。

说明

本篇之嘲戏不在遣辞，而在于意想。全曲以作者对一个陪嫁婢女的惋惜之情，表现了一个颇富谐趣的内涵：欲得之，但又惧内不敢明说。于是曲作便着力描写婢女的外貌、形态、谈吐、风致，突出其“规模全是大人家”的素质，以期引起夫人的注意，发惋惜之情。读来令人忍俊不禁，虽为游戏笔墨，但也生动自然，富有情趣。

---

[1] 从嫁媵婢：从嫁，陪嫁；媵（yìng）婢，陪嫁的婢女。

[2] 规模全是大人家：言其气度、格局全如大户人家。

[3] 解语花：本是唐明皇称誉杨贵妃之语，后用以指聪明美貌的女子。唐·王仁裕《开元天宝遗事》：“明皇秋八月，太液池有千叶白莲数枝开，帝与贵戚宴赏焉。左右皆叹羡久之，帝指贵妃示于左右曰：‘争如我解语花。’”

[4] 葡萄架：一作“蒲桃架”，“元人以妒嫉之妇为蒲桃架。”（见吴梅《顾曲麈谈》第四章《谈曲》）

集评

吴梅曰：汉卿轶事，有至可笑者。尝见一从嫁媵婢，甚美，百计欲得之，为夫人所阻。关无奈，作小令一支，贻夫人云“……”夫人见之，答以诗云：“闻君偷看夫人图，不似关王大丈夫。金屋若将阿娇贮，为君唱彻醋葫芦。”关见之，太息而已。元人以妒嫉之妇为“蒲桃倒架”，不知何意。洪昉思《长生殿》中，亦有“蒲桃架霎时推倒”之语，可考知之。〔醋葫芦〕亦曲牌名，故有“唱彻葫芦”之谑也。

——吴梅《顾曲麈谈》第四章《谈曲》

白　朴

白朴，作者介绍见前。

〔仙吕〕醉中天

佳人脸上黑痣[1]

疑是杨妃在，怎脱马嵬灾[2]？曾与明皇捧砚来。美脸风流杀。叵奈挥毫李白，觑着娇态，洒松烟点破桃腮[3]。

说明

本篇咏写佳人脸上黑痣，却别出心裁地运用了杨妃和李白两位历史人物，杨妃为历史上著名美人，以杨妃作比便突出了“佳人”之美；李白写新词，贵妃捧砚，乃历来传颂之佳话，以此典作素材更显出了美人之风流。尤为神奇的是，作者大胆构想了李白呆觑杨妃入迷，不觉点破香腮的故事，极为传神地点出了佳人脸上之“黑痣”，出人意外，然富神韵，令人解颐，拍案叫绝。杨妃美艳无比，李白绝世奇才，此“二美”

---

[1] 此曲《中原音韵》不题撰人，《太平乐府》卷五署杜遵礼作，待考。今从《全元散曲》，归白朴名下。

[2] 疑是杨妃在，怎脱马嵬灾：杨妃，杨贵妃，古代著名美人之一。唐玄宗宠妃，安史乱起，随玄宗幸蜀，途经马嵬驿，六军不发，玄宗无奈，被迫赐其死。

[3] 曾与明皇捧砚来以下五句：系指李白为玄宗写新词，贵妃捧砚事（因李白乃为玄宗写词，故为李白捧砚亦可看成为明皇捧砚）。事见《唐才子传》和《合璧事类》。而李白洒墨点在杨妃脸上，则纯属作者构想。叵（pǒ）奈，也作叵耐，可恨。松烟，古人以松木烟灰制墨，此指墨水。

凝成佳人脸上之“黑痣”，其美艳、其风流便可想而知了。此种笔墨虽出之游戏，却神奇无比，令人惊叹。

集评

周德清曰：体咏最难音律调畅。“捧砚”、“点破”俱是上去声，妙。第四句、末句是务头。

——元·周德清《中原音韵·作词十法·定格》

吴梅曰：此词咏佳人黑痣，文极佳妙。“马嵬”、“与明”四字为阴上与阳平相连，“捧砚”为阴上与阳去相连，“点破桃”三字为阴上阳去阳平相连，皆是务头也。

——吴梅《顾曲麈谈·论北曲作法》

马致远

马致远，作者介绍见前。

〔般涉调〕耍孩儿

借马

近来时买得匹蒲梢骑[1]，气命儿般看承爱惜[2]。逐宵上草料数十番，喂饲得膘息胖肥。但有些秽污却早忙刷洗，微有些辛勤便下骑。有那等无知辈，出言要借，对面难推。

〔七煞〕懒设设牵下槽[3]，意迟迟背后随，气忿忿懒把鞍来鞴[4]。我沉吟了半晌语不语，不晓事颓人知不知[5]？他又不是不精细，道不得“他人弓莫挽，他人马休骑”[6]。

〔六煞〕不骑呵西棚下凉处拴，骑时节拣地皮平处骑，将青青嫩草频频的喂。歇时节肚带松松放，怕坐的困尻包儿款款移[7]。勤觑着鞍和辔，牢踏着宝镫，前口儿休提。

〔五煞〕饥时节喂些草，渴时节饮些水。着皮肤休使粗毡屈[8]，三山骨休使鞭来打[9]，砖瓦上休教稳着蹄。有口话你明明的记，饱时休走，饮了

---

[1] 蒲梢骑：良马。《史记·乐书》：“后伐大宛，得千里马，马名蒲梢。”

[2] 气命儿般：如性命一般。

[3] 懒设设：懒洋洋、不愿意的样子。

[4] 鞴（bèi）：装备车马，也指车马上的装备。王昌龄《塞上曲》：“遥见胡地猎，鞴马宿严霜。”

[5] 颓人：犹如“鸟人”、“鸟汉”这种骂人话。

[6] 道不得：犹言“常言道”、“有道是”、“岂不闻”等。

[7] 尻包儿款款移：屁股慢慢地移动。尻（kāo）包儿，臀部；款款，慢慢地。

[8] 着皮肤休使粗毡屈：意谓不要将粗毡儿折叠在马的皮肤上。

[9] 三山骨：股骨，因其是肠骨、坐骨、耻骨三骨接合而成，故云。此指马屁股。

休驰。

〔四煞〕抛粪时教干处抛，尿绰时教净处尿。拴时节拣个牢固桩橛上系。路途上休要踏砖块，过水处不教践起泥。这马知人义，似云长赤兔，如益德乌骓[1]。

〔三煞〕有汗时休去檐下拴，渲时休教侵着颓[2]。软煮料草铡底细。上坡时款把身来耸，下坡时休教走得疾。休道人忒寒碎[3]，休教鞭飐着马眼[4]，休教鞭擦损毛衣。

〔二煞〕不借时恶了弟兄，不借时反了面皮。马儿行嘱咐叮咛记：鞍心马户将伊打，刷子去刀莫作疑[5]。则叹的一声长吁气，哀哀怨怨，切切悲悲。

〔一煞〕早晨间借与他，日平西盼望你，倚门专等来家内。柔肠寸寸因他断，侧耳频频听你嘶。道一声好去，早两泪双垂。

〔尾〕没道理没道理，忒下的忒下的[6]。恰才说来的话君专记，一口气不违借与了你[7]。

---

[1] “似云长赤兔”二句：三国时，关羽所骑称赤兔马，张飞所骑称乌骓马，均为名马。益德，即翼德，张飞字。

[2] 渲时休教侵着颓：谓洗马时不要碰着它的生殖器。渲，洗刷；颓，雄性生殖器。

[3] 寒碎：寒酸、琐碎。

[4] 飐（diū）：挥击。

[5] 鞍心马户将伊打，刷子去刀莫作疑：意谓那个坐在马鞍上将伊（指马）打的肯定是个“驴吊”。马户是“驴”的拆字，“刷子去刀”是“吊”字。“驴吊”为骂人语，这种用法乃当时勾栏流行的拆白道字。

[6] 忒下的：犹言太狠了，太过分了。

[7] 一口气不违：全曲废话连篇，末句犹言“一句话不违”，更表现其鄙吝、琐碎。

说明

马致远散曲素以清丽典雅见称，此曲却俚俗谐谑，将一个爱马如命、吝啬琐碎的市民形象刻画得惟妙惟肖，生动有趣。全曲共由九首曲子组成，首曲〔耍孩儿〕由马主人自述，表现其对马的深爱和对借马者极度不满的内在心理，从而为下文连篇铺叙蓄势。〔七煞〕一曲表现马主人的内在心理，以“懒设设”、“气忿忿”、“意迟迟”的形态动作和微妙心理述写其内心的矛盾状态。从〔六煞〕到〔三煞〕，作者用了整整四个曲子的篇幅写其对借马者的反复叮咛，唠叨琐碎，重三复四，大力渲染其对马的深爱和对借马的忧虑，深切地表现其吝啬琐碎的性格特征。〔二煞〕一曲转向对马的诉说，既安慰马，也作自我安慰。〔一煞〕则前半为预想之词，后半为当时情景。最后一曲为其心理独白，末句“一口气不违借与了你”更具谐趣，将马主人的心理和性格特征揭示得淋漓尽致。整首套曲铺叙渲染，虽絮絮叨叨、重复拖沓，但正是在这种絮叨重复中一个惜马如命的市民形象呼之欲出。本篇为嘲戏之作，但嘲弄而无鄙薄，调侃多于讥刺，其主旨不在揭露吝啬之可恶、可笑，而是努力从世俗中提取生活情趣，让人开怀畅笑。

姚守中

姚守中，洛阳人，姚燧之侄。曾做过平江路吏。作有杂剧三种：《立中宗》、《逢萌挂冠》、《汉太守郝廉留钱》，均不存，散曲仅存套数《牛诉冤》。

〔中吕〕粉蝶儿

牛诉冤

性鲁心愚，住烟村饱谙农务。丑则丑堪画堪图，杏花村，桃林野，春风几度。疏林外红日西晡[1]，载吹笛牧童归去。

〔醉春风〕绿野喜春耕，一犁江上雨。力田扶耙受驱驰，因为主甘分受苦。苦，苦，经了些横雨斜风，酷寒盛暑，暮烟晓雾。

〔红绣鞋〕牧放在芳草岸白蘋古渡，嬉游于绿杨堤红蓼平湖，画工描我在远山图。助田单英勇阵[2]，驾老子蓦山居，古今人吟未足。

〔石榴花〕朝耕暮垦费工夫，辛苦为谁乎？一朝染患倒在官衢。见一个宰辅，借问农夫，气喘因何故，听说罢感叹长吁。那官人劝课还朝去[3]，题着咱名字奏鸾舆。

〔斗鹌鹑〕他道我润国于民，受千辛万苦。每日向堰口拖船，渡头拽车。一勇性天生胆气粗，从来不怕虎。为伍的是伴哥王留[4]，受用的是村歌社鼓。

---

[1] 西晡（bū）：黄昏时。

[2] 田单英勇阵：田单，战国时齐人，曾以火牛冲阵，大破燕军。

[3] 劝课：鼓励与督责，用于官吏对农桑的督责。宋·范仲淹《答手诏五事》："更严者勉农之令，使天下官吏专于劝课，百姓勤于稼穑。"

[4] 伴哥、王留：元曲常用于农村少年的名字。

〔上小楼〕感谢中书部[1]，符行移诸处[2]。所在官司，禁治严明，遍下乡都。里正行，社长行，叮咛省谕：宰耕牛的捕获申路。

〔幺〕食我者肌肤未肥，卖我者家私不富。若是老病残疾，卒中身亡，不堪耕锄，告本官，送本都，从公发付。闪得我丑尸不着坟墓[3]。

〔满庭芳〕衔冤负屈，春工办足，却待闲居。圈门前见两个人来觑，多应是将我窥图。一个曾受戒南庄上的忻都，一个是累经断北疃王屠。好教我心惊虑，若是将咱卖与，一命在须臾。

〔十二月〕心中畏惧，意下踌躇。莫不待将我衅钟[4]，不忍其觳觫[5]。那思想耕牛为主，他则是嗜利而图。被这厮添钱卖我离桑枢，不睹是牵咱过前途。一声频叹气长吁，两眼恓惶泪如珠。凶徒，凶徒，贪财性狠毒，绑我在将军柱[6]。

〔耍孩儿〕只见他手持刀器将咱觑，吓得我战扑速魂归地府。登时间满地血模糊，碎分张骨肉皮肤。尖刀儿割下薄刀儿切，官秤称来私秤上估。应捕人在傍边觑，张弹压先抬了膊项，李弓兵强要了胸膊。

〔二〕却不道闻其声不忍食其肉[7]，刬地加料物宽锅中烂煮[8]。煮得美甘甘香喷喷软如酥，把从前的主雇招呼。他则道三分为本十分利，那里问

[1] 中书部：即中书省，为秉承君意、掌管机要、发布政令的机构。

[2] 符：古代朝廷传达命令或征调兵将的凭证。此应指文书。

[3] 闪：抛弃。

[4] 衅钟：古代新制祭器成，杀牲以祭，以其血涂于缝隙。《孟子·梁惠王上》：“将以衅钟。”赵岐注：“新铸钟，杀牲以血涂其衅郄（隙）。”

[5] 不忍其觳觫：语出《孟子·梁惠王上》：“王曰：舍之。我不忍其觳觫，若无罪而就死地。”觳觫（hú sù），恐惧颤抖貌。

[6] 将军柱：指行刑时的柱子。

[7] “却不道”句：“闻其声不忍食其肉”语出《孟子·梁惠王上》：“见其生，不忍见其死；闻其声，不忍食其肉；是以君子远庖厨也。”

[8] 刬（chǎn）地：反而。晁端礼〔梁州令〕词：“如今刬地怕相逢，愁处正在相逢处。”

一失人身万劫无。有一等贪铺啜的乔人物[1]，就本店随机儿索唤，买归家取意儿庖厨。

〔三〕或是包馒头待上宾，或是裹馄饨请伴侣。向磁罐中软火儿葱椒焐，胜如黄犬能医冷，赛过胡羊善补虚。添几盏椒花露。你装的肚皮饱旺，我的性命何辜。

〔四〕我本是时苗留下犊，田单用过牯。勤耕苦战功无补。他比那图财害命情尤重，我比那展草垂缰义有余[2]。我是一个直钱底物[3]：有我时田园开辟，无我时仓廪空虚。

〔五〕泥牛能报春[4]，石牛能致雨[5]，耕牛运土遭诛戮。从今后草坡边野鹿无朋友，麦垅上山羊失了伴侣。那的是我伤情处，再不见柳梢残月，再不见古木昏乌。

〔六〕觔儿铺了弓[6]，皮儿鞔做鼓[7]，骨头儿卖与钗环铺。黑角儿做就乌犀带，花蹄儿开成玳瑁梳。无一件抛残物，好材儿卖与了靴匠，碎皮儿回与田夫。

〔尾〕我元阳寿未终，死得真个屈苦。告你个阎罗王正直无私曲，诉

---

[1] 铺啜（bù chuò）：吃喝。《孟子·离娄上》：“子之从于子敖来，徒铺啜也。”朱熹注：“铺，食也；啜，饮也。”

[2] 展草垂缰：展草是一则义犬报恩的故事，典出晋·干宝《搜神记》：谓三国时吴人李信纯家养一犬，取名黑龙，爱之尤甚，忽一日，信纯于城外大醉卧于草中，不远处有人纵火烧荒草，信纯醉卧不醒，黑龙拽之不动，乃跳入附近水中湿身，回来于信纯卧处四周滚湿之，如是往返不停，最后信纯免于火灾，黑龙则运水困乏，死于其侧。垂缰乃义马救主的故事。典出南朝宋·刘敬叔《异苑》卷三：“符坚为慕容冲所袭，坚驰騧马，坠而落涧，追兵几及，计无由出。马即踟蹰临涧，垂缰与坚，坚不能及，马又跪而受焉，坚援之得登岸而走庐江。”

[3] 直钱：值钱。

[4] 泥牛能报春：古代习俗，春来塑泥牛迎春祈耕。

[5] 石牛能致雨：据《广州记》载，郁林郡有池，池有石牛，每岁旱，百姓杀牛，以其血和泥，将血泥涂石牛背以祠，祠毕即雨。

[6] 觔（jīn）：同“筋”。

[7] 鞔：同“挽”，卷成。

不尽平生受过苦。

说明

在元散曲中，有三篇作品是借动物的诉冤来表现人世的不平。这三篇就是姚守中的《牛诉冤》、曾瑞的《羊诉冤》和刘时中的《代马诉冤》。此种作品并非出自游戏笔墨，有其深刻的现实内涵，但由于采用动物的独特视角，读来颇多谐趣，也有较强的讽刺性，故且将其归入“嘲戏”一类。此套曲篇幅较大，共有十六首曲子，约分为四个层次：从首曲到〔红绣鞋〕为一层，表现牛的勤劳、淳朴和生活于山水田园之间的自得。以“古今人吟未足”作结。从〔石榴花〕到〔幺〕篇，情势开始转变，虽然朝廷明文禁止斩杀耕牛，但“不堪耕锄”的病弱老牛不在此例。〔满庭芳〕开始进入套曲的主体部分，描写牛从贩卖、斩杀，供人品尝、零敲碎卖，诉说了牛的无比怨愤。末曲〔尾〕为第四层次，以“死得真个屈苦”作结。全曲诉情淋漓尽致，人牛关合，恰切妥帖，尤其是一些抒情性的景物描写（如首曲、〔五〕），更在全曲沉郁的情调背景中添上了些许活泼和生气。

睢景臣

睢景臣，字景贤，或作嘉宾，扬州人。心性聪明，酷嗜音律。作有杂剧三种：《莺莺牡丹记》、《千里投人》、《屈原投江》，均佚。散曲今存套数三和小令残曲一支。

〔般涉调〕哨遍

高祖还乡

社长排门告示[1]：但有的差使无推故，这差使不寻俗[2]。一壁厢纳草也根[3]，一边又要差夫，索应付[4]。又言是车驾，都说是銮舆[5]，今日还乡故。王乡老执定瓦台盘[6]，赵忙郎抱着酒胡芦。新刷来的头巾，恰糨来的绸衫[7]，畅好是妆么大户[8]。

〔耍孩儿〕瞎王留引定火乔男女[9]，胡踢蹬吹笛擂鼓。见一飏人马到庄门[10]，匹头里几面旗舒[11]：一面旗白胡阑套住个迎霜兔[12]，一面旗红曲连打着

---

[1] 社长：社，古时地方的基层单位，元时五十家为一社。

[2] 不寻俗：不一般，不寻常。

[3] 一壁厢纳草也根：一边要供给马饲料。一壁厢，一边；也，无义，为曲中的衬字。

[4] 索应付：须对待。“索”即“须”。

[5] 又言是车驾，都说是銮舆：车驾、銮舆都是帝王乘坐的车子，也代指帝皇。

[6] 瓦台盘：陶制的托盘。

[7] 糨（jiàng）：用米汁给洗净的衣服上浆，可使其熨得平直。

[8] 畅好是妆么大户：畅好是，真正是；妆么大户，装充有身份的阔人。

[9] 乔：装模作样，包含有丑陋、浅薄之意。

[10] 一飏（diū）：一队，一彪。周密《癸辛杂识》别集“一飏”条：“虏中谓一聚马为飏，或三百匹，或五百匹。”

[11] 匹头里：犹“劈头里”，即当头。

[12] 白胡阑套住个迎霜兔：即月旗。胡阑为“环”的合音；迎霜兔，白兔，传说月中有白兔捣药，故云。白环套着兔子即指月亮。此曲中都是以乡下人不识仪仗，故胡乱想象而形容描绘。

个毕月乌[1]，一面旗鸡学舞[2]，一面旗狗生双翅[3]，一面旗蛇缠胡芦[4]。

〔五煞〕红漆了叉，银铮了斧[5]。甜瓜苦瓜黄金镀[6]。明晃晃马蹬枪尖上挑[7]，白雪雪鹅毛扇上铺[8]。这几个乔人物，拿着些不曾见的器仗，穿着些大作怪衣服。

〔四煞〕辕条上都是马，套顶上不见驴。黄罗伞柄天生曲[9]。车前八个天曹判[10]，车后若干递送夫。更几个多娇女，一般穿着，一样妆梳。

〔三煞〕那大汉下的车，众人施礼数。那大汉觑得人如无物。众乡老展脚舒腰拜，那大汉那身着手扶。猛可里抬头觑，觑多时认得，险气破我胸脯。

〔二煞〕你须身姓刘，你妻须姓吕。把你两家儿根脚从头数。你本身做亭长耽几盏酒[11]，你丈人教村学读几卷书。曾在俺庄东住，也曾与我喂牛切草，拽坝扶锄[12]。

〔一煞〕春采了桑，冬借了俺粟，零支了米麦无重数。换田契强秤了麻三秤[13]，还酒债偷量了豆几斛。有甚胡突处[14]？明标着册历[15]，见放着

---

[1] 红曲连打着个毕月乌：指日旗。曲连，“圈”的合音。红曲连，即红圈，像日之形状。毕月乌，即指乌，传说谓日中有三足乌，故以红圈中之乌代指日。

[2] 鸡学舞：指凤旗。

[3] 狗生双翅：指飞虎旗。

[4] 蛇缠胡芦：指蟠龙戏珠旗。

[5] 银铮了斧：指镀银的斧。

[6] 甜瓜苦瓜黄金镀：指金瓜锤，帝王仪仗。

[7] 明晃晃马蹬枪尖上挑：指朝天蹬，帝王仪仗。

[8] 白雪雪鹅毛扇上铺：即鹅毛宫扇。

[9] 黄罗伞柄天生曲：指帝王仪仗中的“曲盖”，曲盖柄弯曲，形状似一把“伞”。

[10] 天曹判：本指天上的判官。此比喻威风凛凛，面容呆板严肃的侍从人员。

[11] 亭长：秦时十里为一亭，十亭为一乡。亭长即最基层的职位。刘邦曾作泗水亭长。

[12] 拽坝扶锄：指农耕生活。坝（jù），乡间以两牛并耕为一坝。

[13] 麻三秤：麻三十斤，乡间以十斤为一秤。

[14] 胡突：糊涂。

[15] 册历：账簿。

文书。

〔尾〕少我的钱差发内旋拨还[1]，欠我粟税粮中私准除[2]。只道刘三谁肯把你揪捽住[3]？白甚么改了姓更了名唤做汉高祖[4]。

说明

刘邦还乡是一个真实的历史事件，在公元前195年10月刘邦平定淮南王英布之后。当时，刘邦衣锦还乡，豁免赋税，高唱《大风歌》，是何等的风光堂皇（《史记·高祖本纪》）。但在元曲家的笔下，这一“还乡”事件却成了嘲讽讥刺的对象。据钟嗣成《录鬼簿》载，当时“维扬诸公俱作《高祖还乡》套数，惟公（指睢景臣）〔哨遍〕制作新奇，皆出其下。”那此曲之“新奇”表现在哪里呢？首先是作者蔑视皇权，纯以辛辣讽刺的笔调述写，嬉笑怒骂，酣畅淋漓，将一个具有赫赫威权的皇帝还乡事件描写成一场讽刺闹剧。其次，作者以一位村民为叙述人，以这位村民的心理感受、生活经验为叙述素材，具有强烈的讽刺性和幽默感，可谓生动活泼，又讽刺入骨。再次，作者既以村民为叙述者，则语言、格调便全然与叙述人身份相吻合，如〔耍孩儿〕、〔五煞〕、〔四煞〕三曲对皇帝仪仗的描摹便极富机趣，令人忍俊不禁，同时，作者又极为重视叙述人的心理反应，〔三煞〕以下诸曲就纯为叙述人的心理独白，尤其是从“你须身姓刘”，到“只道刘三”，最后点出“白甚么改了姓更了名唤做汉高祖”，层层推进，痛快淋漓。全曲气势飞动，格调轻松，充满了戏

---

［1］　差发：差拨，即官方派的差役或钱粮。

［2］　私准除：暗中扣除。

［3］　揪捽：揪住，抓住。

［4］　白甚么：为什么平白无故地，有嘲讽之意。

谑之趣，但不落俗套，不显粗俗，确是元散曲中难得的精品。

集评

钟嗣成曰：维扬诸公俱作《高祖还乡》套数，惟公〔哨遍〕制作新奇，诸公者皆出其下。

——元·钟嗣成《录鬼簿》卷下

刘时中

刘时中，作者介绍见前。

〔双调〕新水令

代马诉冤

世无伯乐怨他谁？干送了挽盐车骐骥[1]。空怀伏枥心[2]，徒负化龙威[3]。索甚伤悲，用之行舍之弃[4]。

〔驻马听〕玉鬣银蹄[5]，再谁想三月襄阳绿草齐。雕鞍金镫，再谁收一鞭行色夕阳低。花间不听紫骝嘶，帐前空叹乌骓逝[6]。命乖我自知，眼见的千金骏骨无人贵。

〔雁儿落〕谁知我汗血功，谁想我垂缰义[7]，谁怜我千里才，谁识我千钧力？

〔得胜令〕谁念我当日跳檀溪，救先主出重围[8]？谁念我单刀会随着

[1] 世无伯乐怨他谁？干送了挽盐车骐骥：伯乐，本名孙阳，春秋时人，善相马。干送了，白白葬送。挽盐车骐骥，汉·桓宽《盐铁论》："骐骥负盐车，垂头于太行之坂，见伯乐则喷而长鸣。"骐骥，千里马。

[2] 空怀伏枥心：曹操《步出夏门行》："老骥伏枥，志在千里；烈士暮年，壮心不已。"枥，马厩。此指马有千里之志但不被重用。

[3] 化龙威：化龙事见《马记》，言王昌遇仙，骑马归去，到家后马化成龙。

[4] 用之行舍之弃：《论语·述而》："用之则行，舍之则藏。"

[5] 鬣（liè）：马颈上的长毛。

[6] 帐前空叹乌骓逝：项羽被刘邦军队困于垓下，帐前作《垓下歌》："力拔山兮气盖世，时不利兮骓不逝。"此以明千里马眼前之厄运。

[7] 垂缰义：苻坚之马垂缰救主，作知恩图报之意。南朝宋·刘敬叔《异苑》卷三："苻坚为慕容冲所袭，坚驰弱马，坠而落涧，追兵几及，计无由出。马即踟蹰临涧，垂缰与坚，坚不能及，马又跪而受焉，坚援之得登岸而走庐江。"

[8] 当日跳檀溪，救先主出重围：传说蜀主刘备曾在刘表宴会上发现有人暗害他，便私自骑的卢马逃逸，至襄阳城西檀溪时，追兵将及，马一跃三丈，过了檀溪。

关羽[1]？谁念我美良川扶持敬德[2]？若论着今日，索输与这驴群队。果必有征敌，这驴每怎用的？

〔甜水令〕为这等乍富儿曹[3]，无知小辈，一概地把人欺。一地里快蹿轻踮，乱走胡奔，紧先行不识尊卑。

〔折桂令〕致令得官府闻知，验数目存留，分官品高低。准备着竹杖芒鞋，免不得奔走驱驰。再不敢鞭骏骑向街头闹起，则索扭蛮腰将足下殃及。为此辈无知，将我连累，把我埋没在蓬蒿，失陷污泥[4]。

〔尾〕有一等逞雄心屠户贪微利，咽馋涎豪客思佳味。一地把性命亏图，百般地将刑法陵迟。唱道任意欺公[5]，全无道理。从今去谁买谁骑？眼见得无客贩无人喂，便休说站驿难为，则怕你东讨西征那时节悔。

说明

此套曲以动物之冤诉说人事之不平，与姚守中《牛诉冤》同旨。全曲借马托喻，讥刺了社会不公、小人当道、才人沉抑的现象。这首套曲共由七支曲子构成，首二曲慨叹世无伯乐，因此空有伏枥心、化龙威，玉鬣银蹄、雕鞍金辔，以马之弃掷象喻英才之沉抑下僚。三、四两曲连用设问句，以“谁”字领起，气势飞动，极写其功德才力，在内涵上，

[1] 单刀会随着关羽：传说三国时吴鲁肃设宴请关羽，席间暗中陈兵，关羽骑赤兔马，单刀赴会，谈笑自若，吴兵不敢加害。

[2] 美良川扶持敬德：敬德，唐代名将尉迟恭，投唐前曾为刘武周部下，与唐将秦琼大战于美良川。美良川，今在山西介休县。

[3] 乍富儿曹：即暴发户之意，此指被重用的“驴每”。

[4] 〔折桂令〕一曲言官府不明，将“乍富儿曹、无知小辈”留下供用，反把马卖到乡间，使其“埋没在蓬蒿，失陷污泥。”

[5] 唱道：也作“畅道”、“畅好道”、“常好是”等，意为“真正是”、“正是”等。

则以往日之雄姿功绩暗接上文之“老骥伏枥”，末以今日之与驴为伍慨叹内心之愤愤，象喻人间之鸟尽弓藏、兔死狗烹的不平现象。五、六曲承驴、马为伍而来，以驴马遭遇之反差表现小人得志、官府不明的现实。〔尾〕一曲将马之悲惨遭遇进一步深入。“唱道”以下数句既直陈感慨，又总结全曲，“任意欺公，全无道理”可作整首套曲之主旨，末句“则怕你东讨西征那时节悔”，惊世骇俗，颇有震醒之用。全曲通篇写马，但隐喻真切，叹马与悯人处处关合，相融无间，达到了讽刺讥嘲之目的。

钱　霖

钱霖，字子云，松江（今属上海市）人。曾做道士，更名抱素，号素庵，又号泰窝道人。擅长乐府词曲，编有《江湖清思集》。其曲集《醉边余兴》“词语极工巧。”（钟嗣成《录鬼簿》）又有词集《渔樵谱》，今均佚。散曲今存小令四首，套数一。

〔般涉调〕哨遍

试把贤愚穷究，看钱奴自古呼铜臭[1]。徇己苦贪求[2]，待不教泉货周流[3]。忍包羞，油铛插手[4]，血海舒拳，肯落他人后？晓夜寻思机彀[5]，缘情钩距[6]，巧取旁搜。蝇头场上苦驱驰[7]，马足尘中厮追逐，积儹下无厌就[8]。舍死忘生，出乖弄丑。

〔耍孩儿〕安贫知足神明佑，好聚敛多招悔尤[9]。王戎遗下旧牙筹，夜连明计算无休[10]。不思日月搬乌兔[11]，只与儿孙作马牛。添消瘦，不调祠

---

[1]　看钱奴：守财奴。

[2]　徇：曲从。

[3]　泉货周流：金钱流通。泉货，货币。

[4]　油铛（chēng）：油锅。

[5]　机彀：机关圈套，此指赚钱的各种机巧手段。

[6]　缘情钩距：随情况的不同变化手段攫取钱财。钩距，钩取到手。

[7]　蝇头：蝇头微利，指小小的利益。

[8]　儹：积聚，意同“攒”。

[9]　悔尤：祸害。

[10]　“王戎遗下”二句：王戎，晋人，性悭吝，《晋书·王戎传》载：“每自执牙筹，昼夜算计，恒若不足。”牙筹，牙制的算筹。

[11]　不思日月搬乌兔：即不思时光的流逝。乌，指太阳，传说中日中有三足乌，故云。兔，指月亮，传说中月中有白兔，故云。

鼎[1]，恣逞戈矛。

〔十煞〕渐消磨双脸春，已雕飕两鬓秋。终朝不乐眉长皱，恨不得柜头钱五分息招人借，架上袙一周年不放赎[2]。狠毒性如狼狗，把平人骨肉，做自己膏油。

〔九煞〕有心待拜五侯[3]，教人唤甚半州[4]。忍饥寒儹得家私厚。待垒做钱山儿倩军士喝号提铃守[5]，怕化做钱龙儿请法官行罡布气留[6]。半炊儿八遍把牙关叩[7]，只愿得无支有管，少出多收。

〔八煞〕亏心事尽意为，不义财尽力掊[8]，那里问亲弟兄亲姐妹亲姑舅。只待要春风金谷骄王恺[9]，一任教夜雨新丰困马周[10]。无亲旧，只知敬明眸皓齿[11]，不想共肥马轻裘[12]。

〔七煞〕资生利转多，贪婪意不休，为锱铢舍命寻争斗[13]。田连阡陌心

---

[1] 不调裀鼎：不注意自己的饮食穿着。裀，夹衣；鼎，古代三足炊具。

[2] 袙：辞书无此字。此泛指衣物。

[3] 五侯：即公侯伯子男，此指高官。

[4] 半州：元人称那些广有田产的人为半州。

[5] 待垒做钱山儿倩军士喝号提铃守：等把钱积聚成山后，请军士来守护。倩，同“请”。

[6] 怕化做钱龙儿请法官行罡布气留：谓担心钱龙飞走请道士作法留住。法官，作法的道士。钱龙，即钱神，《南史·梁元帝纪》载：元帝尝见一黑龙，宫中有人称是钱龙，即取数千钱镇住。行罡（gāng）布气，指法官施法术。

[7] 半炊儿八遍把牙关叩：顷刻间敲了八次牙关，形容其为聚敛财物而苦苦盘算。半炊儿，煮半顿饭的时间；牙关叩，本谓学道之人清晨时凝神敛气叩齿（上下齿相击）。

[8] 掊（póu）：聚敛。

[9] 金谷骄王恺：金谷，金谷园，晋石崇所建，此代指石崇。石崇巨富，常与贵戚王恺相夸富。据《世说新语》载：王恺曾把一枝罕见的两尺高珊瑚在石崇面前夸耀，石崇随手将其打碎，随之让家人取一批高三尺余，枝条绝佳的珊瑚来。其夸富如此。

[10] 新丰困马周：马周，唐代人，不得志时尝于新丰（今陕西临潼县东）客店被店主冷淡，一人独酌消愁。（见《新唐书·马周传》）

[11] 明眸皓齿：指美人，或妓女。

[12] 共肥马轻裘：与人共享富贵。肥马轻裘，代指富贵生活。裘，皮衣。

[13] 锱（zī）铢：为古代微小的重量单位，六铢为一锱，四锱为一两。

犹窄，架插诗书眼不瞅。也学采东篱菊，子是个装呵元亮[1]，豹子浮丘[2]。

〔六煞〕恨不得扬子江变做酒，枣穰金积到斗[3]。为几文赙背钱受了些旁人咒[4]，一斗粟与亲眷分了颜面，二斤麻把相知结下寇仇。真纰缪[5]，一味的骄而且吝，甚的是乐以忘忧[6]。

〔五煞〕这财曾燃了董卓脐[7]，曾枭了元载头[8]。聚而不散遭殃咎，怕不是堆金积玉连城富，眨眼早野草闲花满地愁。干生受，生财有道，受用无由。

〔四煞〕有一日大小运并在命宫[9]，死囚限缠在卯酉[10]，甚的散得疾子为你聚来得骤。恰待调和新曲歌金帐，逼临得佳人坠玉楼[11]。难收救，一壁相投河奔井[12]，一壁相烂额焦头。

〔三煞〕窗隔每都飐飐的飞[13]，椅桌每都出出的走，金银钱米都消为尘

[1] 也学采东篱菊，子是个装呵元亮：谓其也学陶渊明采菊东篱，但只是装模作样。子是，只是；元亮，陶潜字。

[2] 豹子浮丘：豹子，指内心凶狠之人。浮丘，或为浮丘伯，汉时齐人，治诗授申公与楚元王。(见《汉书》八八《儒林传》)或说为浮丘公，传说黄帝时仙人。(见《列仙传》)总之该句是比喻那些内心凶狠，但外表装作斯文之人。

[3] 枣穰金：枣肉，黄色，因以指代黄金。

[4] 赙背钱：或谓“赙”应改作“垫”，垫背钱指古代葬俗中在死人背下放置的少许钱。见上海辞书出版社《元曲鉴赏辞典》本曲赏析文。

[5] 纰缪（pī miù）：错误。

[6] 甚的是：哪里是。

[7] 燃了董卓脐：董卓，东汉桓帝时丞相，弑少帝与太后，凶残淫乱，后被王允设计诱吕布杀之。卓肥胖，死后被人燃火于脐中，数日不灭。见《后汉书》卷七十二《董卓列传》。

[8] 枭了元载头：元载，字公辅，凤翔岐山人。唐肃宗时为户部侍郎、江淮转运使，代宗时拜中书侍郎，后被杀。元载刻剥聚敛，富为天下之冠。(见《旧唐书・元载传》)枭（xiāo），即斩首示众。

[9] 命宫：星命术士以本人生时加太阳宫顺数遇卯为命宫，大运小运若与命宫相合则主衰败。

[10] 卯酉：卯，晨时五时至七时；酉，午时五时至七时，此指在旦夕之间。

[11] “恰待调和新曲歌金帐”二句：此暗用晋石崇妾绿珠坠楼自尽事表现祸福相随，衰败随之而来。

[12] 一壁相：一边。

[13] 窗隔每都飐飐的飞：窗隔，即窗槅，房屋的隔板。飐（zhǎn），风吹使物颤动。

垢。山魈木客相呼唤，寡宿孤辰厮趁逐[1]。喧白昼，花月妖将家人狐媚，虚耗鬼把仓库潜偷[2]。

〔二煞〕恼天公降下灾，犯官刑系在囚。他用钱时难参透，待买他上木驴钉子轻轻钉[3]，吊脊筋钩儿浅浅钩。便用杀难宽宥，魂飞荡荡，魄散悠悠。

〔尾〕出落他平生聚敛的情[4]，都写做临刑犯罪由。将他死骨头告示向通衢里甃[5]，任他日炙风吹慢慢朽。

说明

据陶宗仪《南村辍耕录》载，这首套曲是钱霖有意讥刺某位善经纪，但既鄙且吝的守财奴的。然而此套曲虽有所指，但作者采用夸张的手法，以将守财奴种种情状归于一身的表现方法淋漓尽致地斥骂了守财奴的卑劣行径，带有强烈的普遍意义。全曲由十二支曲子组成，约分四个层次：开首两曲总括守财奴贪得无厌，聚敛成性，甚至不顾衣食的丑陋行径。〔十煞〕至〔六煞〕为第二层次，具体、细致地逐层揭露守财奴的种种卑劣行为，将守财奴性如狼狗，舍命聚钱，无情无义，装模作样的形象行为作了痛快酣畅的表现。〔五煞〕至〔三煞〕为第三层次，着重表现其聚财不散的后果。末两曲则以守财奴的可怜下场作结。全曲形象性格描摹

---

[1] 山魈木客相呼唤，寡宿孤辰厮趁逐：谓遭受妖魔侵袭和厄运追逐。山魈（xiāo），传说中的山中怪物，也作“山獟”。木客，山中精怪，元好问《送诗人李正甫》：“朝从木客游，莫（暮）将山鬼邻。”寡宿孤辰，凶星，是星命家的迷信说法。

[2] “花月妖将家人狐媚”二句：花月妖指娼妇或妖妇艳姬，虚耗鬼指败家子一类人物。

[3] 木驴：一种酷刑，将犯人钉在有四脚轮轴的木架上凌迟处死。

[4] 出落他平生聚敛的情：将其平生聚敛的情况抖落表现出来。出落，显现、表现。

[5] 甃（zhòu）：堆放之意。

入木三分，又讥刺入骨，笔调恣肆酣畅，痛快淋漓，遣辞通俗易懂，不加藻饰，是一首体现元散曲本色特性的佳作。

集评

陶宗仪曰：某人以善经纪，积资至巨万计，而既鄙且吝，不欲书其姓名。其尊行钱素庵者抱素，逸士也，多游名公卿间，善诗曲，有集行于世。某尝以富贵骄之，故作今乐府一阕讥警焉。……乐府中押“逐”、“赎”、“菊”字韵者，盖中州之音轻，与“尤”字韵相近故也。此曲虽曰为某而作，然亦可以为世劝。

——元·陶宗仪《南村辍耕录》卷十七

张鸣善

张鸣善，作者介绍见前。

〔中吕〕普天乐

嘲西席[1]

讲诗书，习功课。爷娘行孝顺[2]，兄弟行谦和。为臣要尽忠，与朋友休言过。养性终朝端然坐，免教人笑俺风魔[3]。先生道“学生琢磨”，学生道“先生絮聒”[4]，馆东[5]道“不识字由他”。

说明

读张鸣善的这首《嘲西席》，我们很容易联想起汤显祖笔下的陈最良（《牡丹亭》中的塾师）和《儒林外史》中的周进。确实，这一批迂腐庸陋的村学究形象已进入了中国古代俗文学的人物长廊之中，成了人们嘲讽讥刺的对象，然而，他们同样也是封建文化的受害者，在他们身上凝聚了中国古代科举制度的丑陋和庸俗，同样也是值得同情的。因此在古代文学作品中，常常表现为一种善意的嘲讽，可谓谑而不虐，而把矛头指向残害人心的科举制度本身。此曲亦是如此，全曲以白描的手法描摹

[1] 西席：指家塾的教师，也指幕友。

[2] 行：宋元时俗语，这里、这边之意。

[3] 风魔：犹指疯疯癫癫。

[4] 絮聒（guō）：唠叨不休。

[5] 馆东：私塾主人。

了一个村学究形象，生动谐趣，令人玩味。曲的上半部分直接描绘西席的授课，虽不着半点笔墨摹其神态举止，但从其言语之中，一个村夫子形象便呼之欲出。后半部分则纯用口语，采用对话形式讥刺了村学究的迂阔和馆东的无知，既活画了这位“西席”的可悲可怜，更指斥了这种教育方式的无聊和陈腐。在形式上则以前后之对比揭题，上半之庄重神圣，下半之诙趣嘲戏，将这一层庄重的面纱揭去，活现了这种教育的鄙陋和无聊。

宋方壶

宋方壶，作者介绍见前。

〔南吕〕一枝花

蚊虫

妖娆体态轻，薄劣腰肢细[1]。窝巢居柳陌，活计傍花溪。相趁相随，聚朋党成群队。逞轻狂撒蒂嫦[2]，爱黄昏月下星前，怕青霄风吹日炙[3]。

〔梁州〕每日穿楼台兰堂画阁，透帘栊绣幕罗帏。帐嗡嗡乔声气[4]，不禁拍抚，怎受禁持[5]？厮鸣厮咂，相抱相偎。损伤人玉体冰肌，殢人娇并枕同席[6]。瘦伶仃腿似蛛丝，薄支辣翅如苇煤[7]，快棱憎嘴似钢锥[8]。透人，骨髓，满口儿认下胭脂记。想着痒撒撒那些滋味，有你后甚是何曾到眼底？到强如蝶使蜂媒[9]。

〔尾〕闲时节不离了花香柳影清阴里睡，闷时节则就日暖风和叶底下

[1] 薄劣：轻薄顽劣。

[2] 撒蒂嫦：一作“撒蒂滞”，撒赖、撒娇。

[3] 青霄：疑为“青宵”之误。青宵，碧空。

[4] 乔：即刁滑、狡诈之意。

[5] 禁持：虐害、纠缠、折磨。

[6] 殢（tì）人：犹指情人。曲中指娇媚的妇人。柳永〔玉蝴蝶〕词：“要索新词，殢人含笑立尊前。”

[7] 薄支辣翅如苇煤：薄支辣，即薄也；支辣，无义，语助词。元曲中此类语助词较多，如支刺、泼刺、忽刺、合刺等。苇煤，不详。《雍熙乐府》本作“莩灰”，《汉书》卷五十三《景十三王传》：“今群臣非有葭莩之亲。”注：“晋灼曰：‘莩，葭里之白皮也，皆取喻于轻薄也。’师古曰：‘葭，芦也；莩者，其筩中白皮至薄者也。’”

[8] 快棱憎嘴似钢锥：快棱憎，即锋利也。棱憎，与上文“支辣”同，为无义之语助词，起加强语气之用。

[9] 蝶使蜂媒：蜂蝶飞舞于花丛中传播花粉，古人因之喻男女间穿针引线之人。此作蚊子叮咬使人难以入睡，其危害甚于蝶使蜂媒引起的春思难眠。

依。不想瘦躯老人根前逞精细[1]，且休说香罗袖里，桃花扇底，则怕露冷天寒恁时节悔。

说明

本篇属咏物，其特点可用王骥德的一段论述“咏物”之旨的话加以概括：“不即不离，是相非相，只于牝牡骊黄之外，约略写其风韵，令人仿佛中如灯镜传影，了然目中，却摸捉不得。”(《曲律》卷三《论咏物》)全曲三支曲子，一曲表现其形态及生活习性，一曲述其对人的骚扰，一曲则表现其饱食后的情状。虚虚实实，“是相非相”，既约略晓其神韵，又不坐实而句句显其形状，可谓得“咏物”之妙旨。但咏物之旨又重寄慨，于所咏物景之外别有深趣，两者相兼，便成上品。此曲于寄慨上则阙如，故本篇虽咏物颇显神韵，但物景之外丝毫无令人玩味之处，而仅止于游戏笔墨而已。

[1] 根前：即跟前。

无名氏

无名氏，作者介绍见前。

〔正宫〕醉太平

讥贪小利者

夺泥燕口，削铁针头，刮金佛面细搜求，无中觅有。鹌鹑膆里寻豌豆[1]，鹭鸶腿上劈精肉，蚊子腹内刳脂油[2]，亏老先生下手。

说明

本篇以漫画式的手法，尖刻、辛辣地嘲讽了社会上的贪鄙小人。全曲除“无中觅有”、“亏老先生下手”外，余者纯用比喻，既平面叠加，又逐层深入。开首三句为一层次：“夺泥燕口，削铁针头，刮金佛面细搜求”，重于“贪”，笔法极度夸张，将贪鄙之形态凝聚于一身，效果强烈，“无中觅有”一句总收。接着又连用三句作比喻，比前三句更进一层，着力处乃在于“狠”，可谓不择手段，令人发指，“亏老先生下手”一句又作一总提，既讥刺入骨，又颇有谐趣。此曲明白直露，近乎谩骂，将作者内心之愤反复渲染，淋漓尽致，体现了民间创作的真率、直露的特色，读来令人震惊，可谓入木三分。

---

[1] 膆：同“嗉”，鸟类食管后段贮藏食物的膨大部分，形状似袋。

[2] 刳（kū）：剖开而挖空。

〔商调〕梧叶儿

嘲谎人

东村里鸡生凤，南庄上马变牛。六月里裹皮裘。瓦垄上宜栽树[1]，阳沟里好驾舟。瓮来大肉馒头[2]，俺家的茄子大如斗。

说明

此曲讥刺一个惯于说谎的村民。全曲纯由说谎人的谎言叙成，无一笔评判语。七句曲便构成七个弥天大谎：鸡生凤、马变牛、六月裹皮衣、瓦垄上栽树、阳沟里驾舟、馒头瓮来大、茄子大如斗。这种叙述一来生动地表现了说谎人的形象和性格，同时也使作者置身于局外而作冷眼旁观。其实，说谎者的这些谎言乃闻者皆知其虚假，作者正是以这种夸张的笔墨嘲笑说谎人的无知和无聊。

---

[1] 瓦垄：瓦脊。

[2] 瓮来大肉馒头：肉馒头如瓮一般大。瓮，一种陶制的盛器。

〔商调〕梧叶儿

嘲贪汉

一粒米针穿着吃，一文钱剪截充。但开口昧神灵。看儿女如衔泥燕[1]，爱钱财似竞血蝇[2]。无明夜攒金银[3]，都做充饥画饼。

说明

此曲讥刺贪汉——贪婪之徒，抓住其三个特性：一是吝啬，“一粒米针穿着吃”，“一文钱剪截充”，这是贪汉的一个基本特性，作者用极度夸张的笔法加以表现；二是昧着良心；三是看似矛盾，实则统一的两极：“看儿女如衔泥燕，爱钱财似竞血蝇”，为儿女辛勤苦劳，表面是为他人（儿女），但从封建宗法制度角度看，同样也是其极端自私性格的表现。末二句为警戒之辞，无休止地攫取金钱，到头来落得“画饼充饥”，其原因为何，作者没有明说，却令人玩味，让人思考。

[1] 看儿女如衔泥燕：对待自己的子女如燕子衔泥般辛辛苦苦。

[2] 爱钱财似竞血蝇：积聚钱财如同嗜血之苍蝇拼命吮吸一样。

[3] 无明夜：犹无日无夜。

图书在版编目(CIP)数据

元散曲/谭帆，邵明珍编著.—上海：上海人民出版社，2017
(中华经典诗文之美/徐中玉主编)
ISBN 978-7-208-14693-8

Ⅰ. ①元… Ⅱ. ①谭… ②邵… Ⅲ. ①散曲-作品集-中国-元代 Ⅳ. ①I222.9

中国版本图书馆 CIP 数据核字(2017)第 175910 号

特约编辑 时润民
责任编辑 马瑞瑞
封面设计 高 熹

·中华经典诗文之美·
徐中玉 主编
元 散 曲
谭 帆 邵明珍 编著
世 纪 出 版 集 团
上海人民出版社出版
(200001 上海福建中路 193 号 www.ewen.co)
世纪出版集团发行中心发行 常熟市新骅印刷有限公司印刷
开本 890×1240 1/32 印张 11 插页 2 字数 260,000
2017 年 8 月第 1 版 2017 年 8 月第 1 次印刷
ISBN 978-7-208-14693-8/I·1653
定价 36.00 元